ハヤカワ文庫NV
<NV1520>

トゥルー・ビリーバー
ターミナル・リスト2
〔上〕

ジャック・カー
熊谷千寿訳

早川書房
9022

TRUE BELIEVER
by
Jack Carr

Translated by
Chitoshi Kumagai
First published 2024 in Japan by
HAYAKAWA PUBLISHING, INC.
This book is published in Japan by
arrangement with
ATRIA BOOKS, a division of SIMON & SCHUSTER, INC.
through TUTTLE-MORI AGENCY, INC., TOKYO.

このクレイジーな冒険に耐えてくれた
フェイス・カーとエミリー・ウッドに
そして、やばい仕事をしてくれた人々
のために

どこかで狂信（トゥルー・ビリーバー）者が殺す訓練を積んでいる。最小限の食料と水しか持たず、厳しい状況で日々訓練している。身に着けているなかで、きれいなものといえば武器だけだ。布製の装備品（ウェブギア）は自分でつくった。どんな運動をすればいいか、悩むことはない——背嚢の重さは中身しだい、走るのをやめるのは敵が追跡をやめるときだ。狂信者はどれだけきつくてもかまわない。勝たなければ負ける。わかっているのはそれだけだ。一七〇〇時に帰宅することはない。ここが家。大義のみを知る。

——身元不明のアメリカ陸軍特殊部隊教官の作とされる。
ノースカロライナ州フォート・ブラッグ。日付不明。

目次

トゥルー・ビリーバー　ターミナル・リスト2
〔上〕

登場人物

ジェイムズ・リース……………………元アメリカ海軍少佐。元 SEAL チーム 7 部隊指揮官
ローレン……………………………………リースの妻
ルーシー……………………………………リースとローレンの娘
ケイティ・ブラネク……………………調査報道ジャーナリスト
エリザベス（リズ）・ライリー………リースの友人。パイロット
マルコ・デル・トロ……………………リースの親友。大物実業家
レイフ・ヘイスティングス……………リースの親友。元 SEAL 隊員
リッチ・ヘイスティングス……………レイフのおじ。〈ＲＨサファリズ〉のオーナー
ムジ／ソロモン／ゴーナ………………〈ＲＨサファリズ〉の狩猟者（トラツカー）
フレディー・ストレイン………………CIA 局員。元 SEAL 隊員
ジョーニー…………………………………フレディーの妻
サム…………………………………………フレディーの息子
モハメッド・ファルーク（モー）……リースの戦友。元イラク内務省特殊戦術部隊（STU）指揮官
ジュールズ・ランドリー………………元 CIA 局員
リサ・アン・ボールズ…………………上院軍事委員会議長
スチュアート・マガヴァン……………弁護士兼ロビイスト
オリヴァー・グレイ……………………CIA 局員。上級分析官
ケリー・ハムデン………………………同イスタンブール支局長
アミン・ナワズ…………………………テロ組織の指導者
ニザール・カッタン……………………暗殺者。スナイパー
ワシリー・アンドレノフ………………元軍参謀本部情報総局（GRU）大佐
ユーリ・ヴァトゥーチン………………アンドレノフの親衛隊長

著者まえがき

本書は救済の小説だ。

本書『トゥルー・ビリーバー』は、国のために人を殺し、復讐のために社会でいちばん大切な絆(きずな)を切った男の心理を探る物語だ。この男は敵として戦い続けてきた反逆者になってしまったが、心の平穏と生きがいを見つけ、また人として生きられるのか？

この問いかけには、イラク戦争とアフガニスタン戦争の従軍兵が、軍務を離れる心の準備をするときに自分に投げかける疑問とも、相通じるものがある。人生の生きがいを見つけられるのか？　次の使命を得られるのか、それは有意義で、有益で、周囲の人々を元気づけるものなのか？

移行期の元軍人をめぐる問題は数多く、複雑だ。九・一一以来の度重なる派遣、海外での吸血鬼時間（ヴァンパイア・アワーズ）——夜の行動と昼間の貴重な数時間の仮眠——の活動、友人でもあるチームメイトの死による生存者の罪悪感（サバイバーズ・ギルト）、人生が一変する大怪我、外傷性脳損傷、心的外傷後ストレス障害（PTSD）。こうした要因が睡眠薬依存、アルコールの過剰摂取、夫婦間の問題と相まって、なかなか立ち直れない苛烈な〝カクテル〟となる。槍を突きつけられても生き抜き、勝ち抜こうと思えば、DNAの指示にしたがって常に極度の警戒心を強いられるが、そんな状態で生きてきた者にとって、除隊後の新しい使命を見いだすのはたいへんな仕事だ。チームは家族であり、目的であり、戻るべきところだ。配偶者、子供たち、おむつ、サッカーの練習、雨漏りのする屋根といった生活に戻るのは、頭上を弾が飛び交うような状況で重要人物を捕縛あるいは殺害する作戦を計画し、遂行するアドレナリンと集中力に比べれば、ときに色褪せて見えることもある。

　弾倉を満たし、暗視ゴーグル（NOD）、武器搭載ライト、レーザーのバッテリーを交換し、車両のガソリンを入れ、標的の生活パターン、目標地域、目的地に行き来するルートを調べてきたのだ。考えうるあらゆる不測の事態に関して想定済みだ。航空支援部隊が上空にいて、同時に合同統合特殊作戦タスクフォース（CJSOTF）の部隊が、プレデター無人機（UAV）かAC-130ガンシップからの受信映像によって監視している。緊急即応部隊（QRF）も必要な支援を提供できるように待機している。集中する。チームの準備は整い、遂行の引き金を待つばかりだ。史上もっとも経験豊かで、伎倆（ぎりょう）にすぐれ、有能な特殊追跡作戦機構の一員なのだ。民間部門でそんな活動を再現しようとするのは無益な行為だ。特殊部隊員が戦場での興奮を母国で求めるあまり、非生産的で不健全な活動が表出することもある。建設的な生きがいを感じられる新しい使命が必要だ。自分より大きなものの一部になるという願望を満たす使命が。昔の自分もずっとわれわれの一部であり続けるが、前に進まなければならない。

著述活動の糧（かて）になっているのはたしかだが、私はもう潜水工作兵（フロッグマン）ではない。戦闘に明け暮れていた時期の感情を、政治スリラーのページで探っている。そうした現実の経験によって、ストーリーに深み、遠近感、真実味が付け加わることを願うばかりだ。海軍特殊部隊ＳＥＡＬとして国に奉仕することが私のなりわいだった。過去形だ。私はＭ４カービンとスナイパー・ライフルをラップトップと図書館に換え、小説を書くという生涯の夢を実現した。

私は本書で、主人公のジェイムズ・リースの同様の変遷を深掘りする。自分のせいで家族とチームメイトが死んだと思い、忠誠と名誉を誓った国に裏切られたと感じているとき、いったいどんなものがリースの生きがいになるだろうか？　どんな使命を得れば、新たな人生を歩む気になるだろうか？　これらは、ヒンドゥークシュの山中や文明の発祥地チグリス・ユーフラテス川沿いで戦ってきた者たちが抱える問題と同じで、架空の物語という形をとっているとはいえ、現実に劣らず真実味がある。われわれは過去の経験の蓄積でできている。われわれが前に進むと同時に、そうした経験と知識を集めて英知にすることが、このうえなく大切なのだ。

〝過去に起こったことは序幕（プロローグ）だ〟。ウィリアム・シェイクスピアの『テンペスト』の一節であり、ワシントンDCの国立公文書館の外の記念碑に刻まれてもいる。

まったくそのとおりだ。

ジャック・カー

ユタ州パークシティ

二〇一八年十二月十八日

これはフィクションだが、私の過去の職業とそれに伴う国家機密事項取扱許可（セキュリティ・クリアランス）により、本書を出版するには、国防総省の公表前審査と安全保障を審査する部局で政府承認を取り付けなければならない。その際、原稿の削除箇所は黒塗り修正されたままにしてある。

プロローグ

イングランド、ロンドン

十一月

アフメトは襟を立て、雪を罵った。故郷アレッポの気候は西欧人が思っているような温暖とはほど遠いとはいえ、寒いのはまるで苦手だ。夏のイタリアの地中海沿岸は天国だったから、そこになら喜んで居をかまえていた。だが、今のボスはアフメトにロンドン行きを求めた。とんでもなく寒くて物寂しいロンドンに。しばらくのあいだだといわれていた。六カ月ばかり目立たず口を閉じて仕事をすれば、どこへでも好きなところにいっていい、と。そのときは南へ戻って、まっとうな仕事を見つけ、家族に仕送りするつもりだ。

今夜の仕事はバンの運転だった。行き先は、ロンドン南西部にあるキングストン・アポン・テムズという中世風の市場街（マーケット・タウン）だった。積み荷がどういうものかはわからないが、すぐに降ろしてもらえるなら、何でもよかった。どんな積み荷か知らないが、重かった。ここに来るまでに何度も信号で停まったが、そのたびにブレーキが積み荷を抑えようと苦しげにきしむように感じられた。白いフォード・トランジット配送バンのヒーターを最大にして煙草（たばこ）に火をつける。金曜の夜という点をさっ引いても、交通状況はひどかった。

アフメトはポケットから携帯電話を取り出した。午後七時四十六分。マーケットに時間どおりに到着しようと、たっぷり余裕を持って出発したが、天気のせいで遅れ、加えて、お祭りのようなものに群れをなして向かう車や人のせいでさらに遅れた。寒さのために着（き）膨（ぶく）れして、親や兄弟と手をつないだ子供たちが、いたるところにいる。そんな光景を見て、自分の家族を思い出した。トルコのどこかの難民キャンプに詰め込まれている。それでも、もうシリアから抜け出したことだけはたしかだ。

バンは人が歩く程度のペースで進み、アフメトはクラクションを鳴らして人ごみを散らそうとした。ピンクのふわふわのジャケットを着た小さな女の子が道路をちょこちょこ渡ってきて、ヘッドライトにとらえられると、彼は急ブレーキを踏み、大きく息をついた。左折し、マーケットに入ると、ガレージで指示された住所の前にバンを止め、ハザードランプをつけた。スモークガラス越しに目を凝らし、正しい場所だと確認する。ボスたちは正確な位置で荷降ろしするようえらくこだわっていた。

　空から見ると、このマーケットは片側が広く反対側が狭い、大きな三角形をしている。アフメトのバンはアイドリングしたまま、大きな三角形の広い底辺に停まっている。ジャーマン・クリスマス・マーケットに集う楽しげな群衆は、バンに目もくれない。このショッピング街はふつうの夜でもにぎわうが、祝日の催しがたけなわの今はごった返している。少し前のオンライン記事でもこの古風な祭典が取り上げられていて、ロンドンやその周りの郊外に住む家族連れが、じかにすてきな雰囲気を味わおうと押し寄せていた。買い物客が店頭を塞ぎ、カフェやパブで食事したり、帽子やスカーフからスパイス入りのワイン、温かいプレッツェル、クルミ割り器、燭台、昔ながらの木の飾りまで、何でも売っている売店を物色している。それでなくても人を惹き付ける街のマーケットだが、雪をかぶった三角屋根の売店が立ち並び、電飾でつながれ、ところどころに巨大なクリスマスツリーが高くそびえ、まるでアルプスの村のような趣だった。

　アフメトは周りを見たが、積み荷を降ろす者たちの姿は見えなかった。

　〝これだけ混み合っているから、遅れているのだろう〟と思いつつ、指示された番号に電話をかけ、もどかしさをこらえながら応答を待った。

「はい（アロ）」

「もしもし（アナブナク）」

「待ってろ（アンタザル）」

電話が切れた。通話が途絶えたのか、単に先方が切ったのか、アフメトは携帯電話の液晶スクリーンを見て確かめようとした。彼は肩をすくめた。

爆発は耳を聾（ろう）した。マーケットの雪をかぶった玉石の通りには何千人もの買い物客がいて、バンに近いところにいた者たちは爆発によって瞬時に消え去った。彼らは運がいいほうだった。爆破装置に指向性を考えて埋め込まれた鋼鉄の破片が、千個のクレイモア対人地雷のように群衆に浴びせられ――飛んでいく先にいた者を殺し、重傷を負わせ、引き裂き、手足を切断し、まだ生まれてすらいない将来の命を奪った。楽しいクリスマスの集（つど）いが今や混乱の交戦地帯と化した。木造の売店の焼け焦げた残骸、割れたガラス、もつれて垂れ下がる電飾、壊れたテーブルなどに混じって、死者や瀕死の重傷者が何十人も転がっている。

まだ体が動き、衝撃波を受けても多少はまともな意識を保っている者たちが、殺戮（さつりく）現場から逃れようと、三角形のマーケットの頂点部へ押し寄せた。頂点部は非常に狭く、高性能爆薬の威力で吹き飛ばされた祭典の残骸が、そのあたりにも散らばっていた。瓦礫（がれき）で塞がった通りが、三角形の頂点付近の違法駐車によってさらに詰まっている。建物、車、瓦礫で狭くなっている出口では、人間がぎゅうぎゅう詰めになり、パニックに陥った群衆は、逃げ惑う畜牛のように押し合いへし合いしている。幼子が大人に踏みつけにされ、弱き者は強き者に見捨てられる。あまりに現実離れした光景だからか、はじめ、銃声に気づいた者はほとんどいなかった。

出口の左右両側の三階建てビルの屋上から群衆に向けて、ソ連製のベルトフィード式PKMマシンガンをかまえたふたりの男が銃撃を開始した。七・六二×五四ミリR（リムド）弾が人間の塊を引き裂き、肉体を細切れにした。下にいた者たちの多くは、バンの恐ろしい爆発ですでに負傷しており、逃れる見込みなどなかった。群衆はぎっしり集まっていて、死んでも地面に倒れられず、激しい人波によって、束ねられた棒のように立ったままでいた。銃撃者はふたりとも、再装填（そうてん）の手間を省くために複数の弾帯をつなげていて、鉄の雨はふたりの銃撃者の弾帯が切れるまで降り注いだ。銃撃は一分以上も続いた。弾が切れ、長い銃撃で銃身が白熱した武器をうち捨て、ふたりの銃撃者は下の混乱の中へと紛れ込んだ。マーケットの排水溝に赤い血が流れるなか、さっきまでホリデーシーズンの喜びに満ちていた通りに踏み出した。

のちになって、防犯カメラの映像により、ふたりの銃撃者が野外マーケットの両側に分かれて移動し、真っ先に駆けつける警察官や救急隊員が負傷者の対応に向かいそうなルート上に陣取ったことがわかった。そして、死者に紛れ、一時間以上も待ってから、身に着けていた自爆ベストを起爆させ、警察官、消防隊員、医療関係者、ジャーナリストを巻き添えにし、二十一世紀のヨーロッパにおいて別次元のテロをつくり上げた。

四四〇マイル（約七〇八キロメートル）南東では、ワシリー・アンドレノフが、前に並ぶ四つの巨大なフラットスクリーン・モニター越しに、騒動に見とれていた。イングランド史上、最悪のテロ攻撃だと報じられている。これほど多くのロンドン住民がひとつの事件で死んだのは、一九四〇年のロンドン大空襲がもっとも激化していたとき以来だった。犠牲者数が三百を超え、さらに増えると思われていても、アンドレノフは気にならない様子だ。死者の半数が子供であり、これだけ多くの負傷者に対応できるだけの専門医療施設が、ロンドン中を探しても足りないという現状にいたっては、まったく気にならなかった。

室内は静まり返っている。アンドレノフは静けさを好んだ。それぞれのスクリーン下部に流れるテロップを読み、ウォッカをひとくち飲んだ。負傷者の多くが搬送すらされていないというのに、マスコミが現場に殺到している。衛星放送機材を積んだトラックが渋滞に加わり、ロンドンの緊急対応計画にしたがって各地から派遣されてきた救急車のたゆまぬ流れを邪魔している。

マスコミがさっそく〝イギリスの九・一一〟と名づけた事件を、世界中の視聴者が衝撃と恐怖を感じつつ見ているあいだ、このロシア人の表情はまったく変わらず、息遣いも荒くならず、血圧も上がらなかった。ただスクリーンからスクリーンへと視線を移動させ、目の前の卓上にある高性能コンピュータがデータを処理するのと同様に、情報を処理していた。ワシリー・アンドレノフこそ、その十二月の夜にロンドンの街の大惨事を引き起こした張本人だという事実をのぞけば、この事件自体はさほど目覚ましい出来事でもなかった。

アンドレノフは私邸の指揮センターの壁に映し出されている壮大な殺戮の光景から目を転じ、コンピュータに向けると、月曜の朝に全世界の株式市場があくと同時に正しい株式銘柄の取り引きが自動的に開始される設定になっていることを確認した。すべてが順調に進んでいると確信し、最後にもう一度、自分がつくり出した新しいロンドンの姿を長々と眺めてから、早めに就寝した。月曜日になれば、ワシリー・アンドレノフはきわめて裕福な男になる。

第一部　脱　出

1

大西洋上
〈ビター・ハーベスト〉内
十一月

趣味としてヨットに乗る連中は、北から冬が迫ってくるときに大西洋を横断したりしないが、それには理由がある。海が荒れるからだ。海軍士官なのに、実際に外洋でヨットを操縦した経験がほとんどないとはおかしなものだ、とジェイムズ・リース少佐は思った。海が荒れているせいで、横断が危険であると同時に、体力が削られるというのは、悪い知らせだ。だが、いい知らせは、強風が吹くから、移動の時間がかなり短縮でき、発見される可能性も低くなることだ。フィッシャーズ・アイランドを離れてから数日、リースはコネチカット州沖にとどまり、彼がある家族から〝盗んだ〟〈ビター・ハーベスト〉と名づけられた全長四八フィート(約一四・六三メートル)のベネトウ・オセアニス48を操縦するコツをつかむことに専念し、ヨットの操縦をある程度、体で覚えた。万が一だれかが大西洋の真ん中でリースを探していても、発見されにくくするために、ヨットの船舶自動識別装置(AIS)は所有者たちの手で切ってあった。それでも、M4の銃床に取り付けたガーミン・フォアトレックス401GPSはある。ただ、バッテリーを節約するために控えめに使い、船内の海図と羅針盤とも併用して進みを記録していた。

完璧ではなくても、現在地はかなりの精度でわかるし、空が雲に覆(おお)われることもよくあるから、星座を使うよりはましだった。ヨットには最新の六分儀に加えて、航海に関する本を集めた小さな書庫もあり、リースは暇(ひま)な時間に新しい技術の習得に努めた。決まった目的地があるわけでもなく、そんなものが必要だとも思っていなかった。最近になって末期の脳腫瘍(のうしゆよう)があると診断されていたから、どうせすぐに向こうの世界に行くことになる。

ほんの数カ月前まで、リースは部隊指揮官として、アフガニスタンでの任務でSEALチーム7(セブン)の部隊を率いたが、大失敗に終わった。リースと彼のチームは、彼の指揮系統内の腐敗した役人によってわざと罠に投げ込まれた。リースの部下、さらには、妊娠していた妻と娘までが、大金が絡む治験中の新薬の副作用を隠蔽するために暗殺された。この新薬をめぐる大がかりな陰謀には、ワシントンDCの最高幹部もかかわっていた。その新薬の副作用というのが、リースの頭の中にできたものとまったく同じ脳腫瘍だった。復讐すべく、リースはひとりきりで報復任務を開始し、太平洋岸から大西洋岸まで、点々と死体のあとを残した。今、リースは外洋にいる。彼がアメリカの国土にもたらした死と破壊からは、かけ離れたところだ。

〈ビター・ハーベスト〉は、リース単独よりはるかに多くの乗組員が乗船する前提で設計されているから、船内にはスペースがたっぷりある。ヨットの調理室の大部分と個室をほぼ埋め尽くすほどの大量の食料備蓄がある。その両室の光景を見ると、訓練任務中に何度か乗艦した攻撃型潜水艦を思い出す。そういう潜水艦は空気と飲料水をつくることができた。唯一の制限は食料だった。潜水艦乗りは補給品をがんがん食べ、文字どおり食料備蓄の上を歩いていた。五三ガロン（約二〇〇リットル）入る燃料タンクのほかにも、プラスチックの燃料容器がデッキの手すりに紐で固定してある。それでも、リースは燃料をなるべく使わないように気をつけていた。

デッキ上では風がうなり、リースは昼も夜もいちばん温かい服を重ね着して、ヨットを操った。取り扱い説明書を熟読したあとも、〈NKEマリーン・エレクトロニクス〉の自動操縦機能（オートパイロット）をなかなか信用できずにいた。自動操縦とはいえ、二十分おきにデッキに出なければならなかった。取り扱い説明書には、晴天時に五ノット（一ノットは一時間に一海里＝約一・八五キロメートル進む速度）で航行していれば、二十分で水平線に達すると明示されていた。その先に何があるのかはまったくわからない、と。あとどれくらいで寿命が尽きるのかはわからないが、寒さに震えて死にたくはないから、南のバミューダに向けて針路をとった。頭痛はときどき襲ってきたが、夜ぐっすり眠れていないわりには、これほど気分がいいのはしばらくぶりだった。ひとりで洋上にいると、この数カ月のことを思い返さないわけにはいかなかった。この比較的平穏な大西洋上にリースを導いてきたすさまじい道筋を。一面に星をちりばめた夜空を見上げて娘のルーシーを思い出し、果てしない海原を見てローレンを思い出した。ルーシーは南カリフォルニアの明るすぎる街の照明から逃れた先で見る夜空に魅了され、ローレンはずっと海が大好きだった。世界でいちばん好きだったふたりと過ごした楽しいひとときに、意識を集中しようとしたが、思い出に詰まっている喜びとともに、耐えられない痛みの時もよみがえった。リースに向けられるはずだったAKの凶弾にふたりが倒れ、血にまみれて早すぎる死を迎えた光景が脳裏にこびりついて離れなかった。それは政治とカネの機構によって仕組まれた罠だったが、その後、リースはひとつずつ、機構の歯車をとりはずしていった。

かすかな罪悪感とともに、ケイティのことも思い出した。運命のいたずらによって、あるいは天の配剤かもしれないが、これ以上ないタイミングで再会した調査報道ジャーナリストのケイティ・ブラネクが、リースのチームと家族を死に追いやった陰謀の全容解明に手を貸してくれた。短い時間とはいえ友情をはぐくみつつ、ともに数多くの試練に耐えたが、彼女とあんな形で別れたこと、別れ際の言動が悔やまれる。わかってくれただろうか、彼を化け物だと思っているだろうか、血みどろの足跡とともに亡骸(なきがら)となって残された者たちのことなど一顧だにしない復讐の鬼だと思っているだろうか、とリースは思った。

〝兄弟愛(ブラザーフッド)〟はSEALチームでよく使われる言葉だ。この数カ月のあいだに、幾多の試練によってその言葉の意味が極限まで試されるうちに、リースの人生はばらばらになってしまった。アフガンの暗い山中で奇襲を受けたときに戦友をなくし、銃後の母国でも親友のひとりに裏切られた。部隊と家族を殺され、自分も耳元で死に神に声をかけられているせいで、リースは反逆者になってしまった。この十六年のあいだ戦ってきた自分自身の敵になってしまった。こうなった以上、反逆者らしく、立て直し、装備を調え、次の手を計画する避難場所が必要だ。ルーツに戻る必要がある。

手助けがもっとも必要なときに、いちばん親しい友人が手を差し伸べてくれた。リースがニューヨークから逃れ、リストに載っていた最後の共謀者を殺害するため、フィッシャーズ・アイランド上陸作戦を遂行する際、リースを作戦開始地点まで運んでくれた。リースが協力を求めたとき、レイフ・ヘイスティングスはまったく躊躇しなかった。かつてのチームメイトのためにすべてをなげうつ危険を冒し、見返りも求めなかった。

ふたりは一九九五年の秋、モンタナ大学のラグビー・グラウンドで出会った。リースがアウトサイドセンター、レイフはナンバーエイトで、チーム内でもず抜けてうまいプレイヤーだった。一九九〇年代はじめには、たいていのアメリカ人にとって、ラグビーはよくわからないスポーツだったから、強固なコミュニティと文化がはぐくまれていた。おれたちはラグビー問題を抱える酒飲みチームだ、というのが定番のジョークだった。

レイフはリースの一学年上だが、まるで二倍も年を重ねてきたような立ち居振る舞いだった。リースにはよくわからない北アメリカ国境の外にいたことをほのめかすような訛り。大学生活にまつわる昔ながらのパーティー・シーンにあっという間に飽きていくなか、リースはレイフが暇になると図書館で野生動物管理学を研究するか、ジープ・スクランブラーを駆って、ひとりモンタナの山奥に入っていくことに気づいた。

ラグビー・グラウンド上で活躍するようになり、チーム・キャプテンであるレイフにもいくらか相手にされていると思えるようになったころ、リースは探りを入れてみることにした。キャンパスの外にあるレイフの家で開催される、かの有名なラグビー・チーム・パーティーで切り出した。

「ビールどうだい？」リースは音楽に負けない声で訊き、外のビア樽からなみなみと注いだばかりの〈ソロカップ〉の赤い使い捨てコップを差し出した。

「いや、おれはいいよ」レイフは答え、ウイスキーが入っていると思われるグラスを掲げた。

「見事なミューリーだな」リースはいい、体長が二〇〇インチ（約五メートル）を超えていたかと思われるミュール鹿の首から上の剝製に向かって顎をしゃくった。

「ああ、あいつは大物だった。〝バック・ザ・ブレイクス〟と名づけた。賢い鹿だったよ、あれは」

「そこで育ったのか？」

「ああ、いちばん近い街はウィニフレッドだろうな」

「すごいところだろうが、ラグビーで知られているわけじゃないよな。その前はどこに？」

　レイフはためらい、ひとくち酒を飲んでから答えた。「ローデシアだ」

「ローデシア？　ジンバブエのことか？」

レイフは首を振った。「おれはどうしてもそう呼ぶ気にはなれない」

「なぜだ?」

「代々受け継がれてきた農場を、マルクス主義の〝政府〟が奪っている。だからうちはアメリカにやってきたわけだが、おれがまだガキのころのことだ」

「そうだったのか。そっちの情報はあまり入ってこないんだ。おれが生まれる前に、父がしばらくアフリカにいた。父はそのときの話はしないが、書斎の本棚にセルース・スカウツ（ローデシア軍の特殊部隊）の本があって、高校のときに読んだことがある。あの人たちは筋金入りだったんだな」

「スカウツのことを知っているのか?」意外に思ったらしく、レイフが顔を上げた。

「ああ、おれの父親は軍人だった。ベトナムのときは潜水工作兵（フロッグマン）だった。特殊作戦関係の本は手当たりしだい読んでる」

「おれの父はスカウツに入っていた。おれが小さいころに」レイフはいった。「戦争が終わるまで、ほとんど顔を合わせたこともなかった」

「ほんとか? すごいな! おれの父親もしょっちゅう家を空けていたよ。海軍を抜けたあとは、国務省で働いていた」

レイフは年下のチームメイトに疑問の目を向けた。「さっきミューリーといっていたな。

狩りをするのか？」

「父と行く機会があれば、必ず行っていた」

「そうか、それなら、一緒に行こうぜ。早くそのビールを飲めよ」そういうと、レイフはリースがはじめて見るラベルがついたウイスキーのボトルを取り出し、自分とリースにツーフィンガー分を注いだ。

「何に乾杯する？」リースは訊いた。

「父はいつも〝仲間に〟といっていた。スカウツ時代からそういって乾杯しているらしい」

「へえ、それでいいじゃないか。それじゃ、〝仲間に〟乾杯」

「仲間に」レイフはうなずいた。

「これは何ていう酒だ？」リースはなめらかな口当たりに驚き、訊いた。

「おれが家を出たときに父にもらったものだ。〝スリーシップス〟。南アフリカの酒だ。たぶんこっちでは買えない」

新しい友情とウイスキーで口がなめらかになったからか、いつもはストイックなレイフが、幼いころを過ごしたアフリカのことを話しはじめた。当時のローデシアに農場があったこと、戦後に南アフリカに移り住んだこと、やがてアメリカ合衆国に移住してきたこと。

「明日の朝早く、ブロック・フォー（モンタナ州の狩猟区画区分）へ行く。ヘラジカの許可を取ってある。おまえも行くか？」

「行くよ」リースは即答した。

ふたりは翌朝〇四三〇時に車で出発した。このラグビー・チーム・キャプテンが本格的なハンターであることが、リースにはすぐにわかった。レイフは講義室内やグラウンド上と同じ熱意を持って鹿やヘラジカを追うのだった。これほど大自然で生きる才能に恵まれた人に、リースは会ったことがなかった。まるで大自然の一部のようだった。

秋が冬に移ろうにつれて、ふたりは木曜午後の講義が終わると、コンパウンドボウ（一九六九年に特許が認められた近代的な弓）と最小限のキャンプ道具を背負って山に入り、翌日の日の出から夕方まで狩りをするようになった。レイフはいつも山道の先へ、森の奥へ、山の深みへと入っていった。獲物を追うために高まった〝嗅覚〟を妨げないように、話はめったにしなかったが、身振り手振りや表情の微妙な変化だけで互いの考えを、すぐに読めるようになった。

その秋のハンティングで、リースは日が沈む間際の峡谷で巨大な雄のヘラジカをしとめた。日曜の夜で、ふたりとも翌朝には休めない講義があった。ヘッドランプを頼りに急いで獲物を捌き、何度かにわけて、それぞれ一〇〇ポンド（約四五キログラム）近い肉を背負って運んだ。峡谷の底から山道の入り口まで、三時間かけて戻り、そこで肉を木に吊り下げて、残りを取りにいった。しとめた雄鹿を持ち帰るのに朝までかかり、ふたりは一睡もせず、渇いた汗とヘラジカの血がこびりついた服を着たまま、よろめきながら講義室に入った。モンタナでも、さすがにそんなありさまでは教授やクラスメイトの好奇の目を引いた。その朝の格好から、〝血の兄弟（ブラッド・ブラザーズ）〟というニックネームが生まれ、大学を終えるまで、その呼び方が定着した。

狩猟シーズン中にしとめて持ち帰った大量の肉を貯蔵するために、レイフは箱型冷凍庫を一台買った。寒い日々が続く冬のあいだ、野生動物の肉の調理法を磨いた。ふたりの〝獣メシ（ビースト・フィースト）〟は持ち寄りの宴会となり、仲のいい学生仲間が副菜やデザートを持ち寄り、ブラッド・ブラザーズが丹精込めて用意したヘラジカのテンダーロイン、鹿のロースト、アヒルの胸肉に添えるのだった。自家製の酒が振る舞われたという噂も絶えなかった。

リースは春になってから、レイフの家族が住むウィニフレッドのはずれにある農場を訪れ、広々とした土地に目を丸くした。派手さはまったくないが、ヘイスティングス家の農場が繁盛しているのはよくわかった。レイフがジープを乗りまわし、大学の寮ではなく一戸建てに住んでいるのもうなずけた。ミスター・ヘイスティングスは、ローデシアで身につけた技術を携（たずさ）えてモンタナにやってきたのだと、リースに語った。アフリカにいたころには、値の張る良種の雌牛を競売で毎回競り落とすわけにもいかなかったから、虚弱だったり、病気にかかっていた牛を介護して元気にすることもあった。モンタナのほかの農場経営者が競売で登録済みの牛に高値を払い続け、マーケットの潮流が変わって痛手を被(こうむ)るなか、ヘイスティングス家はあまりぱっとしない牛を買って、立派に育て上げていた。要するに、安く買って高く売っていた。ほかの農場経営者が土地の一部を売るしかなくなっても、ヘイスティングス家の財政基盤は盤石で、底値に落ちていた土地を買い増すことができた。その目的は畜牛の増産というより、資産の多角化だった。そうやって新たに土地を獲得したおかげで、狩猟の貸地(かしち)料や事業をポートフォリオに加えることができ、その土地の価格が上昇した。こうして彼らは、農場経営を知り、土地を知る一家として、確固たる名声を勝ち取った。

それから三年のあいだ、ブラッド・ブラザーズは特別の親友になり、秋には狩猟、冬にはバックカントリー・スキー、春にはロッククライミングとカヤッキングをともに楽しんだ。レイフがカリフォルニアのリース家に来ることもよくあり、レイフが海軍への入隊を決意したのも、リース家を訪れていたときだった。父親に帰化国に対する感謝の念を教え込まれ、家族がローデシア紛争に出征したこともあり、レイフは入隊を家族の義務のような感じに考えていた。現代軍隊によって考案された選抜訓練課程のなかで、もっとも過酷なのがＳＥＡＬのそれだという話をリースの父親から聞いて、レイフはＢＵＤ／Ｓ（水中爆破／SEAL基礎練成訓練）で自分の伎倆（ぎりょう）を試す決意を固めた。

ブラッド・ブラザーズが離れていたのは夏のあいだだけだった。レイフがジンバブエの親戚の農場に働きに行くからだった。レイフの父親は息子にかつての母国でおじの狩猟者（トラッカー）チームと一緒に働かせて、ルーツとのつながりを保たせようとしていた。レイフもその狩猟チームと一緒にいるときにいちばんくつろげた。動物の痕跡（こんせき）や気配を読む彼らの技術や本能は神業といってもいいほどだった。レイフは彼らとともにアフリカの大自然で伎倆を磨き、現地のショナ族の言葉をマスターすることができた。

リースも一度、大学時代の夏にジンバブエに行き、一カ月間レイフと未開地（ブッシュ）で仕事をした。ふたりは狩猟チームでは下っ端だから、あまり華やかな役目はさせてもらえなかった。タイヤ交換、サファリ・トラックのメンテ、皮剥（は）ぎの手伝いが仕事だった。リースの滞在も残り一週間あまりとなったころ、原野でとりわけきつい仕事が終わったあと、レイフのおじがふたりに近づいてきた。そして、ふたりに黄色いリーガルパッドの紙を一枚ずつ手渡した。狩猟割り当て未達成リストだった。彼らの保護区の鳥獣を管理する生物学者たちが狩る必要ありと決定したのに、シーズン中に顧客が狩れなかった動物とその頭数が記してあった。モンタナからきた男ふたりにその動物を狩る順番がまわってきたのだ。ヘイスティングス家が煙草（たばこ）農場、牛の大規模放牧場、サファリ事業で雇っている数百人の労働者の食糧を貯蔵しておく大型冷蔵庫に、肉を持ち込む順番が。

「ランドクルーザーを使って、トラッカーを連れていけ。どこで狩ってもいい。怪我だけには気をつけろよ」

そんな思い出は、顔に吹きつける冷たい風によって断ち切られた。水平線上の前線を見上げた。急速に迫っている。〝夜明けの赤い空なのか？〟。この時化には、どこか不安を煽るものがある。旅路がはじまったときに切り抜けた時化より、ずっと荒れるかもしれない。リースは雨具を着て、デッキのものが動かないように固定されているのを確かめた。デッキに出るときには必ず命綱をつけることにしており、命綱の両端がしっかりつながっていることを確認した。本格的に時化てきたら、帆を降ろして乗り切ることになるが、今のところは風を最大限に利用することにし、船室に下がってコーヒーを淹れた。長い夜になりそうだ。

前線がやって来ると、激しい時化になった。船室にルーフがついているおかげで、激しい雨も操縦室には入ってこなかったが、濡れずにいるのは不可能だった。リースは帆を降ろし、猛烈な風に飛ばされないようにしまい込んだ。今やヨットはディーゼル・エンジンの出力だけで移動していた。熟練のヨット乗りなら、時化の風を利用することもできるのだろうが、リースはそこまでして速度を得るリスクはないように感じた。この時点では針路の取り方の心配はしていなかった。ヨットに大きな損傷を受けずに時化を乗り切ることが先決だった。現在地を気にするのは、生き延びてからでいい。空は暗くなり、海は大きくうねっている。次の大波が予測できないのが、いちばん大きな不安だった。

リースは何年も前に荒れた海に出たときのことを思い出さずにはいられなかった。アラビア湾北部で、T3（アメリカで建造される大型タンカーの等級）クラスのタンカーに急行していたときのことだ。そのときも暗かった。深夜零時をちょうどまわったころ、特殊舟艇チーム12の熟練操縦士が操縦する高速哨戒艇は、イラン領海へ直行していた目標を追跡していた。数年前のことで、リースはチームの面々と一緒だった。この業界で最高の連中だった。今はひとりきりになってしまったが。

古代デンマークのバイキングまでさかのぼる家系とはいえ、海上追跡の遺伝的適性があったのかどうか、リースにはよくわからないが、九世紀当時の血が薄まっているのはたしかだ。波が船首右舷側を絶えず洗っているが、ビルジポンプ（船底に溜まった水を船外に排出するポンプ）が役割をしっかり果たし、〈ビター・ハーベスト〉の船室に水が入り込むことはなかった。ヨットは盛大な暴風と時化にもまれておもちゃのように揺れ、リースの命は荒れ狂う悪天とヨット製作者の腕に委ねられていた。最新のヨットに乗っているにせよ、恐ろしい状況だった。

北欧の祖先が木造の無甲板船でこんな風に海を渡るところを想像したが、祖先はずっと腕がよかったはずだ。長い髪と顎ひげを雨と海水でぐっしょり濡らしつつ、自分が手漕ぎのバイキング船に乗っていたとしても、それほどおかしくはないとも思った。こんなとき、人や船を海の底に引きずり込みたがる北欧の海神エーギルの怒りを鎮めるために、祖先はどんな供え物をしたのだろう。

これ以上、海が荒れようがないと思ったちょうどそのとき、嵐がその激しさのつまみを一段階上げた。ヨットが持ち上がると同時に、稲妻の閃光が海を照らした。その刹那（せつな）、脳腫瘍で死ぬことはないと思った。ヨットはマストをはるかに越える大波の頂点に向かって、まっすぐ走っていった。

ヨットはジェットコースターのように、大波の頂点で一瞬止まり、下の黒い海に向かって突き進んでいく。重力が消えたような感じがすると、両手でステンレススチールの舵輪をつかんで衝撃に備え、声のかぎり、獣（けもの）のような咆哮（ほうこう）を上げた。重量三万ポンド（約一三トン）の〈ビター・ハーベスト〉の船体が傾き、けたたましい音とともに波の谷間に激突すると、まるで車同士が正面衝突したときのように、リースの体が舵輪に打ち付けられ、意識が漆黒（しっこく）の闇に包まれた。

冷たい波が舷側を派手に洗い、リースを目覚めさせた。操舵所のあいだのデッキに横たわり、顔をヨットの舵輪に打ち付けたらしく、鈍い痛みがある。とっさに手を顔に持っていくと、血がべっとりついてきたが、激しい雨ですぐに透明になった。頭に深い切り傷があり、鼻が折れているのがわかるが、とにかく生きている。ヨットの竜骨は折れていなかった。舵輪につかまって立ち上がると、リースは操舵に戻った。血が目に流れ込んでいるが、どのみち暗くてあまり見えない。なるべく早く時化から抜け出そうと、針路を南にとることに集中した。状況はたいしてよくなっていないが、悪くなってもいないようにも思われた。さっきの巨大な波が時化の最悪の瞬間であることを祈った。慣れてきているだけかもしれないが、時化が少しだけ和らいでいるようにも感じられる。それから数時間、リースは目に入る血を拭き、針路を確認し、索具装置（リギング）を調整し、また目に入る血を拭くという作業を繰り返した。鼻がずきずき痛み、額にあいた傷も、容赦ない大西洋の風で吹きつける塩辛いしぶきを受けてひりついていた。

2

アフリカ、ジンバブエ
セイブ・バレー
一九九八年八月

その朝、リースは見事な雄のクーズーをしとめた。しとめにくいことから、一般には〝灰色の幽霊(グレイ・ゴースト)〟として知られる、螺旋(らせん)状の角をしたアンテロープだ。リース、レイフ、狩猟者(トラッカー)たちは夜明け前から追っていると、ついにその雄のクーズーは、いったいどんなものが自分を追っているのかと、足を止めるというあやまちを犯した。六〇〇ポンド（約二七〇キログラム）近くの野生動物を小さなピックアップの荷台に積み上げるだけでもたいへんだったが、トラッカーたちの創意とランドクルーザーのウィンチを駆使して、どうにか積み上げた。彼らは若者特有の屈託のない笑みを浮かべて牧場主の家(ランチハウス)に戻っていた。レイフが運転し、若いトラッカーのゴーナが助手席に乗り、リースと年上のトラッカーが荷台に溶接された高くなっている座席に座り、ビールを飲んだり、美しい景色を楽しんだりしていた。カーブを曲がり、ランチハウスが見えてくると、レイフはすぐさま何かがおかしいと気づいた。三台のおんぼろピックアップ・トラックが、手入れの行き届いた母屋前の芝生にでたらめに停めてあり、十人ちょっとの男たちが庭に広がっていた。ほとんどは目に見えるところに武器を携帯している。レイフは三台のトラックに向かってまっすぐ車を走らせ、男たちのすぐ手前で停めた。

トラックの後部席であまりに無防備だと感じつつ、リースは男たちに目を向けた。はっきり敵意が感じられる彼らの態度に、どうなっているのかと思った。リースは人数を数え、武器を見せているのが何人いるかを確認し、膝のすぐ前の銃架に寝かされている三七五口径のH&Hライフルに目を向けた。数では分が悪い。

レイフが男たちにショナ語で何かをいったが、黙殺された。トラッカーのふたりは座ったまま、叱られた犬のようにうなだれ、目を足下に落としていた。リースはこの一カ月あまりで、ふたりの判断を信頼するようになっていたから、この男たちとは目を合わせない方がいいのだろうと思った。

彼らの服はサッカーのユニホームからすり切れたワイシャツまで、さまざまだった。服装でひとつだけ統一されている点があるとすれば、統一感に欠けることのようだった。十代か二十歳そこそこの者がほとんどのようで、持っている武器はAK、ショットガン、南米のマチェーテにも似たパンガという大鉈、使い込んだ狩猟用ライフルが混じっている。この男たちが何者なのか、リースにはまったくわからないが、おもしろくないと思っているのはわかる。しばらくすると、レイフのおじが、同じ年格好の男に続いて母屋から姿を見せた。ほかの連中とちがって、この男はでっぷりと太っていて、高そうな服を着ていた。〈レイバン〉のアビエーター・サングラス、紫のシルクの半袖ボタンダウンシャツといった格好だ。太い金のチェーンを首にかけ、足下はクロコダイル革のように見えるローファーだった。口にくわえていた半分吸った煙草を丸々とした指でつまんで取り、脇にはじき飛ばすと、まるでここが自分の家であるかのようにヘイスティングス家のベランダをゆっくり歩いてきた。明らかに、この男がボスだ。

その男の姿を見て、若い男たちが色めき、自信に満ちてけんか腰になっていた。この男がボス猿で、ほかの連中はボス猿に付きしたがう群れだ。ボス猿が手下どもをしたがえて、リースたちの白いピックアップに向かってまっすぐ歩いてきた。リースには目もくれず、運転席側のウインドウに近づき、リースにはわからないショナ語で何事かをいった。レイフが言葉を選びつつ母語で答えると、太ったボス猿はベルトの背中側から、撃鉄を起こしたまま安全装置(アンド・ロック)をかけた銃を抜いた。リースの父親のコレクションにも同じ銃があった。ブローニング・ハイパワー、九ミリ口径。レイフの頭に銃口を押し付け、引き金に指を軽くかけている。リースはライフルに目を向けたが、取ろうとしても間に合いそうもなかった。生まれてこのかた、これほど無力だと感じたことはほとんどなかった。レイフが撃たれたら、撃ったやつをすぐに殺す、とリースは腹を決めた。

永遠にも感じられるほどのあいだ、男は拳銃を突きつけていた。金のブレスレットが汗だらけの手首からだらりと垂れ下がり、リースの目には、この出来事全体がスローモーションで進んでいるように感じられた。横のトラッカーが声を殺して祈りの言葉を唱え、リースはこのトラッカーがどんな宗教を信奉しているのだろうかと思った。レイフのおじが一〇ヤード（約九メートル）先で、武装したごろつきどもに対してなすすべなく立っていた。

ようやく、ボス猿がレイフの顔に自分の顔を近づけ、目から邪悪な光を漏らすと、〝バン〟と小声でいい、発砲の反動を装って銃身を持ち上げた。男は値の張るシャツから突き出た腹を揺らしながら、野太い笑い声を上げ、手下たちに顔を向けた。手下たちもボスに応じて笑い、武器を持っていた者たちは晴れ渡る青空に向かって威嚇の銃砲を放った。ボス猿が拳銃を動かして車に戻るよう指示すると、手下たちはみなそそくさと車に乗り、ボスが自分の巨体を座席に載せられるように、ひとりが助手席側のドアをあけて待っていた。

トラックのタイヤが回転しはじめると、彼らはスピードを上げて走り去り、芝に深くて赤いわだちを残した。リッチ・ヘイスティングスはかぶりを振り、武装した暴徒に悪態をついた。

「くそったれどもが！」

レイフがトラックのドアをあけ、危うく死ぬところだったにもかかわらずうろたえた素振りも見せず、おじのそばに歩いていった。「あいつら何者なんだ、リッチおじさん？」

「元軍人（ウォヴィッツ）だ」彼は〝元軍人（ウォー・ヴェッツ）〟をひとつの単語のように発音した。

「元軍人なのか？　あの連中は、紛争が終わったときにはまだ生まれてもいなかったくらいのガキじゃないか」

「自分でそういっているだけだ。紛争とは関係ない。ムガベとその取り巻きが革命のレトリックを維持しているから、連中が好き勝手に国を盗んでいることにはだれも気づかない。あいつらはただの盗人連中だ。ゆすり屋だ」

「連中の望みは？」

「もちろんカネだ。最終的には農場を丸ごとよこせといってくるのだろうが、今のところはみかじめ料でおさめるそうだ。あいつらを撃ち殺してやりたいのは山々だが、それこそ政府が期待することだ。政府はあの連中をよこして、地主へ嫌がらせをさせている。こっちが反撃すれば、向こうは植民地主義だと国際メディアに訴えられる。それに、おれが反撃すれば、日が暮れるまでに軍がここを占領して終わりだ」

「警察はどうした?」リースは口を挟んだ。アメリカ仕込みの彼にとっては、こんな不当な扱いはショックだった。

「警察か? 連中にここにくる道を教えたのがたぶん警察だ。こんなだからな、おれたちにはみかじめ料を払って、できるだけ粘るくらいしかできないのさ。おれだけならアメリカに行って、明日からでもおまえのおやじのところで働けるぜ、レイフ。だが、ここはどうなる? この農場は百五十年ものあいだ受け継がれてきた。見捨てるつもりはない。百人を超える従業員もいる。あの連中が彼らの面倒を見ると思うか? おれたちは学校だって自前で置いているくらいだぞ」

弱冠二十歳のリースはどう考えていいのかわからなかったが、自分がまるでちがう文化で育ってきたことはわかった。一方では、今や強固な独裁者となったムガベに敵対する者たちが失踪したり、殺害されたりするという噂が絶えないものの、先住民が選挙で選び、世界の大半が正当だと見なす指導者がいる。他方では、英国王の承認によって入植し、農場を築き上げてきた家族の確固たる財産権があり、彼らは一世紀以上も法律を守って暮らしてきた。両者とも、自分が正しいと信じ、両者とも譲る気はない。若いアメリカ人のリースの目には、戦争の気運が高まっているように見えた。

3

大西洋上
〈ビター・ハーベスト〉内
十一月

リースは嵐のしっぽにいた。猛烈な時化（しけ）が和らぎ、ふつうの時化になっていた。GPSを起動し、現在地を確認する。暴風によってだいぶ南へ流されていたが、それはもっけの幸いだった。リースは帆を揚げて燃料を節約することにした。どうにか手に負える状況になり、アナログ・オートパイロットにし、何日も降りていなかったように感じられる船室に入った。鏡をのぞいたとき、見返してきた男のひどいありさまに笑わずにはいられなかった。額の切り傷からの出血は止まっているが、おそらく縫（ぬ）う必要がある。バタフライ（蝶形の医療用粘着テープ）で間に合わせるしかない。鼻が折れているせいで両目の周りが腫（は）れていて、黒くなりかけている。髪がぐっしょり濡れ、襟よりだいぶ下まで垂れている。シンクで顔を洗い、髪を絞って水気を切り、乾いた服に着替えようと素っ裸になる。薬箱をあさり、探し物を見つけた。包帯と鎮痛薬だ。

今度は空腹に襲われた。食料備蓄はおそらくリースの命より長くもつだろうが、冷凍食品や缶詰めにも飽き飽きしていた。オレオの入ったタッパーウェアをあけ、二枚のクッキーを口に詰め込み、手っ取り早く糖分を補給した。本格的な料理をする気にはとてもなれなかったので、即席ラーメンをひと袋出し、電子レンジで温めた。フォークに絡めたラーメンを喉に流し込むと、すぐさま後悔した。熱いラーメンで口蓋がやけどし、慌てて何度か息を吸い込んで、焼けつくような食べ物を冷まそうとした。ボウルの中身をフォークでかきまわしながら、疲れ切った頭が、空腹を満たしたい気持ちと、口の中をまたやけどしてしまうかもしれない恐れとのあいだで揺れていた。空腹が勝り、またひとくち食べようと激しく息を吹きかけ、恐る恐る舌に載せた。ラーメンが食べられる程度に冷めたころには、ボウルは空っぽになっていた。

リースは水を飲んでから、デッキに戻り、様子を見た。すべてがあるべきところにあって安心すると、腕時計でタイマーを二時間にセットし、個室のベッドにうつぶせに突っ伏した。

リースは凪いだ海でヨットを操縦し、ローレンがデッキで肌を焼いている。忙しい日々が続くなか、三歳児の母親がリラックスできる貴重なひとときだ。リースはますます少なくなっていく家族の時間を笑顔で楽しみ、このひとときのしあわせを噛みしめる。ルーシーはリースの膝に乗り、操舵を手伝っている。マリンコンパスに記されている文字が気になってしかたない様子だ。

「〝S〟はシシの〝S〟ね!」ルーシーは高らかにいった。シシというのは、母方の祖母のペットの名前だ。

「正解だよ、かわいこちゃん。ほんとにおりこうさんだな! 〝E〟ではじまるのは?」

「エルモ!」

「正解だ、ルーシー!」

「あれは何、パパ?」

「何だい、ベイビー?」

リースは首をめぐらし、娘が指さしている船尾の先を見た。巨大な三角の波がスローモーションのようにヨットの上にうねり立っている。

リースはローレンにつかまれと声を上げたが、その声はローレンに届かなかった。凶悪な波が船尾を叩きつけ、ヨットを水浸しにし、つないでいたルーシーの手が離れた。ルーシーは助けを求めるようにリースの目をのぞき込み、伸ばしたリースの手をつかもうとするが、波がルーシーをさらに遠くへと引っ張っていった。リースは足で水を蹴るが、生コンクリートの中で走っているような感じだった。息と贖罪を求めてあえぐと、海水が肺を満たし、リースは家族から離れ、命からも離れ、深みへと落ちていった。

恐ろしい警報音がしだいに大きくなり、リースを目覚めさせた。リースは汗まみれの体を起こすと、目をしばたたき、見慣れない周囲の様子を見た。自分の状況を思い出すのに、しばらくかかった。足を床に降ろし、両手の指で髪を梳く。〝もうすぐだ、おまえたち。もうすぐそっちに行く。今日かもしれない〟

リースは足で床を探り、サンダルを見つけてはくと、立ち上がり、手が天井に当たるまで伸びをした。調理室兼サロンにゆっくり歩いていき、テーブルに載っていたサングラスを取り、デッキに出て悪魔どもと向き合うことにした。

4

シリア、アルハサカ

十一月

どちらかといえば、北シリア民主連邦として知られるロジャバは、難題を抱える国家シリアの北西部を占めていた。この多民族連邦は中央政府からの分離独立にある程度成功し、独自の政体を持つ自治州として機能していた。現地では〝ダーイシュ〟として知られるＩＳＩＳをその地域から追放したあと、現地住民と南部からの難民はそこそこの生活環境を享受していた。ロジャバでは、男女平等の権利、信教の自由、個人所有権がすべて建国の宣言文に明記されていた。こうした世俗的民主主義によって、アラブ人、クルド人、トルコ人はそれなりに平和で安定した状態でひとつにまとまり、それがシリアのほかの地域にも広がる兆しもあった。大半の人々にとって、これは大きな進展のように見える。だが、自分たちの権力に対する脅威だと思った者たちもいた。シリア内務省は蛇の頭を落とすために、ニザール・カッタンというスナイパーを派遣した。

民主連邦と五百万近い住民は、共同大統領によって指導されている。アラブ人のマスール・ハダドとクルド人女性のヘディヤ・ファタハのふたりだ。ニザールはそれほど敬虔(けいけん)なイスラム教徒ではないが、アラブ人であり、女が国を動かすという考え方は不愉快だった。とはいえ、どちらの共同大統領でも自由に狙っていいといわれ、ニザールは男の方を選んでいた。このクルド人の売女(ばいた)を懲(こ)らしめてやりたいのは山々だが、女を上に据えておけば、実際にはこの〝封土〟の解体がしやすくなる。

大都市アルハサカは、地理的にいうとトルコとイラク両国との国境近くに位置し、ハダド大統領の家は同都市のましな地区にある。アルハサカは都会で、人が多く、平野にあるから、長距離の狙撃は計画も実行も難しい。近距離でターゲットをしとめれば、逃走が困難になるだろうが、万全は期してある。アルハサカで活動している政権側の資産(アセット)がもたらした諜報に加えて、航空写真も精査したが、身を隠すのに適した場所を見つけられなかった。部隊の古参兵が〝D・C・スナイパー〟が使った手を試したらどうかといってきた。

〝D・C・スナイパー〟というのは、九・一一の一年後、数週間にわたってアメリカの首都をテロ攻撃したふたりの犯罪者のことだ。ニザールはまだ若いから、その攻撃のことは記憶にないが、オンラインの新聞記事には、彼の〝皮剝ぎ〟場面をつくり上げるのに必要な着想がすべて記してあった。

おんぼろの白いキア・フロンティア・トラックも、通りに停まっているほかの大半の車に劣らず古く見えるし、アサイシュという現地の治安当局に怪しまれないように、現地ナンバーも確保してある。近くの建設現場と関係のある数多くの車両に似せて、トラックの荷台には建築資材を積み、その上からビニールシートをかぶせてある。

午後九時をまわったころ、ニザールは荷台をターゲットの家に向け、トラックを路肩に停めた。この通りはめったに車が通ることもないが、荷台で何かを探すふりをしながら、コンクリート・ブロックや木材のあいだに入っていき、最終的にあらかじめあけておいた隙間に身を入れ、うしろをブロックで塞いだ。彼は長身ではないが、膝を曲げないと隙間に入らず、荷台がもっと広かったらよかったのにと思った。夜風が涼しかった。ウールのブランケットを体にかぶせ、うつぶせの体を覆い隠す層をまたひとつ増やした。

ニザールは薄い気泡ゴムのマットレスの上でうとうとしていたが、トラックが動いているように感じて、びくりと目を覚ました。だれかがリアバンパーを押し下げているらしく、くたびれたショックアブソーバに負荷がかかり、キアが上下に揺れた。タープが擦れる音と、ブロック同士がこすれる音が聞こえた。心臓の鼓動が速まり、片手がライフルのプラスチックのグリップを探る。

〝バレたのか？〟

ニザールがセレクタをセミオートに切り替えると、思っていたよりはるかに大きな音がしたが、そこにいる者は気づかなかったらしく、コンクリートのこすれる音が続いている。ブロックはニザールの頭上を覆う木の薄板に並べているだけで、ひとつかふたつ取り除けば、確実に彼の位置が露出する。あと数秒で、彼の任務は終わるかもしれないというのに。

「何をしている？」十数メートルほどと思われる距離から、アラビア語の威圧的な大声が響いた。

ブロックの動きが急に止まった。

「このブロックを見てるだけだ。いいブロックだなと思って」近くの男が答えた。

「そのブロックはあんたのものじゃないぞ、じいさん。トラックから離れないと、あんたを逮捕するしかない」

「見ていただけじゃないか」

トラックが揺れ、男がバンパーから降りたことがわかった。

「悪かった」

「さあ、行って！」

「わかった、すまなかったよ」

男がサンダルばきの足でいそいそと走り去る音が、ニザールに聞こえた。もっと重厚な足音が近づき、まばゆいライトがブロックの隙間から差し込んだ。ニザールは頭を下げ、目を閉じ、息もせず、シーツをかぶった子供のように、警察官のライトから必死で隠れようとした。ゆっくりと数秒が過ぎてから、ライトのスイッチが切れる音が聞こえ、少しして、ブーツの足音が遠ざかっていった。スナイパーは安堵の声を漏らした。今夜はもう眠れそうもない。

ニザールの思いは若いころの記憶へと漂っていった。家族と一緒に住んでいた農場の家の薄いトタン屋根の下で、父親に忍耐の美徳を教えられたこと。彼らが住んでいたその屋根裏部屋は、今いるところと大差なかった。狭苦しくてじめじめしていた。だが干し草の寝床が心地よかった。音を立てないキンイロジャッカルの影が山羊小屋の周りをまわっているが、夜明け前の薄明かりではその姿は見えない。手にしている古いイギリス製のライフルがやけに大きく感じられ、銃床が長いせいか、首を不自然に前に伸ばしていないといけなかった。このライフルは、長い木の先台を丸めた毛布に載せるだけで保持できる。ニザールは落ち着けとささやいていた父の息が染みついたらしく、煙草のにおいがする。

興奮のあまり身震いしたが、父の声に荒い息が収まり、アイアンサイトの震えも落ち着いた。ジャッカルがまた小屋の周りをまわったとき、灰色の照明がピンク色に変わり、照準器のリアノッチ越しに細長い柱が見えた。父親の言葉が繰り返し連なるように聞こえ、ほとんど虫の羽音のようになると、第一次世界大戦時につくられたライフルの重い引き金を絞りはじめた。〝落ち着け……〟

夜が明けるにつれて、街も息を吹き返しはじめた。エンジンが咳き込み、犬が吠え、鳥がさえずり、子供たちが甲高い笑い声を上げている。戦時中とはいえ、暮らしは続く。都市生活の喧噪（けんそう）の中でも、ニザールの耳にはひとつの音が際立（きわだ）って聞こえた。教会の鐘の音だ。アルハサカには、モスクだけでなくキリスト教の教会もあり、光塔（ミナレット）から響く朝の祈りの呼びかけではなく、シリア正教会の鐘の音も遠くから響いてくる。

暗闇に紛れて、ニザールは目の前のコンクリート・ブロックの向きを変え、空洞から外界を見られるようにした。ブロックの中央部は、サプレッサーのついた銃口やスコープが引っかからないようにくりぬいてある。彼はＶＳＫ‐94ライフルにサイドマウントされた四倍率のロシア製ＰＳＯ‐１スコープを通して、ますます明るくなっていくハダドの玄関付近を監視した。銃身前部に五〇センチもの筒型サプレッサー、後部に箱形の銃床がついたこのライフルは、どこにでもあるＡＫ‐47の〝継子（ままこ）〟のようにも見える武骨な黒い銃だ。

ニザールにしてみれば、そんな風変わりな外形などどうでもよかった。機能に美を見いだしていた。

その平屋建ての家は意外なほど質素だった。上部に鉄柵がついた低い石垣に囲まれている。石垣と鉄柵の高さは八フィート（約二・四四メートル）ほど。武装しているかどうかにかかわらず、護衛がいる気配はないが、門はおそらく施錠されているだろうとニザールは思った。

スコープのレティクルに斜めに刻まれている測距目盛りによって、人間の身長が推測でき、ターゲットまでのおよその距離がわかる。ニザールの視界内には、動く者はいないが、玄関のドアは見えるから、それを測距に使う。ドアが平均的な男性の体よりわずかに高い点を考慮して、レティクルを調整しておく。距離は一〇〇メートルちょっと。ニザールほどの腕を持つスナイパーにとっては、信じられないほど近い距離での狙撃だ。この安定した狙撃位置からならなおさらだ。このライフルとカートリッジは、最大限のステルス性能を発揮できるようにできている。サプレッサーが銃声を抑え、銃弾は音速より遅い速度で飛ぶから、ターゲットに到達する際に〝パン〟というソニックブームが生じることもない。その結果、一六・八グラム亜音速弾の弾道は岩が飛んでいくように落ち込む。したがって、ターゲットまでの距離の把握がきわめて重要なのだ。

ニザールは尿意を催したが、ターゲットがいつ姿を見せるかわからないから、動くわけにはいかなかった。一物を手にしたままとらえられるために、こんなところまで来たわけではない。日が昇るとともに暑さも勢いを増し、彼のいる狭いスペースにも侵入してきた。布のヘッドスカーフがすぐにぐっしょり濡れ、汗が目にしみた。待つのはいつも不快だが、それがスナイパーの仕事だ。

5

大西洋上
〈ビター・ハーベスト〉内
十一月

嵐が去ったあと、リースには考える時間ができた。いずれ彼を死に導くはずの頭痛はたまに来てすぐに消えた。脳内で無数の小さなガラス片がこすれ合っているような感じだ。いつやって来るのかまったくわからないから、防ぎようもない。家族のことを思った。美しい妻と娘のことを。この数カ月、彼の復讐に手を貸してくれた人たちのことも。特にマルコ・デル・トロとリズ・ライリーが気になった。うまくやっていてほしいと思った。ケイティのことも、別れ際に彼女にいったことも考えた。そして、レイフ・ヘイスティングスのことも……。

大学の最終学年のとき、レイフはSEAL隊員になるという夢の実現に本腰を入れはじめた。リースにはもう一年あったが、レイフと一緒に厳しい訓練を積み、来たるべき過酷な日々に備えた。レイフの父親は、ひとり息子が自分と同じ足跡をたどることに関して多少のためらいはあったようだが、下士官からはじめて士官になるという条件で承認した。リースも一年後に下士官ルートで入隊することにした。戦術的な伎倆（ぎりょう）を身につけることに専念したあとで、リーダーとしての役割を担（にな）いたかったのだ。今日の海軍では、BUD／Sを修了した意欲あふれる候補をSEALに入隊させる制度になっている。BUD／Sとは、参加者の八〇パーセントが脱落するという、六カ月にわたる過酷な選抜訓練課程だ。一九九〇年代はちがった。SEALに入隊すると、まずイリノイ州のグレートレークス海軍基地で基礎訓練を受けたあと、〝実習スクール〟のことだと勘違いしていた〝Aスクール〟に参加し、その後やっとBUD／Sへと進む。リースの入隊時の階級は情報特殊技能兵だった。その十六週に及ぶ訓練は、新兵訓練のあと、バージニア州で実施された。だが、その前にSEAL隊員になる挑戦さえできないうちに、やるつもりもない仕事を学ぶ学校を修了しなければならなかったのだ。二〇パーセントしかBUD／Sを修了できないなら、修了できない八〇パーセントのためにも、海軍が必要とする職業上の専門性を前もって訓練させておくほうがいい。上級レベルの軍事官僚がそう考えたからだ。

その結果、リースとレイフは同様の道筋をたどったが、一年の隔たりがあった。リースがコロナドにたどり着き、ＢＵＤ／Ｓがはじまったとき、レイフはＳＥＡＬ資格訓練コースを修了するところで、リースはレイフの修了式に出席することができた。兄として慕ってきた男が、指揮官と握手するところを見ながら、自分もこの式場に立つまでは絶対にあきらめないと誓った。教官がリースをＳＥＡＬ隊員にしたくないというなら、リースを殺すしかない。

父親からベトナムでのＳＥＡＬチームの話を聞いてから、リースもレイフも、〝後甲板を通って〟最初のチームに入れば、すぐにでも秘密任務を命ぜられるのだろうと思っていた。だが、現実はちがった。テロ指導者の追跡や人質救出といった秘密任務などはなかった。時は平時であり、要するに訓練ばかりすることになった。それが仕事なのだと、ふたりはすぐに気づいた。訓練すること、準備しておくこと、常に要請に応えられるようにすることが仕事なのだ。そして、二〇〇一年九月の晴れた火曜の朝、要請が入った。

レイフは評判のグリーン・チームに入り込み、海軍特殊戦開発グループ(DEVGRU)の急襲隊員として何度か派遣されたあと、最先任上等兵曹から士官になるよう説得されていた。士官になるには、ロードアイランド州のニューポート海軍基地の幹部候補生学校(OCS)に入らなければならなかった。民間人の幹部候補生と下士官兵がものの数週間で少尉に仕立て上げられる——

どういうわけか、下着とTシャツを畳むという作業も、戦闘で部下を率いるのに必要な専門技術に含まれていた。

リースは下士官として数年かけて伎倆を習得し、戦術経験を積み、所属した各チームで卓越したスナイパーとの名声を得たのち、幹部候補生学校に進んだ。レイフの影響が大きかった。

ふたりの道筋が再び交わるまで数年かかったが、交わったときには、ふたりともイラクのラマディに派遣されていたSEAL任務部隊の小隊指揮官として、戦闘が激化していた戦場にともに立っていた。

その夏、イラク全土で内乱が勃発し、戦闘は熱く、汚かった。紀元六三二年の預言者ムハンマドの死にまでさかのぼる根深いスンニ派対シーア派の亀裂が、現代にも再燃していた。〝イラクのアルカイダ（AQI）〟、部族への忠誠心、イランの影響、外国の軍隊と利己的な政治組織によって担ぎ出された機能不全の政府などなど、毒々しい暴力のカクテルの材料がそろっていた。道路脇に仕掛けられた爆弾で隊員二名を失うと、任務部隊は脅威となるネットワークの解体に手を尽くし、レイフの陣頭指揮による戦術HUMINT（人的諜報）活動を通して、やがて反乱分子の指導者、ハキム・アル＝マリキの居所をつかんだ。しかし、チームメイトを死に追いやったこの反乱分子指導者を捕縛／殺害する任務は、米軍上層部によって中止された。〝血の兄弟たち（ブラッド・ブラザーズ）〟は、アル＝マリキがＣＩＡ資産（アセット）であり、ＡＱＩの長期かつ深い浸透プログラムに加わっていることを探り当てた。ＣＩＡはアル＝マリキを生かしておき、米軍のイラク侵攻後にＡＱＩ指導者として悪名を高め、当時の社会最大の脅威と目されていた過激な聖戦戦士（ジハーディスト）指導者アブ・ムサブ・アル＝ザルカウィに関する、実用価値のある情報をＣＩＡに提供できる地位にまで登り詰めることを望んでいたのだ。

チームメイトを失った責任を感じていたレイフは、ＣＩＡに守られた反乱分子の指導者が二晩寝泊まりする場所を突き止めたとき、上からの指示に背いた。戦術ＨＵＭＩＮＴ（ヒューミント）ネットワークを使い、ＡＱＩのアジトに包みを届けさせたのだ。その包みは当時のラマディでよく見られた簡易手製爆弾（ＩＥＤ）に共通する特徴が備わっていた。化学肥料をもとにつくった爆薬に、パキスタン製の市販の起爆装置をつけたものが入っていて、アル＝マリキを七十二人の処女のもとに送り出した（預言者ムハンマドの言行録ハディースによると、天国に来たイスラム教徒の男性は七十二人の処女に相手をしてもらえるといわれている）。

レイフは貴重な資産を殺したことをＣＩＡに非難されたが、肯定も否定もしなかった。ＣＩＡは殺人容疑でレイフを起訴しようとした。暗殺計画の詳細が決まった会合の場にいたとされる、ある士官に圧力をかけたが、その士官であるジェイムズ・リースは友の有罪を示すようなことはひとこともいわなかった。リースの証言がないと、レイフを軍法会議にかけるに足る証拠はなく、さらに、軍法会議にかければ、秘密にしておきたいＣＩＡの情報源と手法を表に出すことにもなる。だが、すでに複数の政府機関が絡む問題であることは周知の事実であり、これ以上波風を立てないように、レイフはイラクから引き戻され、正式な調査結果の公表も延期されることになった。レイフにいわせれば、軍上層部や政治指導部の失敗やあやまちのせいで、戦争の終わりが見えなくなっているのであり、彼は部下ばかりが何人も死んでいく状況にうんざりしていた。ばかげた交戦規定で部隊の両手を縛るような官僚主義と、ポール・イングリング中佐がいみじくも指摘したとおり、戦争に負けた将官より、ライフルを失った兵卒の方が厳しい罰を受ける制度に辟易し、レイフはまったくためらわなかった。彼はSEAL隊員としての人生に見切りをつけ、関係者との連絡を絶った。

まず鳥が見えた。大洋の真ん中で鳥の大群など見えるはずがないと思うだろうが、たしかに鳥の群れだった。スツーカ（第二次大戦中の独空軍の急降下爆撃機）の一団のように旋回したり、急降下したりしていた。釣人たちは、こうした鳥の動きがある場所を特定する精巧な船舶用電子機器に大金をつぎ込む。〝やみくも〟に探しても、ちょっと運がいいだけで出会えるようなものではない。数百ヤード（一ヤードは約〇・九メートル）先からでも海面が乱れているのがわかり、リースは操舵室へ急ぎ、ヨットをそちらに向けた。そして、船室に下り、天井に留め金で留めてあった釣り竿を取ってきた。沸き立っている海面に近づくと、主索（メイン・シート）を解放し、帆を緩（ゆる）めて風にはためかせた。ヨットはゆるやかに流れた。リースは船首に行くと、いったん背を反らし、肩に担いだ竿をしならせるようにして、リールのブレーキを切ったロッドを振って〈ラパラ〉のルアーを小魚の群れに向けて投じた。〝ナイス・キャスト〟〈ペン〉の大きなリールのベールを起こすと、乱れている海面上に竿の先端を向けてきびきびと巻きはじめた。ルアーをヨットまで巻き上げるのに三十秒かかり、素早くもう一度、ルアーを投げた。ラインがぴんと張り、竿が危うく手からもぎ取られそうになり、リースはラインが切れないようにドラグを緩めた。魚の動きに合わせてヨットを操縦してラインのたるみを取ることはできないので、魚にルアーをがっつり食いつかせた。

リースは父親のアドバイスが聞こえてきそうだと思った。〝疲れさせるんだ、息子よ、根気強く〟。このリールには長いラインが巻いてあるから、魚が勝手に疲れるにまかせ、体力を奪った。この〝ダンス〟は少なくとも三十分ほど続き、魚はラインを引っ張り、リースはしだいに力を強めて巻き戻して戦った。腕と肩の筋肉が焼けるように熱く感じられ、腰が痛かったが、獲物が疲弊しているのも感じられた。この苦しい現状にいると、ヘミングウェイを思わずにはいられなかった。〝おれを殺そうというのか、魚よ〟（『老人と海』の一節）

魚があきらめはじめると、リースはさらに強くリールを巻き、ヨットへ、海面へとたぐり寄せた。魚が船首近くを素早く動いたとき、きらりと銀色に光るものが見えた。白い船底に驚いて、逃げ去ろうとしたのだろう。〝いいマグロだ〟。リースはリールを巻きながら船尾梁の方へゆっくり歩いていき、魚を揚げられる位置にラインを持っていった。左手で竿をつかみ、右手で折り畳み式のステップを水中に降ろした。チーク材の踏み板に足を置くと、冷たい海の波しぶきが素足にかかった。海中に落ちたくはないが、落ちても、とにかくボートは動いていない。さらに十分間ほど、リースはマグロと戦った。このときになると、魚の疲労に乗じ、懸命に手を動かしてリールを巻いた。片手を伸ばして魚鉤（うおかぎ）をつかむ。鋭い鉤にかぶせているゴムのカバーをはずそうとしたが、濡れた手が滑った。

〝ふたりでやればだいぶ楽なのだが〟

太いモノフィラメントの鉤素（リーダー）が海面に出てきたとき、リースは左手を伸ばして釣り糸をつかみ、手に巻き付けた。魚鉤を勢いよく引っかけようとしたが、はずして、悪態をついた。マグロが小さな円を描いて戻ってくると、リースはもう一度、魚鉤を振り下ろし、きらきら輝くマグロに鉤を突き刺した。魚鉤を力いっぱい引くと同時に体をうしろに投げ出し、八、九〇ポンド（約三六〜四〇キログラム）を踏み板に引き上げた。片手で鉤素（リーダー）、もう一方で魚鉤をつかみ、ひれをばたつかせるキハダマグロを、船尾側のデッキのふたつの操舵輪のあいだに持ち上げた。何かに取り憑（つ）かれたかのように、そのまま鉤素（リーダー）と魚鉤をつかみ続けた。

この新鮮なタンパク源を海に落としてたまるかと意を決した。マグロはもだえ、あえいでいるが、まばたきをしない巨大な目が空をじっと見上げ、釣り上げた敵の船乗りと同様に疲れ果てているようにも見える。手すりにかけて乾かしていたタオルをつかむと、リースはそれをマグロに投げ、あらゆる生き物が存在の一部として有している闘志の最後のひと絞りを見つけたりしないように、目を覆(おお)った。

リースは大西洋の深みから引き上げた海の恵みを見下ろし、狩りや釣りに出るとよく考える皮肉をまたつらつらと思った。野生の生物の命を奪うことは、なぜいつもためらわれるのか？　時間があるからかもしれない。あとをつける時間、選ぶ時間、家族に食べさせるために生態系から動物を取り去る衝撃を考える時間があるからかもしれない。命は命をつなぎ、死もその循環に組み込まれている。戦闘では、できるかぎり素早く効率的に殺し、次のターゲットを目指す。同じ人間を殺す際には、ためらうことはない。かたや糧(かて)をもたらすため、かたや種族を守るため。いずれの場合も、殺しという行為には技術が必要とされる。その技能について、リースはとりわけ詳しい。だが、今は内省のときではない。食べるときだ。

リースは息を整(ととの)え、船室に下りていき、調理室の磁石のついた肉切り台から、魚をおろすナイフと、冷蔵庫から醤油の小瓶を持ってきた。長くて細いナイフをエラに突き刺し、素早く血抜きをしてから、固い皮を切り、鮮やかな赤肉を露出させる。リースは親指大の肉を切り取り、醬油をかけ、口に放り込んだ。しょっぱい肉が脳の奥底にある快楽中枢のスイッチを入れた。肉を噛みながら、原始的な喜びの声が漏れ、リースは目を閉じて、自分の栄養になってくれた魚への感謝の祈りを声に出さずに唱えた。

二ポンド（約九〇七グラム）ほど食べただろうか、それでやっと空腹が満たされた。キハダマグロの肉を分厚いステーキにゆっくり切り分けはじめ、冷蔵庫か冷凍庫に保存しようと、それぞれの切り身をジップロックに入れた。まともなものを食べたおかげで、暗かった気分が劇的に変わった。あとは、精神を苦しめる悪夢に邪魔されないで、ひと晩ぐっすり眠れるといいのだが。

リースは大きく息を吸い、自分の置かれた状況についてよく考えた。行き場もなく、義理を尽くすべき人もなく、外洋で高価なボートのデッキに素足で座っている。太陽が輝き、弱い風が吹き続けている。食料はたっぷりあるから、どこへでも行くことができる。状況はよくなり、順風満帆だ。狭い部屋にとらわれている者たちは、自分の足の親指を切ってでも、今のリースと入れ替わりたがるだろう。家族と一緒にこの状況を楽しめたら、どんなにいいか。

成功の程度はさまざまだったが、リースは思い出をどうにか押さえつけてきた。だが、こうして自分の胸の内を探っていると、彼はケイティを思い出した。束縛され、殴られ、フィッシャーズ・アイランドにある国防長官の屋敷の床にへたり込んでいた彼女の姿が脳裏に浮かんだ。旧友でチームメイトでもあったベン・エドワーズが起爆装置を持ち、導爆線が首に巻かれたケイティを見下ろしていた。

リースは国防長官と彼女の資金面の後援者を射殺したのち、ベンに向き直り、五・五六弾を顔に撃ち込み、リストの最後の名前を消した。遠く離れたアフガンの山中での彼のSEAL部隊の死と、カリフォルニア州コロナドの自宅での妻と子の殺害を企てた連中は、いまや地中にいる。

〝ケイティを探して、説明しないといけない。おれはベンが導爆線を爆薬に接続していなかったことを知っていたじゃないか。そうだろう?〟

リースは目を閉じ、ケイティにかけられた最後の言葉を思い返し、次の内省へとひとり向かった。

〝「リース、ベンがあの起爆装置をわたしにつないでいなかったと、どうしてわかったの? ベンはわたしの首を吹き飛ばしたりしないと、どうしてわかったの?」〟

訴えかけるような、混乱しているようなケイティのまなざしを思い出す。雨が周りを叩き、風がうなり、単発ターボプロップ機ピラタスが滑走路を走りだそうとしていたとき、リースは真実を告げた——〝真実なのか？〟。

〝わかっていなかった〟彼はいい、ピラタスのドアを閉め、マリーナに向かって走り去った。

〝わかっていなかった〟

6

シリア、アルハサカ
十一月

真新しいダットサン・ハッチバックがハダド大統領宅の前の路肩に停まり、迷彩服を着てカラシニコフを持ったふたりが降りた。三人目はアイドリングしている車の運転席にとどまっている。ニザールの狙撃位置にいちばん近いのは女で、ポニーテールにした黒髪が迷彩服の背中に垂れている。ニザールは大統領だけを撃つつもりだったが、彼女にも死んでもらうことにした。大統領の護衛たちは東欧製のアサルトライフルを持っていても、弾薬を入れているチェストリグは米軍放出品で、おそらくCIAに流してもらったのだろう。クルド人民防衛隊(YPG)の部隊は男女ともヘッドギアを着けておらず、ボディアーマーを着けている形跡もない。

男の兵士が鉄のゲート前で立ち止まり、道路の状況を確認しているあいだ、女の兵士はブザーを押して中に通してもらい、家の正面玄関に近づいていった。すぐさま、タン色のビジネススーツを着た六十代と思われる男が家から出てきて、女の護衛に向かってうなずいた。白髪がだいぶ薄くなり、顎ひげはきれいに切りそろえている。二十五万人近くを擁するこの都市の多くの男たちと似たような風采だが、ニザールはその男の写真をずっと見てきたから、すぐにマスール・ハダド大統領の顔だとわかった。ニザールの指が曲線を描く鉄の引き金に動いた。

ターゲットをとらえているニザールの視界が、ハダドの真ん前に歩いてきた女の兵士にさえぎられた。その女兵士と近くにいる護衛がふたりで危険はないかと確認しているそばで、警護対象者が狭い前庭を横切ってゲートへと歩いていく。ふたりの護衛の練度は高く、まじめに仕事をこなしているが、じっと襲撃の機会を狙っている死のスナイパーにはまったく気づいていない。女がゲートをあけ、脇にどいてハダドを通したとき、ニザールに絶好の一瞬が訪れた。彼は素早く反応し、スコープのレティクルが大統領の顔と重なった瞬間に九×三九ミリ弾を放った。

サプレッサー付きの銃で亜音速弾を使っていても、銃声はトラックの狭い空間に大きく響いた。ライフルの銃口が外から見えるとまずいので、ブロックの隙間のだいぶうしろに置いていた。そのブロックのおかげで、銃声は間に合わせの隠れ場所の外にほとんど漏れなかった。一〇〇メートル離れたところにいた兵士たちには、ニザールの銃撃が命中し、銃弾が肉体に当たるときの吐き気を誘う強烈な音しか聞こえなかった。フルメタル・ジャケットSP-5弾がハダド大統領の目から入り、大量の脳の中身とともに頭蓋（ずがい）の後部から抜け出た。

引き金が引かれたときに弾がどこに飛んだかはわかっていたから、ニザールはぐずぐず自分の射撃に見とれてはいなかった。奇妙な見かけのライフルのセレクタ・スイッチをフルオートに合わせ、女の兵士に連射し、男の兵士にも発砲した。大統領が地面に倒れるやいなや、忠実な護衛ふたりも倒れ、生命維持に欠かせない器官を大きく損傷して苦悶しながら、あっという間に失血死した。ニザールは運転手を楽に狙えるように体を右に動かした。運転手はダットサンから降りて、負傷した仲間と大統領を助けようとした。サプレッサー付きのロシア製ライフルが再びフルオートで掃射され、運転手も倒れた。それでも、車両の陰まで這っていったが、そこで自分の血にまみれて死んだ。

ニザールはロシア製R-187P1携帯無線機に向かって、指示を三度繰り返した。シリアの通信事情はどこでもたいがいひどいが、内務省は支援国が提供できる最高性能機器を彼の部隊に用意してくれた。数秒後、一連の激しい爆発音が聞こえた。協力している資（アセ）

産が、戦略的に重要な都市内の各地点に自動車爆弾を配置していて、彼の指示で起爆したのだ。その連続爆破によって、地元民間人にも軍関係者にも多大な犠牲が生じたが、同時に混乱を引き起こし、都市から逃れる機会をニザールに与えた。

ニザールは、トラック後部にコンクリート・ブロックを積み上げただけの偽の壁の隙間から這い出た。ブロックが目の前の地面に崩れた。新しい弾倉をライフルにセットし、いつでも撃てるようにかまえたままトラックから降り、運転台に移動した。四方からこの街を揺るがした爆発の余波がまだ収まり切らないうちに、キア・トラックのロックを解除し、ライフルの銃口を下げて助手席に置き、エンジンをかけた。

静けさに包まれていたアルハサカが突然パニックに陥るさまを、ニザールはリアルタイムで見ていた。蜂の巣を突いたようだ。サイレンが響き、車はクラクションを鳴らしながら、急いで爆発現場に向かったり、離れたりし、徒歩の人々の多くは激戦の南部からの難民だが、四方八方に逃げ惑っている。彼らの民主主義のユートピアが粉々に砕け散った。

ニザールは車や群衆を丁寧によけて走った。人々を気づかっているわけではなく、唯一の移動手段を失わないためだった。爆発が集中していた都市の中心部から離れるにつれて状況は落ち着き、ハイウェイに接続するロータリーにさしかかったころには、人々の顔には恐怖ではなく好奇心が浮かんでいた。軍による道路封鎖らしきものが見えたときには身をこわばらせたが、都市に入る車だけを止めているのだとわかって胸をなで下ろした。狭い通りをあとにすると、加速してハイウェイ七号線の道路封鎖を通過し、南へ走り、街から離れた。

7

スイス、バーゼル
十一月

ワシリー・アンドレノフを名で呼ぶ者はほとんどいない。ほぼ全員が〝大佐〟と呼ぶ。ソビエト連邦が崩壊する前、彼が到達した最高の地位だ。彼の存在に気づいていた情報機関には、Кукольный масТер（クーカリヌィー・マースチェル）、つまり、〝人形使い〟として知られていた。このふさわしい呼び名は、GRUとして知られるロシア連邦軍参謀本部情報総局で何年も務めていた成果である。一九七〇年代や八〇年代にソビエトが裏で糸を引いていた革命、反乱、暗殺、クーデターがあったとすれば、糸を引いていたのは人形使いであった可能性が高い。ニカラグア、アフガニスタン、アンゴラ、モザンビークのいずれにも、彼の指紋と、彼の〝アドバイザー〟チームの指紋が残っている。

アンドレノフにとってはあいにくだが、現在のロシア体制にはあまり気に入られておらず、証拠はないものの、元国防相の暗殺への関与を疑われ、国外追放の身として暮らさざるをえなくなっている。バーゼルはこの十年間、アンドレノフの故郷だった。西ヨーロッパ権力中枢へのアクセスが至便な理想的な位置にあると同時に、プライバシーを保護し、犯罪人引き渡しを拒否しているスイス連邦の慣例の恩恵も得られる。

それに、世界一安全な金融機関に預けている大きな資産のそばにいたかった。そこは自宅が面した通りの少し先にある。こんな仕事をしてきて、国家にも私企業にも、数え切れない敵ができたから、移動は最小限にとどめている。大佐ほど裕福な者が医者、銀行家、娼婦に会う必要がある場合には、向こうが会いに来る。

これまで罪、堕落、無慈悲な暴力ばかりの人生を送ってきたにもかかわらず、アンドレノフは敬虔(けいけん)な東方正教信者を自認している。だが、東方正教会は伝統的に個別訪問はしていない。彼がダルベ地区にある大使館のように壁に囲まれた敷地を出た目的は、アマーバッハ通りの聖ニコラス東方正教会に行くことだった。そこで礼拝が執(と)り行なわれる月に一度の日曜日には、欠かさず参列している。

教会に帰依(きえ)していても、一九八〇年のカトリック教会のオスカル・ロメロ大司教の暗殺や、その後の葬儀での虐殺の企(くわだ)てを思いとどまることはなかった。それがあったからこそ、エルサルバドル政権の権威失墜というより大きな善につながり、ひいては母なるロシアの利益につながったのだ。アンドレノフの信心の本質は、精神性ではなく愛国の色合いが強い。彼はロシア正教はロシア文化の核だと考えている。その核がなかったなら、今でも各民族が草原(ステップ)で争いを繰り広げていることだろう。東の混血民族、西のナチス、海の日本、そして冷戦の戦場となった第三世界の強大なアメリカを打ち倒すことなどできなかっただろう。まぬけな政府、はびこる腐敗、低い出生率と短い寿命という民族の死のスパイラルが、偉大なるロシアを衰退させてきた。アンドレノフの使命は、ロシアの偉大なる波がイスタンブールからパリまでを再びすっぽり覆(おお)うようにすることだ。

アンドレノフは肌を刺す寒さを防ごうとコートの襟(えり)を立て、親衛隊長のユーリ・ヴァトゥーチンに向かってうなずき、ドアをあけさせた。もうひとりの男が、ゲート前の円形車道(ドライブウェイ)でアイドリングしている、五百三十馬力V-12エンジンを搭載し、装甲を施されたメルセデスS600ガードの後部ドアをあけた。この男も、かつてユーリが率いていたロシア連邦保安局(FSB)A(アルファ)局の元メンバーで構成される非常に有能な警備チームの一員だ。アンドレノフはシートヒーターで温められた革張りの座席に腰を降ろすと、ドアが閉まった。ユーリが助手席に座り、サプレッサーのついたAK-9を膝(ひざ)のあいだに置き、手首のマイクで先頭車と後続車の部下たちに対して、出発の指示を出した。錬鉄のゲートがあき、車両用の防壁が下がり、重武装、重装甲の車列が日曜の礼拝に向かって走り出した。

8

大西洋上
〈ビター・ハーベスト〉内
十一月

天空にちりばめられた恒星や惑星の大半が、きらびやかな文明の歓楽街のせいでほとんど見えなくなるために、都市の住人の大半は夜空の本当の姿をまったく知らない。大西洋の真ん中で見る雲ひとつない夜空では、壮大なライトショーが繰り広げられる。リースはいつも天空に見とれる。何千年、何万年も前の人間も同じように驚嘆しつつ見上げたのだと思えば、なおさらだ。何世紀にもわたって変化や進化を遂げてきても、空は変わらない。娘のルーシーには、自分が家を空けているときには夜空を見上げなさいといっていた。ふたりとも同じ空を見るのだから、いつも一緒にいるような気持ちになるから、と。水平線から水平線へと広がるまばゆい天の川でもいちばん明るい星シリウスを、リースは見上げた。〝パパはここにいるぞ、ルーシー〟

リズのことも気になる。彼が用意した逃走プランにしたがってくれただろうか。そうだといいが、頑固だから、アメリカにとどまることにしたかもしれない。リズは逃げまわるタイプではない。マルコはきっと無事だろう。マルコのようなやつは、雨のように降ってくる災難を華麗によける術を心得ている。ケイティにはジャーナリストの肩書きがあるし、リースが預けた確固たる証拠もあるから、刑務所に収監されることはないだろうが、それでも心配だった。ケイティは父の使いでやってきた守護天使のようにリースの前に現われた。ちがう時、ちがう状況だったなら、もっとよく知りたいと思っていただろう。だが、あいにくリースは妻子の死を悼んでいて、自分は国内テロリストとなり、末期状態の病気を患っている。

リースの思いは、水平線に現われたまばゆい光の束に断ち切られた。それはこちらの針路と鋭角に交わるように近づいてきていた。何かは知らないが、巨大で、宇宙を舞台にした映画から出てきたかのようにきらびやかな光を放っている。リースは双眼鏡で見て、クルーズ船だとわかった——何百人という乗客がひとときの現実逃避を楽しんでいる。〝どこへ向かうのだろうか？〟

大海原を単独で航行するのは信じがたいほど孤独な体験だが、この数カ月の混乱と喪失によって、その孤独感がさらに強まった。だが、こんな状況でも、疑いようのない解放感もある。今この瞬間も、風を受け、星々に導かれて、自らの運命を意のままに操ることができる。予定はない。行き先もない。だれに対する責任もない。記憶に残っているかぎりではじめて、使命がなくなった。

計画のたぐいがいっさいないのはたしかに自由ではあるが、迫り来る死への不安を抱えたまま、大海に漂い続けているわけにもいかない。人生の終わりが近づいていても、前に進み続けたい衝動は依然としてある。〝SEAL(フロッグマン)はあきらめない。音を上げたりしない〟

〝なら、どこへ行く、リース？〟

ひとつ候補はあるが、そこにたどり着く確率は低い。それでも、神の殿堂(バルハラ)へ行くときを待つ暇(ひま)つぶしにはなる。リースは確率のことなど、あまり考えたことはなかった。〝どうして今さら？〟

人間が足を踏み入れられるかぎり、いちばん辺鄙(へんぴ)な行き先だ――西洋がはるか昔に置き去りにした時代と土地の残り香(が)のような文化、人類のタイムカプセル。かつてのヨーロッパが色濃く残る気まずい遺物、あるいは言語に絶する罪を犯した親戚のように勘当された文化。そこなら、リースを探しに来る者はいないだろう。

〝最悪の場合はどうなる？　死ぬだけだ。もう半分死んでいるじゃないか、リース〟

リースはサロンの小さな本棚に降りていき、ジミー・コーネルの『ワールド・クルージング・ルーツ』を手に取った。ヨットの海図をテーブルに拡げ、この先の航路をあれこれ調べはじめ、そこまでの航海に最適な時期が五、六月だとわかり、苦笑した。今は十一月。

〝まったくいいタイミングだぜ〟

GPSによると、リースがいるのは、AN125というルート上のバミューダとアゾレス諸島のあいだだ。並みのヨット操縦技術があり、速度五ノット（時速約九・三キロメートル）で進むとすれば、十八日ちょっとでアゾレス諸島に着く。プロなら理想的なウインド・アングル（船首に対する風の角度）を保ち、ベネトウを一一ノット（時速約二〇キロメートル）で走らせるだろう。リースは自分がヨット乗りとはいえず、針路もろくに定まらない船乗りだと思っているが、けっこうな勢いで学んでいる。航海をはじめてどれくらい過ぎただろう？　フィッシャーズ・アイランドを出たあと、時化（しけ）と感情の渦に呑み込まれて、日にちもわからなくなった。まだ二週間しか経っていなかったりするだろうか？　天気と向上を続ける技術しだいだが、十日から十二日で陸地に到達するだろうと思った。アゾレス諸島まで行けば、ひと息つき、必要なヨットの修理をして、緊急時に備えて補給もできるかもしれない。

厄介（やっかい）なのは、アゾレス諸島からの航路だ。風を受けてジブラルタルへ行き、地中海に入り、その後、スエズ運河を通ってインド洋に出てもいい。それがいちばん直線的な航路だが、合法政府の出入国管理機関にいちばんさらされることになる。しかも、そうした機関の多くはアメリカ合衆国の安全保障機構と密接につながっている。ジブラルタルはイギリス諜報機関の資産（アセット）だらけだ。そしてアメリカは、現時点では形だけの国にすぎないリビアをのぞいて、地中海に面したあらゆる国と密接な関係にある。スエズ運河の入り口でどんな検問（スクリーニング）が待ち受けているか、リースには見当もつかないが、何もしないであれほど戦略的に重要な水路を通過させたりはしないはずだ。

だめだ。直線航路はまずい。アフリカ大陸をぐるりとまわる長い航路で行くしかない。赤道以南は夏だから、風の状況もいいだろう。『ワールド・クルージング・ルーツ』を読むかぎり、実際、そっちをまわるなら持って来いの季節のようだが、単独航海となると長い道のりだ。きついだろうが、できないわけではない。それに、意識を向けておけるものもできる。これまでも窮地に陥ったときには、意識を向けておくものがあるとよかった。重要なことにじっと目を向けておき、ひとつの出来事、一日、ひとつの任務をこなしていく。〝朝食まで生き延びろ。そのあとは昼食まで。前に進み続けろ〟

『ルーツ』と照らし合わせると、すでに針路からだいぶ南に逸（そ）れていることがわかった。その針路を選んだために、いい風を逃したものの、天気には恵まれた。気温はわりあいに高く、高気圧のおかげで空が澄みきっている。凪いでいるが、ときどき向かい風になったせいで、思いのほかモーターを使っていたようだが、アゾレス諸島までなら燃料が足りなくなることはないと思った。

〝あまり楽観するな、リース。途中で死ぬことも充分に考えられるぞ〟

9

イングランド南部
エセックス州
十二月

パラシュート連隊第二大隊（2PARA）が直近のアフガニスタン派遣から戻り、第十六空中強襲旅団戦闘団のほぼ全部隊が、クリスマス休暇前にコルチェスター駐屯地への帰還を果たした。数名の2PARA隊員が武勲を表彰され、イギリス陸軍が精いっぱいの堂々たる威儀を正すなか、地元メディアの祝福を受けた。

ロンドンがテロ攻撃を受けたばかりとあって、同駐屯地も警戒体制を強化していた。バリケードが築かれて、近づく車両の流れが滞り、駐屯地近辺の監視カメラが車中の人々を見極める時間も、いつもより多く確保できた。車やトラックが異様に重く、爆薬が積まれている可能性があれば、重量計によってはじかれた。運転手たちが護衛に身分証を提示する順番を辛抱強く待っているあいだ、多目的軍用犬チームが車両間を巡回していた。

同旅団傘下の数多くの他部隊とともに、2PARA全体がローマン・ウェイ（コルチェスターにある長さ六〇九メートルの通り）にあるアスファルトの観兵式場に整列した。マルチカム迷彩服に身を包み、トレードマークのえび茶色のベレー帽をかぶった2PARA隊員はイギリス陸軍の精鋭である。この特別な式典には、パラシュート連隊の名誉連隊長でもある皇太子殿下が参列し、同部隊に勲章を授けることになっている。

珍しいことにこの日は交通事情が悪く、皇太子の車列はなかなか進めず、式典の開始時刻も遅れた。来賓の時間潰しのため、楽隊が演奏できる愛国的な曲をすべて演奏する前で、部隊は身を震わせて整列を保っていた。隊員はだれもが、式典などとっとと終えたいと思っていた。このイベントの終了をもって、クリスマス休暇がはじまることになっている。長い海外派遣を終えて、妻、ガールフレンド、友人、ひいきのバーテンダーとのひとときを、彼らは楽しみにしていた。

整列した部隊のすぐそばで楽隊が演奏しているので、皇太子の到着まで時間を潰しているあいだ、部隊員は音楽のほかには何も聞こえなかった。時が経つにつれて、上級下士官までもがじれはじめていた。

アルジャリールは、ユーゴスラビア製M69A八二ミリメートル迫撃砲のイラク版コピーだ。三機の同迫撃砲が、コルチェスター駐屯地のすぐ北に位置するウィックハン・ロードに面した家の狭い裏庭に、三角形を描くように設置されていた。チームはシリア内戦（〝アラブの春〟がきっかけとなり、二〇一一年から続くシリア政府軍と反体制派との内戦）の両陣営で何百回と同様の兵器を発砲したことがあり、高い練度を保っていた。率いているのは、メンバーのあいだではハイヤンという名でしか知られていない男だった。もともとはアサド軍の砲兵士官だったが、反体制派に寝返り、やがてギリシア経由でヨーロッパ本土に移ってきた。数カ月前、彼はこの仕事のために徴募され、長い時間をかけて、チームの訓練、日々の予行演習監督、ターゲットが決まったあとの偵察をしてきた。

　英語を話すやさしそうな声の女を使い、ゴルフ旅行に行く夫とロンドンから来る友人たちのためと偽って、下見もせずにこの一週間のあいだ家を借りている。グーグルマップと近くからのターゲット偵察により、そこが理想的な位置だと確信したのだ。彼らは前夜にその貸家に入り、詮索（せんさく）好きな近所の人々や空からの監視に見つからないように、細心の注意を払って裏庭の小屋の中に兵器を配置した。ゴルフバッグや荷物がやけに重いとしても、だれかに気づかれた気配はなかった。

今こそ、入念に訓練してきた任務を遂行するときだ。前夜、屋根にトタンを固定していたビスをはずしておき、今はトタンを脇にどけ、サイトブロックを二重、三重にチェックし、弾薬がすぐに手に取れるようにきれいに並べた。ハイヤンは部下に対して位置に着くよう命じ、時計の分針が調教師（ハンドラー）に指示されていた時刻に近づくのを見ていた。

「三（サラーサ）、二（イスナーン）、一（ワーヒドゥ）……撃て（ナール）！」部下たちが彼の指令にすぐさま応じた。高性能爆薬が詰まった砲弾を砲身に込めてすぐさま離れると、各砲が発砲した。

ターゲットは最大射程の四九〇〇メートルよりだいぶ近いので、砲身は高角度に設定されていた。そのため、二度目、三度目の一斉砲撃が、一発目が着弾するより前に放たれた。

最初の三発は同時に着弾した。各砲弾には一キログラムの爆薬と破片が載っていた。二発が密に整列していた部隊に着弾すると、爆心のすぐそばにいた者たちは霧散し、それより少し離れたところにいた者たちも一生残る傷を負った。三発目は部隊前方の観覧席に着弾し、破片が広範囲に飛散したせいで、実際には二発目までより多くの負傷者が出た。一度目の一斉砲撃で死傷しなかった者たちは、海外派遣で身に付いていたとっさの行動によって命を救われた。ほぼ同時に地面に伏せ、「敵襲！」の掛け声が観兵場に響き渡った。楽隊員はそんな生存本能など持ち合わせているはずもなく、呆然と立ち尽くしているとき、二度目の一斉砲撃が隊列を直撃したり、付近に着弾したりした。

二度目の一斉砲撃が着弾したとき、連隊付き特務曹長が動いた。

「三時の方向、距離三〇〇メートル！」三度の戦争を経験したその歴戦の兵士は、フォークランド諸島グースグリーンでのはじめての戦闘の〝味〟を思い出した。

部隊はただちに反応し、死傷者が集中して出ている区域から、負傷した仲間をできるかぎり連れて素早く離れた。三度目の一斉砲撃が着弾するときには、来賓者たちは観覧席の下に身を隠し、楽隊員たちは四散していた。2PARAは見つけられるかぎりの遮蔽物に身を隠し、すぐさま負傷者の応急処置をはじめた。ベルトを止血帯として、軍服の上着を圧迫包帯として使い、瀕死の仲間を必死で救おうとした。将兵が血を流し、絶叫しているそばで、最後の一斉砲撃が観兵場に着弾した。ただのひとりの戦死者も出さずに過酷なアフガニスタン派遣を生き延びてきた第二大隊が、たった今、本国でほぼ殲滅(せんめつ)された。爆発の衝撃が収まったころには、迫撃砲チームはすでにバンに乗り込み、ロンドンに向かって走っていた。

10

スイス、バーゼル
十二月

ロンドンの金融市場はキングストン・マーケットでのテロ攻撃を受けて急落していたが、数日後に再びテロ攻撃の可能性があると報じられて、さらに落ち込んだ。恐怖のヒステリー状態がヨーロッパ全土に加えて、アメリカのクリスマス商戦にも影響し、西側諸国の全市場が危険水域にまで急落した。

ワシリー・アンドレノフはこの業界に入ってまもないころに、情報をつかめれば富もつかめることを学び、戦略的な情報を意のままに操り、財力をつかんできた。マルクス共産主義革命が主要産油国で計画されたときには、じきに原油価格が高騰すると踏んで、秘密裏に石油先物に投資した。階級も影響力も上がるにつれ、市場を揺るがす特定の情報工作へと活動範囲をシフトしていった。大佐は混乱をつくり出し、紛争を長引かせ、地域貿易を途絶させることによって財をなしてきた。世界経済でリチウムの需要が伸びているなら、リチウム資源が豊富な地域の民族のあいだで憎悪をあおらせた。両陣営に旧ソ連製の兵器を与えたら、あとは資源価格が上昇するさまを眺めているだけでいい。

近ごろ注目しているのはコモディティと通貨だが、今は超大国の戦略資産を操作することはできないから、もっと基本的な事象に焦点を移していた。テロリズムほど投資家を怯えさせるものはないし、ソビエト連邦崩壊後はそれが彼の飯の種になった。イスラム原理主義者というものは影響を受けやすい。数十万ドルの投資と数人の殉教者を使えば、市場をひとりで動かすことができる。この前イギリスで引き起こした一連の攻撃によって、彼が数億ポンド、ユーロ、ドルを稼ぐ一方で、西側諸国の首脳は海外の重要な戦略目標を追い求めることではなく、自国に潜むイスラム主義者の亡霊を追うことに予算をつぎ込んでいる。

六十七歳にして、アンドレノフは、自らの寿命より確実に長持ちするくらいの成功を収め、その労働の果実を受け継ぐ妻も子供もいなければ、自分の名を冠した事業もない。表に出ないルートをのぞけば、彼は単なる歴史の脚注にしかならない。だが、そのすべてが真実というわけではない。彼の知るかぎりでは、非嫡出の息子がひとりロシアにいるし、ほかにも、世界各地の赴任地に、彼の知らない子供がおそらく何人かいる。息子の動向には気をつけているが、それは自分の子が心がかりだからではなく、自分が属する組織のセキュリティを考えてのことだ。だが、彼が後世に残すのは血脈ではない。ロシアだ。穏健派は故国を滅ぼそうとしている。だが、ついに手を打てる立場に登り詰めた。今こそロシアへの投資を、ロシア人への投資をはじめるときだ。もちろん、利益は還元してもらう。それが自由をもたらすのだから。だが、操り人形の糸を引き、母なる国を歴史における正当な地位に戻すつもりだ。これまでひとりで国や経済をつくり上げたり、滅ぼしたりしてきたが、今度は帝政ロシアを再興するのだ。

11

バージニア州、ラングレー
十二月

オリヴァー・グレイは、手首に巻いている一九六〇年代製造で傷だらけのビンテージ・ロレックス・サブマリナーをちらりと見た。この五分で五度目だ。もうすぐ午後五時。出発時間だ。机上のカード・リーダーからアクセス・カードを抜き、夜のうちにセキュリティのパッチが自動で当てられるように、コンピュータの電源は落とさなかった。金庫に紙挟みを入れて鍵をかけていた昔日とは、あるいは、少しあとになって、かつて紙挟みを保管していた金庫に、ハードディスクを抜いて保管していたころとは大ちがいだ。ただ、あの紙挟みがとても懐かしい。あまりに多くの防護策がとられ、おもしろみがほとんどなくなってしまった。ほとんどだが。

椅子を個室に滑らせ、五十八歳の彼よりだいぶ若い女の部長に帰宅の挨拶をしたが、危うくチャコールグレイのオーバーコートを忘れるところだった。この時期のバージニアは寒い。

このビルの美点はすっかりなくなったと思いながら、すべきことを心得て歩いてくる局員の男女と廊下ですれちがった。これから勤務がはじまる者もいる。まずそんなことはないだろうが、いたるところから現れるように見える魅力的な女性のだれかが彼に注意を向けていたとしても、彼は気づかなかった。

駐車場に出る前のセキュリティ・チェックポイントでの退庁手続きはいつものことで、この三十年間、ほぼ毎日してきた。制服を着た警備員に向かってうなずいたが、警備員は彼のうしろを見ている様子だった。オリヴァーは気にしない。無視されることには慣れている。ぶよぶよの青白い肌、ありふれた既製品のスーツ、バーコードヘアのせいで、これまですれちがってきた若く、健康で、身なりのいい局員の目に、彼の存在が留まることはほとんどない。

これだけ長くCIAに勤務しているが、オリヴァーには、割り当てられた駐車スペースもなく、そういえば反対側に車を駐めていたのだったと思い出し、すぐに広大な駐車場できびすを返した。重い足取りで車まで歩き、乗り込むと、パイプに木のマッチで火をつけた。CIAでの勤務がはじまったころ、大勢の同僚が吸っていた煙草よりはまだましだと思って、パイプを吸いはじめた。現実はまるでちがうとはいえ、喫煙はたしなみであり、気軽に話をはじめるためのきっかけだったが、新世代の目には単なる弱さに見える。それでも、煙草は肺を温め、こよなく愛する香りで車内を満たす。ギアをドライブに入れると、オリヴァーは中央情報局の駐車場をゆっくり横切り、ジョージ・ワシントン・メモリアル・パークウェイに出た。

一九八七年式フォルクスワーゲン・ジェッタに乗っているのは、新車を買えないからではない。当時はソビエト連邦と呼ばれていた国のスパイをして、最初の報酬で買ったのがこの車だけだったから、乗り続けているのだ。

〝大昔の話だ〟とグレイは思い返す。〝壁が崩れ落ちる前、世界が変わる前の話だ〟妙な疑いをかけられないように中古で買った。オルドリッチ・エイムズはジャガーを乗りまわしていたばかりに、FBIに追いつめられていったのだ。当時でさえ、大きな買い物は防諜部門に目をつけられていたのだし、ジェイムズ・アングルトン（一九五四～七五年までのCIA防諜部長）の時代はとうに過ぎ去ったとはいえ、スパイハンターの亡霊がまだかつてのCIAの廊下に取り憑いている。

オリヴァーの曾祖父母は、十月革命の混乱を受けて、ロシアからアメリカに移民し、ペンシルベニア州ペン・ワインに住み着いた。まだ残っている伝統を維持し、後世に伝えるため、家ではいつもかたくなにロシア語を話した。オリヴァーの母、ヴェロニカは、多少薄まったとはいえ、伝統を引き継ぎ、息子に別の言語と文化の機微を理解する才を授けた。父に関して残っている記憶は、本物なのか想像の産物なのか、よくわからないたぐいのものだった。

オリヴァーの父は外まわりのセールスマンだったから、家にはめったにいなかった。いつも行商に出ていて、百科事典、キッチン道具、洗濯石鹸などを売り歩き、どうにか家族に着るものや食べるものを与えていた。ある行商で石鹸（バスバー）を売っていたとき、フィラデルフィアでひとりの寡婦に出会った。大都市への行商が多くなり、期間も長くなり、ついにある日、かばんひとつの荷物を持って出ていったきり、二度と戻らなかった。ふたつの家族を養うのは、想像以上に難しいとわかり、父は息子がいない方の家族を選んだ。オリヴァーは六歳で、以来二度と父に会うことはなかった。

孤立無援となったオリヴァーと母は、母の両親の家に身を寄せた。ヴェロニカはペンシルベニア州車両管理局の仕事に就き、オリヴァーの面倒は祖父母に任された。祖父母と同居するようになって、ロシア語は上達したが、人との付き合いは悪くなった。クラスメイトたちにとっては、友だちのいない物静かな子であり、教師たちにとっては、非の打ちどころのない生徒だった。

同年代の子供たちにではなく、カメラに親しみを感じていた。写真を撮ること、夢でしか見ることができない日常を送る他人のスナップ写真を撮ることに強烈な魅力を感じていた。母が日々の糧(かて)を稼(かせ)いでいたので、老いつつある祖父母の世話は、しだいにオリヴァーがするようになっていった。ペンシルベニア州立大学の二年生だったとき、祖父母が数日の間隔で次々と亡くなると、彼はひどく悲しんだ。大切に思っていた三人のうち、ふたりを亡くしたのだ。

住み込みの指導教官として寮に住み、ロシア文化研究プログラムの一環として大学で働いていたが、巨額の学生ローンの支払いが残っていた。小さなカメラ店で、自分には手の届かないニコン、キヤノン、ライカに囲まれてアルバイトをして支払いに充(あ)てた。研究プロジェクトに参加したり、女と酒にしか時間をかけない学生たちに代わり、学期末レポートを書いたりして受け取った臨時収入は、母に送った。

グレイが〈アーサー・アンダーセン〉（かつてシカゴにあった大手会計事務所）で会計士として働いていたとき、CIAが訪ねてきた。このアメリカの情報機関は、大学でロシア関係の研究をしている学生に目をつけていて、プロとしてのキャリアを積みはじめたグレイの動きも追っていた。彼らは工作担当官にするロシア語の専門家を探していて、この若い会計士は掘り出し物だと思った。新しいクライアントとの打ち合わせをしていたとき、グレイは生まれてはじめて栄光をかいま見た。そのクライアントがのちにCIAの採用担当者だとわかった。ひとり親に育てられ、だれの記憶にも残らない、引っ込み思案な子でいなくてもいいのだ。ジェイムズ・ボンドにだってなれる。アメリカ版ではあるが。

だが、一連の一次面接も終わっていないうちに、グレイは工作担当官ではなく分析官として採用されることになり、別の道が敷かれた。CIAでは、工作担当官もそうだが、ロシア語が堪能な分析官も足りていなかった。そして、オリヴァーの面接官は、彼の適性が分析業務であると明確に評価した。スパイ小説の主要キャラクターの役まわりをこなすという夢は消えた。またしても、〝一軍〟には選ばれなかった。

グレイにとって訓練は楽で、つまずくこともなく終えた。同じ訓練を受けたクラスメイトたちは、同僚（ピア）に関する検証・評価（レビュー）の際にグレイについて問われると、目立つところなどひとつもなかったといった。訓練後に一緒にビールを飲みに行くこともめったになく、ひとりでいることが多く、週末になると母の世話をするために実家に戻った。その母は戻るたびにますます痩せ衰えていくように感じられた。

当時、グレイは年に一度の暮らしぶりの嘘発見器（ポリグラフ）テストを心配していた。自分がホモセクシャルだとは思っていなかった。実のところ、自分が何者なのか、わからなかった。大学でも職場でも、グレイを知る者の目には、彼がセックスに興味がないようにさえ映っていた。もっとも、はっきりそういえるほどグレイが気を許した者などひとりもいなかった。なにしろ自分の気持ちを解読するのもひと苦労で、研究やその後の会計士の仕事が忙しいと自分にいいわけして、性的アイデンティティ、あるいはその欠如について、まともに考えることはなかった。大学で一度、酔っぱらって女とそういう関係になりかけたが、結局、気まずい結果に終わった。そうなっても、彼女はいくばくかの思いやりを見せ、それなりの敬意を払って別れた。グレイが親密な関係を模索したのは、それが最後だった。

中米での最初の任務のときに、同僚のひとりをデートに誘ったが、彼女に魅力を感じていたからではなく、それが自分に期待されていることだと思ったからだった。結局、気まずい〝拒絶（ノー）〟であなたなんかに興味はないといわれ、やはり恥辱という形で終わった。ほかの男たちがもっぱら性的な欲望を追い求めていても、グレイは仕事に没頭した。スパイという腹黒い技術を極めた男が、彼に別の計画を用意していることなど知る由もなかった。

12

ニカラグア、マナグア
一九九一年十月

アンドレノフは数週間にわたってオリヴァー・グレイを観察していた。モスクワの心理学者の報告書が机に載っているが、ざっと読んだだけだった。人の読み方と弱み、エゴ、欲望の突き方ならよく知っている。押すべきボタンを探し出すだけでいいのだ。それがカネである者もいれば、純粋な強欲である者もいる。はたまた性欲である者もいる。ハニートラップがあまりにうまくいったので、KGBは、男女に獲物の誘い込み方を教える訓練所さえつくったほどだ。いちばんおいしいターゲットは、主流から逸脱した性的嗜好を持つ個人だ。嗜好が倒錯していれば、取り込みやすい。ぱっとわかる弱みのないボーイスカウト・タイプには、脅迫という手も考えられる。外交官の飲み物に薬物を混入し、少年や少女と穢れた写真を撮れば、死ぬまでいうとおりに動かせる。

だが、グレイの場合、そんなテクニックを使う必要などないだろう。グレイの望みは人に求められることだけだ。アメリカ側が与えないような任務を与え、同僚が向けない敬意を向けてやり、グレイにはいない父親の代わりになってやればいい。どのようにして取り込むかはわかっている。だが、どのようにして接点を持つのがいいかについては、なかなか決められなかった。グレイは業務絡みで現場に出ることなどめったにないし、社交生活にいたっては坊さん並みだから、自然な出会いを演出できるような状況はそう多くなかった。アンドレノフは〝たまたま〟出会うことにした。グレイには偶然の出会いにしか見えないだろうが、実際には、周到に用意された演出になる。

グレイが大の写真愛好家で、光の具合がいちばんいい朝や夜によく街に出て、街や人々を撮影していることを、アンドレノフは知っていた。大使館の近くにあるグレイのアパートメントを見張らせ、完璧な瞬間が到来するのを待った。

ある朝、電話が鳴り、監視対象が移動しているという情報が入った。アンドレノフはすぐさま着替え、外に出ると、メルセデスのセダンで35a大通りを北へ走った。グレイの行き先は近くの海岸だろうと思った。アメリカ側はほぼすべての通信を傍受することができるから、無線通信には慎重でなければならない。ロシア語を使うならなおさら。アンドレノフのチームはこの問題を回避する方策を考案していた。しかも、かかった費用はたかだか数千コルドバ（ニカラグアの通貨単位）だった。

グレイのボルボを尾行していたタクシー運転手が、適当な間隔でグレイの位置を配車係に無線で連絡することになっている。アンドレノフの無線機はタクシー会社の無線と同じ周波数に合わせてある。このあたりの訛りは聞き取りにくいものの、彼はスペイン語もできる。朝もこれだけ早いと道路を走る車も少ないし、気づかれないように距離を置いて尾行するのも、対象がグレイなら楽だし、アンドレノフにしてみれば、およその方向さえわかれば、グレイが駐めた車は見つけられる。やはり、グレイのステーションワゴンが浜辺の近くの路肩に駐まったと、タクシー運転手が連絡してきた。アンドレノフはそこから五〇〇メートルほど海岸沿いに走ってから車を駐め、靴を脱ぎ、助手席に置いていたカメラを取った。

満潮時の波打ち際の固い砂地を歩いていった。足を洗う生温かい波が気持ちよかった。夜明け前の薄闇に包まれて砂浜に座り、撮影できるくらい明るくなるのを待っているグレイの人影が、かろうじてわかった。さらに近づいていくと、グレイの撮影旅行の被写体になると思われるものが見えてきた——砂浜に引いてある二艘の木造漁船が支度を整えていた。今日も長い時間、海に出るのだろう。アンドレノフがグレイの前にたどり着くころには、漁師たちが砂上で最初の船を移動させ、海に出していた。グレイはジーンズと薄手のセーターを着て、狙っていた構図をフレームに収めようと砂の上で膝をついていた。漁師たちが、船を引っ張り、持ち上げ、強引に波に着けるとき、グレイは何枚か写真を撮った。漁師二艘目の船にとりかかろうと、漁師たちが砂浜を戻ってくるあいだ、グレイはミノルタSRT-101の操作に完全に集中していた。

「ご一緒してもよろしいか?」アンドレノフはロシア語で訊いた。

グレイは振り向いた。音もなく孤独に侵入してきたこの男にびくりとしたが、これこそCIAの防諜部門が局員に注意を促していた状況だと、すぐさま感じ取った。

「ええと、ええ。どうぞ。私がロシア語を話すと、どうしてわかったのですか?」

アンドレノフはただ肩をすくめた。「何で撮っておられるのですか?」

グレイはまるで異物でも見るかのように、自分のカメラに目を落とした。「これは、ええと、ミノルタです。日本で買ったものです」

「いいですな。私のはこの古いドイツ製です」アンドレノフはいい、バッグからオリーブグリーンのライカM4を取り出した。オリヴァー・グレイの反応を見て、にやりとした。

「おお、すごい、それはドイツ軍用のライカじゃないですか! どこで手に入れたのです?」

「持ち主がもう使わないというので。シャッター・チャンスを逃しちゃいけませんよ」

アンドレノフは二艘目の船を引っ張っていく男たちに向かって顎をしゃくり、レンジファインダー・カメラを目に持ち上げた。ふたりとも、働く地元漁師の写真を何枚か撮った。撮り終えると、アンドレノフはグレイの方へ歩いていき、手を差し出した。

「急に話を打ち切って申し訳なかったが、これだけ早起きしたのだから、それだけの甲斐がないと。ワシリーといいます」

「オリヴァーです」

「お会いできてよかった、オリヴァー。報道写真家ですか？」

「私が？　いいえ、アメリカ政府の役人です」

「ああ、アメリカ人でしたか。外交官とか？」

「国務省の職員です。おもしろい仕事じゃありませんが。そちらは？　外交官ですか？」

「私が？　ちがうよ、オリヴァー。私は軍人だ」

13

大西洋上
〈ビター・ハーベスト〉内
十二月

アゾレス諸島は、大西洋中央海嶺に沿って四〇〇マイル（約六四四キロメートル）にわたり、三つの群に分かれた九つの島からなる火山性群島だ。大陸から八五〇マイル（一三六八キロメートル）離れているが、ポルトガルの自治区であり、したがって、ヨーロッパ圏だ。植物が青々と茂っているからその名がついたフローレス島は、群島の最西端の島であり、人口がもっとも少ない島のひとつだ。高山、ぎざぎざの岩壁、落差の大きな滝があり、しかも気候も温暖だから、ハワイ諸島の島かとまちがわれるような景色が広がる。何週間も真っ青な海と灰色の空に囲まれたあとでこんなに青々とした植生を見ると、五感に突き刺さる。リースにとっては、エデンの園のように見えた。

ポンタデルガダとファジャングランジのあいだの島北西部の海岸部はほぼ無人で、だからこそ、リースはその方角から群島に近づいた。『ワールド・クルージング・ルーツ』、さらにヨットの海図と小型GPSを頼りに、どうにかここまでやってきた。無名の島がすぐ西にあり、大西洋の風や波から守られた岩礁がある。リースはその守られた水域に〈ビター・ハーベスト〉を移動させ、帆を下ろし、船体前後で投錨（とうびょう）してヨットを固定した。近くの砂浜まで泳いでいき、揺れることのない地面を無性に歩きたくなったが、リースはその衝動にあらがい、ヨットにとどまった。こんな水域で投錨していれば、沿岸警備隊などの当局を引き寄せてしまうかもしれないが、今はただ眠っておきたいだけだった。

デッキのドアを閉め、船室に降りていくと、リースはカーテンを閉めて午後の日差しをさえぎった。ベッドに潜（もぐ）り込み、アメリカを離れてからはじめて完全に気を緩（ゆる）めた。眠りはすぐさま訪れ、途切れることなく十五時間続いた。用を足したくなってしかたなく起き、時計を見て、甲板に出ると、朝の六時なのか夜の六時なのかよくわからなかった。ベッドサイド・テーブルのミネラルウォーターを飲み、また四時間ばかり眠ったあと、やっとすっきりして、腹ぺこで目覚めた。

デッキに出てみると、人気（ひとけ）のない白い砂浜へと切れ落ちている断崖にしがみつき、懸命に生きようとしている大小の木々に目を奪われた。軽い風に顔を向け、目を閉じると、なじみ深い海のにおいと潮気に気分が落ち着き、安らいだ。試練に耐え、打ち勝ったごほうびのようだ。ヨットにひとつも問題がなく、まだ錨でしっかり固定されているのを確認したあと、リースはまともな朝食をつくろうと調理室に降りていった。卵六つ、ベーコンひとパック丸々、冷凍ワッフル四枚を使って料理をつくり、ポットひとつ分のコーヒーを淹れた。ぺろりと平らげると、服を脱いでシャワーを浴びた。さっぱりし、腹も満たされ、睡眠もたっぷりとり、乾いた服を着て、自分が置かれた状況をじっくり考えた。やるべきことのリストをつくり、ヨットがすべて機能することを確認した。帆とラインが傷んでいないかを点検し、デッキの手すりにロープで固定しておいた燃料缶をいくつか船内に持っていって燃料タンクに補給し、ビルジポンプがしっかり動くことを確かめた。

ひどい頭痛に襲われて、数時間、ベッドに戻らないといけなくなり、このときも、これで妻と娘に再会できるのだろうかと思ったが、それまでと同じように頭痛は治まった。またすぐに腹が減り、大きなマグロ・ステーキを焼き、冷凍庫に入っていた電子レンジで温める袋入りの米を合わせて食べた。南アフリカ産カベルネ・フランを一本飲み切ったおかげで眠りに誘われ、またひと晩、無意識下に抑圧されている感情に起因する悪夢に邪魔されることもなく、ぐっすり体を休めることができた。

リースは目覚めると、またたっぷり朝食をつくり、『ルーツ』と海図を調べた。最終目的地は大陸の反対側に位置し、距離は六九八五海里（約一万二九四〇キロメートル）ある。平均五ノットの速度を維持できれば、五十八日で到着する。航海術が未熟で四ノット（時速約七・四キロメートル）しか出せないなら、あと七十三日間ほど航海が続くことになる。調子に乗って、陸地の近くでこんなに長居してしまった。そろそろ先を急がないといけない。リースは停泊していた島を離れ、サンミゲルに向けて東へ向かった。海はわりあいに穏やかだった。サンミゲルから、南東のカナリア諸島に向けて進み、さらにカーボベルデに向かった。本当の海の旅はそこからはじまる。

14

ベルギー、ブリュッセル
十二月

カーティス・アレクサンダー将軍は、アメリカン・ベーコンを添えたポーチドエッグを食べ終えた。ブリュッセルでは、そういったものはなかなか食べられない〝贅沢品(ぜいたくひん)〟だが、NATO連合軍最高司令官にもなると、いくつか役得がついてくるのだ。地元紙を置き、エスプレッソを飲みながら、テーブルの向かい側にいる妻にまなざしを向ける。

結婚して四十年になろうというのに、まだ妻の美しさに見とれてしまう。彼がウエストポイント陸軍士官学校の二年生で、彼女が〝校長の娘〟と呼ばれていたころ、はじめてデートしたときと同じように、今も目が離せなくなる。当時、有望なキャリア選択として上級士官の娘を狙う士官候補生もいたが、ものにできても期待はずれだったり、結婚しても破綻（はたん）することも多かった。士官候補生のアレクサンダーには、サラの軍人の家柄など気にする余裕はなかった。ひと目見た瞬間にハートをつかまれ、一生をかけて、何が何でも彼女を世界一しあわせにしたくなったのだ。それから三十七年後の今日も、サラは夫の愛情に満ちたまなざしに気づいて、顔を赤らめた。

「何なの？」サラがしたり顔でいった。

「いや、何でもない」四つ星記章を着けた将軍が答えた。「見とれていただけさ」

「やめてよ、カーティス」サラ・アレクサンダーはいい、テーブルの向かいに座っている米軍の最上級将官にふざけて布巾を放り投げた。

　彼をカーティスと呼ぶのは、サラだけだった。ほかの者にとって、彼は将軍かサーだった。親しい友人はカートと呼ぶ。子供たちはパパと呼ぶ。〝カーティス〟はサラだけのものだ。

　六十一歳になり、〝ご老体〟はとても長くて秀でた陸軍キャリアを終えようとしていた。司令官交代式に続く退官式が、二週間先に迫っている。厳密にいえば、まだ欧州連合軍最高司令官の任務を引き継いだわけではないが、実質的にはもう退官している。後任はすでに決まっている。アレクサンダー将軍にとっては席を譲る潮時だ。後任司令官とは信頼関係を構築し、新体制下の優先事項を決める必要がある。

〝連合軍最高司令官とはな〟と思い、カートはため息を漏らした。〝こうなると、だれが思っていただろうか？　まあ、何人かは思っていたかもしれないが〟と、彼は認めた。

カートの父はベトナム戦争時に中佐だったが、ヘリコプター上から、ベトコン勢力下にあったタイニン省の小さな村の空襲を指揮しているときに撃墜された。父の足跡をたどることにまったく興味を示していなかったカーティス・アレクサンダーは、エール大学の入学許可を辞退し、輝かしい学業成績と才能あふれるフットボールの技術を利用して、ウエストポイントへの入学を勝ち取った。父方の家系をたどり、ワシントンの大陸軍に従軍した大尉がいたとわかったことも、カーティスの決断において一役買った。軍人の家系とはいえ、陸軍に数年いたら別の道へ進もうと思っていたのだから、振り返ってみると少しこっけいでもある。

アメリカ合衆国陸軍士官学校に入って二年のあいだ、わけもわからずもがいていて、なぜこんな決断をしたのか、カーティスは自分でもよくわからなかったが、そんなときにサラと出会った。そして、すべてがはっきりした。どういう施設かひと目でわかる、ハドソン川を見下ろすこの冷たい灰色の壮大な建物を持つ士官学校に、彼は通う運命にあったのだ。サラと出会うために通う運命にあったのだ。

当時はたいてい、第二次世界大戦の廃虚から生まれた同盟や条約にしたがって派遣先が決まっていたとはいえ、ふたりの結婚生活にとって、最初の任地は試練だった。狭苦しい住宅、外国の文化、長い不在、そして、アメリカ陸軍という別の〝家族〟への義務を負った夫とともに、幼い子供たちを育てなければならない重圧から来る不安。火が鉄を固くするのと同様、そういった試練によってふたりの結婚生活は鍛(きた)えられた。予想に反して、ふたりはそういった試練を耐え抜き、ひとつのチームになり、ほかの家族のよりどころになった。アレクサンダー将軍はこれまでを振り返り、実戦に身を投じたことがないのを少なからずうしろめたく感じていた。一九七〇年代後半、八〇年代、九〇年代は、継続した戦闘作戦というより、紛争の発火点として記憶されている。カートはいずれの時期の実戦も逃し、二〇〇一年九月十一日を迎えた。そのとき、彼は大佐になったばかりだった。現代の陸軍では、数世紀前とは異なり、大佐が前線で部隊を率いることはない。ほかのどんなことでもそうだったが、大佐になったばかりのカートは、アフガニスタンとイラクでの任務も、堂々と立派にやり遂げた。

自分が安全な前進作戦基地にいながら、若者たちを戦いに送り出すのは気まずいものだ。特殊作戦任務や地上戦の経験もないのだから、新しい戦争に要求される伎倆(ぎりょう)が自分にはないのかもしれない、とカーティス・アレクサンダーは感じていた。そうした経験のなさを、部下への奉仕者(サーバント・リーダーシップ)に徹することで補った。彼にいわせれば、彼は指揮下にある部下たちに奉仕しているのであって、その逆ではなかった。また、個人的な信条として、軍内外のだれにも自分が戦場で戦術的な武功を挙げたと思わせないことにしていた。その栄誉や称賛は、敵の矛先(ほこさき)で闘い、命を投げ出す下士官や下級将官に向けるべきだと思っていた。カーティス・アレクサンダーは異色の将官だった。部下たちも、そんな彼の奉仕に気づかないわけがなかった。

アレクサンダー将軍は、まだベトナムの傷が完全には癒(い)えていない一九八〇年代の陸軍によって育てられた。入隊したときの軍は、もっぱらソビエトの脅威に焦点を合わせており、レーガン政権の政策や外交もそうした脅威に巧みに対処し、対抗していた。自分の子供たちと今ではふたりいる孫たちにどちらの世界を残す方がいいのだろうか、とよく思う。わかりやすい敵がいて、交渉のテーブルで勝利を勝ち取る当時の世界がいいのか、それとも、武装勢力やテロリスト集団が憎悪や暴力のイデオロギーをわれわれのいちばん弱いところ——ふつうに日常生活を営んでいる女性、子供たち、市民——にぶつけてくる、非対称の脅威にさらされている今日の世界がいいのか？　ソビエト連邦がフルダ・ギャップ（冷戦期にワルシャワ条約機構軍の侵攻が想定されていた東西ドイツ国境地帯）を通って西ドイツに侵入してくることが最大の脅威とされていた日々が、恋しいとさえ思う。

何度も引退しようと思ったが、そのたびに陸軍は彼を昇進させてきた。軍人一家に育ったサラは、軍人の暮らしがどういうものかはよく知っていた。陸軍につなぎ止められる者がいることも知っていた。カーティスは、彼女が知っていたほかの士官とはちがっていた。キャリアの方から彼に寄ってきた。彼はキャリアなど求めていなかった。逆だった。キャリアが彼を追い求めているようだった。カーティス・アレクサンダーほど階級に頓着しない士官には会ったことがない。カーティスはもとから、部下の面倒を見るのが自分の仕事だと思っていて、部下が武勲を挙げたり出世すると、心から喜んだ。〝今度の任務〟が終わったら足を洗う、とサラにはいつもいっていたが、三十九年が過ぎた今、ついにその約束を果たすときが来た、と冗談めかしていうのだった。

今日の世界は様変わりし、アレクサンダー将軍は新世代に国の守りを任せようとしている。そして、新世代にはひとり息子も含まれている。息子は陸軍のレンジャー選抜評価プログラムを一発で完了し、第七五レンジャー連隊の小隊を率いることになり、胸を躍らせていた。カートとサラのふたりの娘は、まったくちがう人生を求めた。ひとりは医者と、もうひとりは弁護士と結婚した。たまたま、ふたりともバージニア州北部に住んでいる。カートとサラはアレクサンドリアの家に戻るつもりだった。カートがペンタゴン勤務になったときに、ふたりで買って、その後、人に貸している家だ。ふたりともワシントンDCのあたりが大好きだし、娘たちや孫たちも近くにいるので、引退したあとどこに住むかはすんなり決まった。

カーティスは、アメリカ合衆国最古の愛国結社であるシンシナティ協会の会長になることを受け入れた。同協会は一七八三年に設立され、ワシントンDCに本部がある。その名は、ジョージ・ワシントンが古代ローマの英雄、ルキウス・クィンクティウス・キンキナトゥスにあこがれていたことに由来する。キンキナトゥスはローマ軍を率いて、外国の侵略から共和国を守る戦いに勝利したあと、独裁官の地位を辞し、権力を元老院に戻した。アメリカのキンキナトゥスと称されることの多いワシントン将軍も、その古代ローマの指導者と同じように、今日の大半のアメリカ人があたりまえと思っている自由を、少なからずアメリカ人に与えた。同協会は現在も、独立戦争において当時世界最大だった超大国に立ち向かい、解放と自由にもとづいて共和制を打ち立てるために命を捧げた人々を記憶にとどめる運動に取り組んでいる。数年で離れるつもりだった陸軍が本拠（ホーム）になったように、シンシナティ協会もごく自然にカートとサラにとっての本拠（ホーム）になるだろう。その地位に加えて、ほかにもいくつかの団体の理事にもなる予定だし、数分で孫に会えるところに住むという特典までついているのだから、引退生活にもすんなりなじめるだろう。

「今日は職場に顔を出す」カーティスはいった。「何枚か書類にサインして、早めの挨拶（あいさつ）を済ませないといけない。それから一四〇〇時に、いや、ええと、われわれはほとんど民間人だから午後二時というべきか、第八二空挺師団の若者に名誉戦傷勲章(パープル・ハート)と銀星勲章(シルヴァー・スター)を授与する。彼はアフガニスタンで爆弾の破片を受けて負傷し、一年前から幕僚付きになっている。有能な若者だ。やっと勲章が届いて、私に授与役を頼んできた。頼まれたときは目から涙がこぼれそうになったよ」

「まあ、あなたったら、涙もろいんだから」

「しかし、光栄なことだし、自分の司令官交代式や退官式より、よっぽど楽しみだ」

「そういうのは好きじゃないのよね」

「苦手だよ。どんな仕事をしたかなどおかまいなしに、毎回たったひとりで邪悪な潮流を一変させて地球を救ったかのように見せる。ばかげている。真実を語ることはない。軍にありがちな威風堂々の嘘っぱち(ブルシット)だ」

「カーティス！　何て言葉遣いなの」サラは冗談を飛ばした。

「それもあと少しの辛抱だ。二週間もすれば、国に帰れる」

「さっきの若い兵隊さんは、あなたから勲章をもらったことをきっと忘れないでしょうね」サラは誇らしげにいった。

「私もあの若者に授与したことを忘れんさ。とても謙虚だ。最近の若者は、私のころとはまるでちがうんだ、ハニー。わが国はさまざまな兵士を輩出してきたが、今の兵士たちはいちばん高い教養があり、能力もある。私は彼らの犠牲に値するような、戦略的により優れた決断を下したいと願うばかりだ」

サラはうなずいた。結婚してからというもの、夫がそういう話をするのを数え切れないほど聞いてきた。だからこそ、夫を愛しているのだ。自分が率いる部隊をどれだけ大切に思っているか、隠せない人だから。つらい決断をすることもあるけれど、それによって部下が受けた影響を決して忘れないことで、つらさが和らぐのだった。

「もう行かないと、スウィーティー。授与式の前に例の管理上の業務を済ませておきたいからな」

カーティスは席を立ち、陸軍の平常軍服のネクタイを直そうとした。

「直してあげるわ」妻がいい、椅子を引いて立った。

「ありがとう、マイ・ディア」カーティスはいうと身をかがめ、出かける前のキスをした。

「午後に戻るよ。おいしい夕食でも食べながら、DCの家のことを話し合おう。ちょっとばかり手直ししないといけないかもしれないと思うんだ」

厳密にいえば、その家はバージニア州にあるのだが、ふたりは〝DCの家〟といっていた。

「いいわね。また今夜」

この三年間のわが家となった士官用住居の階段を降りていくカーティスの姿を、サラは見守った。ここの家は、一九七〇年代後半に住まわされていた下級士官用住居とは雲泥の差だ。もっとも、当時の家だって、下級下士官の家族が入っていた家と比べたら、はるかにましだった。

ポール・リード少佐が、将軍宅の玄関前に駐めた白いシボレー・サバーバンのドアのところで、アレクサンダー将軍を出迎えた。

「おはようございます、将軍」少佐がいい、助手席側の後部ドアをあけた。

「おはよう、ポール。こんな寝坊習慣に慣れ切ってはいけないぞ。きみの前途にはまだキャリアが広がっているんだから」

「了解しました。心配無用です。今日のご予定は？」

ポールは二年近くアレクサンダーの副官をしていて、いつもは新入りの士官や中級下士官にアレクサンダーを迎えにいかせ、夜が明けるだいぶ前に将官室でアレクサンダーを出迎えていた。将軍が到着するまでに、将軍がNATO軍を指揮するうえでのその日の日程とスケジュールを用意していた。今は将軍が司令官交代式といった管理上の障害を乗り越える手伝いだけが仕事で、それまでよりゆったりしたスケジュールと、人間としても職業人としても尊敬する男との最後の数日を楽しんでいた。

「補給の書類と残っている評価報告書にサインして、片づけてしまおう。そのあとで授与式の準備をしたい。きみも遅くとも四時までには奥さんとお子さんの待つ家に帰れる」

「一六〇〇時のことでしょうか？」ポールはにやりと笑った。

「覚えているいい方でいいさ」将軍は答え、微笑みを返した。

サラは戸口から手を振り、振り向いてドアを閉めようとした。〝あれは何？〟。ふと足を止めると、耳慣れない羽音のような音が聞こえたというより、肌で感じて、また外に目を向けた。愛する者を守ろうというとっさの衝動に駆られ、彼女はドアをあけ、カーティスの名前を声のかぎり叫びながら、シボレー・サバーバンに向かって駆け出した。

遅かった。

羽音は小型のドローンの音だった。駐まっていたSUVのルーフ上に来たと思ったら、すぐさまルーフに向かって降下していき、助手席側の後部席の上に着陸した。

ドローンが積んでいた少量の爆薬は、爆発の衝撃が下に向かうように細工してあり、熱で溶けた銅の弾丸が装甲ルーフを貫通し、車内にいた愛情にあふれた夫、父、陸軍の将官をも貫き、脳の左半分をそぎ落とすと、肺、心臓、腸を切り裂き、上半身をふたつに裂いたあと、車体の下の舗装にクレーターをつくった。

サラは爆風で地面に投げ出され、耳と鼻から血を滴らせながら、燃え上がる残骸へと這っていった。助手席側のドアが過度の圧力を受けて吹き飛ばされ、カーティス・アレクサンダーの半身が、驚くべきことにまだしっかり金具に留まっているシートベルトから、地面にずれ落ちた。

リード少佐の意識が戻ったころ、サラは夫の残骸を抱きしめていた。爆発の反響が消え去ってからもしばらく、絶叫が近くの建物に響いていた。

15

スイス、バーゼル
十二月

　たった今、NATO軍司令官を狙ったテロ攻撃の報告を受け、ワシリー・アンドレノフはオフィスの戸棚に飾ってある写真の前に立った。褪(あ)せた白黒写真の中では、軍服を着た男が、男の母親が余った布きれで縫(ぬ)った同じような軍服を着た幼い息子のそばに立っている。その男の子がワシリーで、軍服の男が父親だ。アンドレノフの父はソビエト連邦の軍高官だった。軍参謀本部情報総局(GRU)の将校になるには、功績を挙げるだけでは足りない。大祖国戦争（第二次世界大戦のソ連での呼称）のスターリングラード攻防戦時に父が人民委員を務めたおかげで、家族全体が栄誉にあずかり、その後、父が政界でのし上がると、家族はふつうのソビエト市民とはかけ離れた暮らしぶりを享受できるようになった。しかし、一九七一年、東南アジアで父が行方不明になると、ワシリーの人生は一変した。やがて父の亡骸(なきがら)は戻ってきたが、父の死去の状況に関する情報はいっさい伏せられた。父の存在と導きがなくなって寂しかったが、同様に、父が愛する社会主義共和国の没落を見ずに済んでほっとした面もあった。〝敬虔(けいけん)な〟共産主義者だった父は、アンドレノフの資本主義への傾倒ぶりに顔をしかめることだろう。

鉄のカーテンが下りる十年以上前から、彼は海外投資でこっそり儲(もう)けていた。やがてロシアが自由市場の辺境地帯(ワイルド・ウエスト)になったときには、経験を積んでいた彼はだいぶ先を走っていた。数年のうちに、元手の二百万ドルは数億ドルになっていた。アンドレノフはその相当な財を手に、どこでも好きな場所でひっそり暮らしてもよかった。だが、その多額のカネを〝大義〟という先物に投資した。

一九九七年、アンドレノフはARO財団を創設した。世界各地の最貧の共同体に必要不可欠なインフラストラクチャーを提供することに特化したグローバル慈善団体だ。同財団は注目されているテーマに湯水のごとくカネを注ぎ、モスクワ、ニューヨーク、パリ、ロンドンで開催される、贅(ぜい)のかぎりを尽くした特権階級の資金集めパーティーに集(つど)う世界有数のリーダーたちを楽しませていた。アメリカ連邦議会の議員、とりわけ自分のニーズと合致した委員会に属する議員たちのテーマは大いに支持した。財団が善意を全世界に拡げていくにつれ、財団の職員の大多数が東欧諸国の元情報将校だということには、だれも目を向けなくなったようだった。

目を大きくあけていれば、〝世界各地の最貧の共同体〟が、ほぼすべて戦略的要衝か、望ましい天然資源が豊富なところであることにも気づいていたかもしれない。〝必要性〟も、金、石油、天然ガス、リチウム、銅の鉱床と完全に重なっているように見える。ワクチンを提供したり、井戸を掘ったりといったうわべの慈善事業をするかたわら、アンドレノフのチームは現地高官を買収し、採掘権や重要な情報を得ていた。卑金属価格が急騰すると、彼の採掘契約は何千万ドルもの利益を生み出した。携帯端末のバッテリー市場でリチウム需要が爆発すると、元GRUエージェントの財産も急激に増えた。

そうやって財産が増えるにつれて、彼の世界的な評価と影響力も高まった。財団の政治的な取り引きによって、アフリカや東南アジアといった地域で物事が円滑に進んだだけでなく、ホワイトホールからワシントンまでの影響力までも買えるようになった。この影響力に加えて、それを使うロビイストもそろえると、もめごとも、調査も、好奇の目もなくなった。西側に対する保険ができたのだ。

16

インド洋上、モザンビーク沖
〈ビター・ハーベスト〉内
三月

リースはモザンビークのペンバの南で四日ばかり停泊し、そわそわしながら新月を待った。カーボベルデからアフリカ西岸にたどり着き、はるばる喜望峰をまわった。九十六日間も海上にいる。上陸の危険を冒したのは、ナイジェリアとナミビアの二回だけだった。いずれのときも、現地の村への迂回潜入を伴う上陸作戦だと思って遂行した。さっと現われてさっと姿を消す気まぐれな旅人を装い、物資をいくらか買い込んだ。

それまでの海の旅で、航海技術は成熟していた。〈ビター・ハーベスト〉は謳(うた)い文句のとおり、世界の反対側からここまで、リースを無事に運んできた。ヨットの実直な仕事ぶりに感謝しつつ、長いあいだリースの家として大海原を駆けてきたヘイスティングス家の美しいヨットを沈めるのかと思うと、一抹の寂しさを感じる。だが、そろそろ大地に戻るときだ。

いつもはくらくらするほどの空の星明かりが雷雨にさえぎられ、見えるものといえば、何マイルも離れた水平線上の片手で数えられるほどの建物だけだ。ヘッドランプの控えめな赤いLED照明を使って、リースはバッグの中身をもう一度確認した。着替え用の服と、道具と現金の残りが入っている。現金はドアをあけ、人の口を閉める。現金とちょっとした幸運があれば、行きたいところにたどり着けるかもしれない。

リースは素早い脱出の用意が整(ととの)ったと確信し、船室に降りていき、船底のスループットを見つけた。それまで内側からヨットを沈めたことはなく、何年も前にチームで実施した隠密航行訓練で教わったことをできるだけ思い出そうとした。排水ポンプ(マセレーター)と排水ハンドルを確認し、ハンドルを九十度まわし、船外に通じるバルブをひらいた。ヨットが最初に受ける大波でホースが完全に解放されるように、ホースクランプを緩(ゆる)めた。そうすることで船体に水が入り、海の底に向かって沈みはじめる。リースはブレーカーの前に行き、〝ビルジ〟のレバーを下ろし、ビルジポンプが船内の水を排出しないようにした。船体が浮かないのだから、全長四八フィートのヨットが持ちこたえるとは思えないが、リースは万全を期したかった。その後、スループットのねじをはずし、素早くデッキに出た。リースはヘッドランプの赤いLEDライトを消し、ゴムのストラップを下げて首にかけた。〈ビター・ハーベスト〉の左舷側にゴムボートがくくり付けられ、吹き続ける風に飛ばされたり、右舷の船首側を洗う小さな波にさらわれたりしないようになっている。リースはバックパックを背負い、ヘルメットのストラップを締め、暗視ゴーグル(NOD)のデュアルレンズを下げた。周囲が緑色に変わり、すぐそばのスペースがぱっと明るく見えた。〈シトカ・ギア〉のダッフルバッグをゴムボートに下ろし、最後にもう一度デッキを見てから、手すりをまたぎ、下のゾディアックMK2の固いデッキに素足を乗せた。

リースはプライマー・バルブで燃料を船外機に入れ、チョークを閉めてから、モーターのクランクをまわした。三度目でエンジンがかかり、丸一分間アイドリングさせて、エンジンを温めた。まずいときにエンストすることはなさそうだと確信すると、この十四週間、リースの唯一の家となっていた〈ビター・ハーベスト〉の索止め(クリート)とゴムボートの船首と船尾とをつないでいるロープをはずした。スロットルをまわしていくと、船首がぐいと上を向き、彼方に見える海岸線の景色がぼやけた。リースはぎりぎり水平を保てるいちばん遅い速度で進んだ。急いでもいないし、余計なエンジン音を立ててもしかたない。これほど早い時間なら、漁船に出くわすこともないだろうと思った。もっとも、行き先の国が海軍や沿岸警備隊に領海を巡視させているのかどうかはわからない。SEALチームに十六年もいたから、その国に断りもなく小型ボートで海岸線に向かっていても、まったく落ち着いたものだが、武装したチームメイトふたり、新鮮な情報、それに地図などがあればどんなにいいかと思った。

〈ビター・ハーベスト〉で海岸線から一マイル（約一・六キロメートル）手前まで近づいてから、最後の一マイルを泳いでいこうかとも思ったが、この数週間、体を動かしたのはヨットの操縦ぐらいだから、そんな体力があるかどうかわからなかった。それに、沿岸警備隊に関する情報もなかったので、ゴムボートであまり目立たずに上陸することにした。ボートを操縦し、水平線を見渡しながら、ダイブベストの前身頃についているプラスチック・チューブを使って首元を膨らました。生暖かい夜風の中で海水のしぶきを地肌に浴びて、気持ちがよかった。上陸を予定したところまで接近するのに、二十分かかった。そこから岸まで、およそ五〇〇メートルだ。人がいる気配はないかと、砂浜と暗い海をじっくり確認した。

気がかりな動きが何も見えないことを確認すると、リースは両足をボートの縁から出し、ゴムボートの船体をしっかりつかんだまま、水温が華氏八十度（摂氏約二十七度）はあろうかというう海に入った。ベストのおかげで、首から上が波に呑まれることもなかった。ダッフルバッグの中身はゴミ袋に入れて海水に濡れないようにしてある。そうしておけば、浮袋代わりにもなる。NODが波しぶき、体温、湿気のせいですぐに曇り、邪魔にならないようにヘルメット上部に持ち上げた。どのみちこの時点では、見ないといけないのは浜の白い砂ぐらいだ。リースはボードショーツのベルトに留めていた〈ウィンクラー〉の折り畳み(たた)ナイフを右手ではずし、親指でブレードを出してロックし、ゴムボートの浮きの部分に次々と突き刺し、頼りになるボートを水浸しのゴミにした。三十五馬力の船外機の重量のせいで、ボートはすぐさま黒い海の中へと沈んでいった。浮袋代わりのダッフルバッグを顔の前で持つと、リースはモザンビークに向かって水を蹴った。

浜辺に人気(ひとけ)はなかった。リースは地平線のいちばん暗いところを目指して浜辺に接近し、久しぶりに足が地を踏むと、建物のない広い海岸線に向かって歩いていった。水深が胸のあたりになるといったん足を止め、NODで海岸線をゆっくり走査し、動いているものはないかと確認した。タイミングの悪い煙草(たばこ)休憩を示す赤い小さな火、人の手が加えられているような鋭角な形の物体。リースはそういったものはないと判断し、岸に上がった。新世界を発見した征服者(コンキスタドール)のようにひざまずいて感謝の念を表したくなったが、不思議なことに、故郷に帰ったような感じもした。

リースは前方の木々に向かって、柔らかい白い砂地をできるだけ素早く移動した。灌木が生えているところに入ると、ダッフルバッグをあけ、背面側のポケットに手を入れ、単独上陸作戦中に濡れないようにフリーザーバッグに入れておいたグロックを取り出した。拳銃を持ったまま、十分ほど、その場にじっと座り、新しい陸上環境に五感を慣らした。三十秒ほどで蚊(か)に存在を発見され、リースは何十カ所も刺されながら、動かずに耐え忍んだ。

リースは上陸したことをだれにも感づかれていないと判断し、またダッフルバッグを探り、防水ライナー代わりのゴミ袋を破り捨てた。ベストと濡れたTシャツを脱ぎ、乾いたTシャツに着替えたあと、濡れたシャツで足の砂を拭き取ってから、靴下と〈サロモン〉のトレイルランニング用軽量シューズをはいた。SEAL隊員であろうがなかろうが、砂まみれの足は気持ちのいいものではない。近くの石をシャベル代わりにして穴を掘り、ベストと濡れて砂まみれのシャツを入れた。NODとヘルメットもはずし、最後にひと目見た。身軽に旅をする必要があり、国際武器取引規則(ITAR)で規制された暗視装置を持ったままつかまれば、人生の意味を探して放浪を続けているよくいるバックパッカーという口実が、ややこしくなるかもしれない。あまりいい口実ではないし、長髪、顎(あご)ひげ、汚い体ぐらいしかそれを補強するものはないが、それだけで信じてもらえないともかぎらない。

M4に目を落とし、小声で手短に別れを告げると、NODと一緒にボートから持ってきたゴミ袋に入れ、なるべく目立たないように地面に埋め、乾いた木の枝であたり掃いて均した。あまり信憑性の感じられないくだんの口実にはそぐわないが、グロックだけはどうしても埋める気になれなかった。アフリカのブッシュにいる大型獣にはたいして役に立たないが、〝二本脚の獣〟には十二分に役立つ。〝備えあれば憂いなし〟。GPSで正確な隠し場所を確認すると、リースは立ち上がり、長い旅の第二段階へと歩を進めた。

17

ニカラグア、マナグア
一九九一年十二月

砂浜での思いも寄らない出会いから数週間にわたり、グレイとアンドレノフは定期的に会うようになっていた。この国の都市部を離れ、サンディニスタ民族解放戦線とコントラとの紛争地にもほど近い小村や奥地まで、撮影旅行に行った。ニカラグアにはまだかなりの米軍部隊が駐留しているが、イラン・コントラ事件の余波を受けて、せいぜいこわごわとした小競り合いがある程度だった。偶然にも、そうした行き先は、アメリカの防諜部門のエージェントの詮索好きな目が届かず、他国の大使館員にばったり出くわして弁明を求められることもないところばかりだった。グレイにとっては、アンドレノフといるのも、母親の母国語で自由に話せるのも楽しかった。自分が品定めされ、勧誘されていることは、もちろん知っていたが、家であまり省みられない孤独な配偶者のように、だれかに追いかけられるのがうれしかった。生まれてはじめて、人に求められていると感じていた。アンドレノフには認められているし、ＣＩＡには思いもつかないようなスパイになるという信頼も受けている。

その誘いが来たとき、哲学をちりばめた大仰な口上や芝居じみた文句などはなかった。グレイはラングレーに戻ることになった。するとアンドレノフに、ラングレーの記録文書の保管場所に行って、あることを調べてもらえないかと頼まれた。個人的なことだという。グレイの帰国前に、アンドレノフは友情の印として、贈り物をくれた。ドイツ連邦国防軍のマークが入ったオリーブグリーンのライカＭ４だ。素人目には、ガレージセールで安く買うようなものだと思われるだろうが、グレイのようなカメラ愛好家とか、競売会社にとっては、値段などつけられないほど貴重な宝物だった。それが偽物で、軍参謀本部情報総局（GRU）の技術部門が有名なコレクターズ・アイテムをまねて〝ライカ〟のロゴを彫り、ペイントしたという事実を、グレイが知ることは絶対にない。

アメリカへの帰国後すぐ、グレイは〝養父〟になったばかりのソビエト人への恩返しに着手した。アンドレノフの最初の頼みは奇妙だった。機密扱いの兵器プログラムでもなく、ロシアで働いているアメリカ情報部の資産（アセット）の身元ですらなかった。ＣＩＡの基準では〝古代史〟に属するようなものだった。一九七一年にラオスにいたソビエト軍事顧問団を奇襲し、殺害した、南ベトナム軍事援助司令部研究監視群(MACV-SOG)のチーム・メンバーの身元だった。多少は調査しなければならなかったが、グレイは偵察チーム・オザークの戦闘後報告書を探し出した。フェニックス作戦に参加していたアメリカ軍と南ベトナム軍の混合特殊作戦部隊である。チーム・オザークはアメリカ海軍上等兵曹が率い、ホーチミン・ルートの共産党軍の兵站(へいたん)線を遮断するという国境を越えた任務を与えられていた。チームの報告書は、ダナン近郊の北部指揮管制本部(CCN)で作成されたものに入っていた。CCNはCIA局員やMACV-SOGのメンバーが多くの秘密作戦の基地として使っていた施設である。紙の報告書はマイクロフィッシュ(大量の印刷データを収めたシート状のマイクロフィルム)に変換されていて、精査するのは手間だったが、グレイはそれまでの暮らしぶりや仕事ぶりと変わらず、だれにも気づかれずに精査した。偵察チーム・オザークは、国境のラオス側で三台編成の車両部隊の奇襲作戦を敢行し、クレイモア地雷、四〇ミリメートル・グレネード、小火器などを駆使して敵部隊を全滅させた。死者の中には、ソビエト陸軍将校の軍服を着た白人男性がひとりいた。

18

モザンビーク、ペンバ

三月

明け方、リースはペンバの街へ伸びる未舗装路を西へと歩いていた。進むにつれて、道沿いの小屋と家がしだいに頻繁に現われ、正しい方向に進んでいることがわかった。夜明けから数分のうちに、リースのほかにも道を歩く人の姿が出はじめた。おそらく仕事に向かっているのだろう。朝の通勤路に侵入してきた見慣れない白人を見て、多くは目を丸くしていたが、この何年かで、冒険を求めるバックパッカーのたぐいを何度も目にしてきたからか、まったく気にしない者もいた。

これほど早い時間だというのに、塩辛い風は生暖かく湿っていて、リースは服が汗まみれにならないように、歩くペースを緩めた。数カ月も航海してきて体重がかなり落ちていたので、ボードショーツが腰からずり落ちないように、だぶだぶのウエストバンドを安全ピンで留めないといけなかった。それでも、歩いていくと数分ごとにボードショーツをずり上げないといけなかった。上り坂の脇に、色褪(あ)せたテニスコートと空(から)っぽのサッカー・スタジアムを備えた、うち捨てられたような複合スポーツ施設があった。この国の植民地時代のなごりだ。舗装された二車線路に出て、その舗装路を一マイル近く歩くと、四車線のハイウェイと交差していた。交差点の向こう側に、ペンバ空港がある。ダルエスサラームやヨハネスブルグといった、サハラ砂漠以南に位置するここより大きな街への民間フライトが発着する、わりあいに小さな空港だ。リズ・ライリーと彼女の愛機はどこへ行った？　こんなときこそそばにいてほしいのに。

その日のフライト・スケジュールがどうなっているのか、リースには見当もつかないが、早朝に主要空港から出発したフライトがそろそろ到着しそうだから、乗ってきた人々を出迎えようと、タクシーが並んでいるだろうと思った。ここのような辺鄙(へんぴ)な第三世界の空港にも、防犯カメラが設置されているかもしれないし、まずまちがいなく警察が常駐している。自分の顔が世界各地のテレビで映し出されたと想定しておかないといけないから、法執行機関との接触は避けなければならない。リースは車が行き交う四車線道路を渡り、その道路と並行して走る日陰の小道を歩きはじめた。市街地から空港へ向かうタクシーを探した。アフリカでは国によってちがうようだが、モザンビークの車は道路の右側を走る。

朝、走っているのは、ほとんど平ボディーとステーキボディーの配達トラックばかりだが、十分も歩かないうちに、探していたものが見えた。リースは対向車線の路肩に出て、白のコンパクト・セダンに向かって手を振った。トヨタが速度を落とし、ウインカーを点け、リースの横を通りすぎてすぐに路肩に寄せて停まった。〈キング・キャブ無線タクシー・トヨタ〉の運転手で、ペニーローファー、黒っぽいドレスパンツ、すり切れたボタンダウンという格好のほっそりした黒人の男がタクシーから降りてきて、リースの荷物を預かった。まずい位置に停車したと思っているらしく、素早くうしろにまわり、ハッチバックをあけた。リースはダッフルバッグはそこに載せたが、バックパックは持ったまま狭い後部席に乗った。

リースはかなりへたくそなオーストラリア英語をまねて、インターネット・カフェに行くよう運転手に告げた。フィッシャーズ・アイランドの滑走路でケイティとリズと別れてから、人間に話しかけたことはなかった。ふたりは今ごろどうしているだろうか、無事でいてくれているだろうかと思わずにはいられなかった。

タクシーはいったん空港に引き返し、そこでUターンして、ペンバ市街地に向かった。ペンバは辺鄙なところに位置し、頼りない中央政府と最小限のつながりしかないおかげで、傭兵、スパイ、犯罪者の避難所として名をはせている。ポルトガルの植民地だったころには、ポルトアメリアとして知られていたペンバは、古くさくもあり、美しくもある。リースにいわせると、何度か訪れたことのあるカリブ海の島々を思わせた。そんな島々では、現地民が赤貧にあえぐそばで、壁に囲まれた高級リゾート施設から一歩も出ずに不自由なく過ごす家族もいた。ここの砂浜もほかのどこにも劣らないほど美しく、ほとんど開発されていない。超高層コンドミニアムもなく、白い砂浜に沿って、藁葺き屋根が点々と浮かんでいるだけだ。半島に位置するこの都市は、水深の深い港湾として理想的な立地だ。もっとも、モザンビークにそんな港湾を維持するだけの経済規模があればの話だが。実用本位のコンクリートの住宅、粗末な小屋、世界初の植民地帝国による圧倒的な影響力を物語る朽ちゆくポルトガル時代の建物などが、渾然一体となっている。現地民の心を手っ取り早くつかもうとした教会や、現地民の支持を勝ち取るのに必要とされた軍事要塞も、まだ残っている。

運転手は高台になっている半島の湾岸の道でペンバへ入った。その際、自動車よりも歩行者で混み合う通りを通った。人々や車はのんびりしたペースで移動している。急いでいるように見える車や人はいない。広い海にずっとひとりでいたせいで、混み合った通りに入ったときには閉所恐怖症ぎみになったが、何度か大きく息をしたら落ち着いた。タクシーはショッピング街らしいところのビルの前に止まり、運転手がメーターを指さした。四百六十二・二五モザンビークメティカル（MZN）。

「米ドルだといくらになる?」

運転手がにやりと笑い、七本の指を見せた。〝みんなドルが好きだ〟。リースがバックパックの雨蓋のポケットの現金の束から十ドル札を一枚抜き取り、運転手に手渡すと、運転手は大きくうなずいた。リースがタクシーから降りると、運転手は後部にまわり、ダッフルバッグを降ろし、店頭を指さした。リースはうなずき、新しい環境を見まわし、カフェのあけ放たれている両びらきのドアから中にはいった。

中に入ると、くたびれたように見える従業員が受付カウンターにいて、一列に並んだ古くさいコンピュータ端末の前の席に、五人ほどの男たちが座っていた。店内はほの暗く、照明の大半はコンピュータ画面の発する光だった。防犯カメラだとはっきりわかるようなものは見当たらない。現地語と思われるもの、ポルトガル語のように見えるもので記された表に、料金が記されている。〝オラ〟はきっと時間（アワー）だろうし、タクシー料金からすると、一時間の料金は五ドルぐらいだろう。リースはカウンターの受付係に五ドル札を一枚差し出した。受付係はそれをじっくり調べてから、自分のシャツのポケットに入れ、コンピュータの方に腕を伸ばし、リースには理解できないことをいった。

ほかの客たちはコンピュータ画面に釘付けで、リースが壁際のコンピュータに移動していくときも、まったく目を向けなかった。コンピュータはだいぶ古いマシンで、一九九〇年代後半によく見た〈デル〉のデスクトップ・タワー型PCだった。発売当初は三千ドルだったが、数カ月もすると百ドルぐらいに値崩れしていたやつだ。ブラウザも古く、メーカーサポートが終了しているグーグル・クロームで、リースがダブルクリックすると、カリカリ、ブンブンと音が鳴り、プログラムが立ち上がるまでに丸々一分かかった。

アメリカにいた最後の数日にまつわるニュース記事を、無性に検索したくなった。リズとケイティをグーグルで検索したいという、さらに強烈な衝動にも駆られたが、アメリカ国家安全保障局（NSA）の長い手が、そうした検索を見張っている可能性が高いことを知っているから、思いとどまった。リースは〝リチャード・ヘイスティングス、サファリ事業〟とブラウザの検索窓にタイプし、結果が出てくるまで長々と待った。検索結果リストのいちばん上に出ていたのは、〈RHサファリズ〉のウェブページで、リースはそのリンクをクリックした。リンク先サイトの〝私たちについて〟のページを見るかぎり、このリチャード・ヘイスティングスでよさそうだったので、〝私たちのエリア〟というページをひらいた。しばらくしてサファリ・エリアの地図が表示されると、リースはバックパックから小さなノートと鉛筆を取り出し、位置をメモした。

このエリアはニアサ国立保護区に接するハンティング区域のひとつで、タンザニアとの国境沿いに広がるモザンビーク北部の広大な野生の地だった。地図はインタラクティブではなかったので、リースはサファリ・エリアの境界になっている川や、いちばん近い街であるモンテプエズなど、エリア近辺の地形的な特徴をノートに描いた。舗装路はモンテプエズまでしか敷かれていないようだった。じりじりとグーグル・マップが表示されるまで待ち、サファリ・エリアのおおまかな位置がわかると、地図にピンを貼らずに、右下の縮尺を使っておよその距離を測った。キャンプはペンバから車で最短でも五時間かかり、道路状況を考えれば、それでも甘い推測だろう。今は雨期だから、おそらく八時間コースになりそうだ。そもそも車など持っていないから、考えてもしかたない。〝RHサファリズ〟で検索をかけると、さまざまなリンクや関係のない結果の中に、ハンティングのメッセージボードに投稿された以前のサファリ旅行客の旅行記を見つけた。旅行記には、服装や弾薬の選択など、そのハンターが旅行した際の情報が細々と書かれていた。さいわいにも、そうした投稿者の些事へのこだわりは、彼が利用した航空機チャーター・サービスにも及んでいた。

〈ペンバ・エア・チャーターズ〉の住所は、空港近くのマージナル通り沿いだと掲載されていた。今朝、真ん前を通りすぎていたことになる。サファリ・エリアが人里離れたところにあることを考えれば、チャーター・サービスがキャンプへの定期シャトル便を運航していて、関係者が強固な業務関係を築いているのだろうとリースは思った。トラックやバイクを買い、警察や軍部との接触を避けながら遠くのキャンプを目指すよりも、航空機をチャーターする方が断然いい。リースは住所と電話番号を書き留めたあと、ブラウザの閲覧記録を消去し、カフェのドアに向かった。受付係に軽くうなずき、アフリカ湾岸都市のゆったりした雑踏に戻った。

さっきリースを降ろしたトヨタのタクシーがまだ待っていて、運転手はリースを長いあいだ生き別れていた兄弟のように扱った。〝世界には、通貨が忠義をはぐくむところもある。まあ、たいていのところはそうだ〟。リースが住所を書き留めた紙を渡すと、運転手はうなずいて、また車の流れに戻った。数分後、彼らは目的地に到着した。リースがまた十ドル札を一枚、運転手に渡すと、運転手は今度は名刺を差し出し、名刺上の電話番号を指さした。〝また必要になったら電話してください〟。リースはわかったとうなずいた。

ペンバ・エア・チャーターズの〝世界本部〟は、淡い空がさらに褪せたような色合いの一戸建ての家で、煉瓦を積んだ柱と鉄のゲートに囲まれていた。家の窓は防犯用の鉄格子で覆（おお）われ、ゲートのすぐ内側に古いスズキのミニバンが駐（と）まっていた。ミニバンのドアには、〝ペンバ・エア・チャーターズ〟のロゴマークがマグネットで貼り付けてある。リースは煉瓦の柱についている呼び鈴のボタンを押し、精いっぱいの笑みを浮かべた。

家の玄関ドアがあき、サンダル、青いスポーツ用半ズボン、色褪せたオリーブ色のTシャツといった格好の、背が低くて肩幅の広い白人が外に出てくると、まばゆい陽光を受けて目を細めた。そして、家屋とゲートの中間まで歩いてきた。

「何かご用ですか？」強い東アフリカ訛りの英語で、男が訊いた。

「ペンバ・エア・チャーターズを探しているんだが、ここで合ってるかい？」

「合ってるよ。ただ、飛び込みのお客さんはそんなに多くなくて」男がゲートまで歩いてきて、ポケットからキーリングを取り出し、片手を差し出した。「おれはジェフだ」

「リチャード・コネルだ。はじめまして」リースはとっさにそう名乗った。

「入ってくれ、ミスター・コネル。ここにいるととても暑いだろう？」

「ありがとう、助かるよ」リースはジェフについて中に入った。リビングルームだったと思われるところに、机、オフィスチェア、そして中央にソファが置かれ、オフィスとして使用されていた。ジェフはここを仕事場兼住居にしているのだろう、とリースは思った。

「荷物は好きなところに置いてくれ。何か持ってくるか？　ビールとか？」

「いや、ありがたいが、それには及ばない」

「座ってくれ」ジェフはカウチを指し示し、机の奥に行って椅子に座った。「アメリカ人か？」

「世界旅行者といった方がふさわしいかな」

「ペンバなんて街を歩いているところを見ると、そのようだな。用件は？」

「ニアサの近くにある〈RHサファリズ〉のキャンプへのフライトをチャーターしたいのだが」

「なるほど、ああ、彼らとはよく仕事をしている。ただ、今はハンティング・シーズンではないが、わかっているのか？」

「わかっている。ハンティングしに行くわけではないんだ。ヘイスティングス家の人たちは友人で、せっかく世界のこのあたりに来たから、訪ねていこうと思った」

「なるほど」ジェフはうなずいたが、疑っているようだった。「そういうことなら、役に立てるかもな。ただ、フライトプランを提出する前に、キャンプに電話して、人がいるかどうか確認させてくれ」

「かまわないよ。〝ウティリヴ〟の大学時代の友人が訪ねていきたいといってる、と伝えてくれ」

「わかった。それじゃ、電話してみるか」ジェフが机の電話を取り、覚えていた番号にかけた。十秒後、相手が応答した。「よお、兄弟（ブロゥ）、ジェフだ。そっちに行きたいというやつがいるんだが。〝ウティリヴ〟の大学時代の友だちだといってる。〝ウティリヴ〟ってのが何者かは知らんが」そういうと、ジェフがリースに目配せし、冗談だと合図した。「ああ、わかった、天気を見てみよう。それじゃ、じきに。持っていくものはあるか？　わかった」

ジェフが電話を切り、リースを見上げた。「できるかぎり早く連れてきてくれ、とさ。天気を確認して、今日のうちに飛べるかやってみよう」

「よかった、ありがとう、ジェフ。代金はいくらになる？」

「あんたはリッチの大切な友だちのようだ。彼に請求をまわせといわれたよ」

一時間もしないうちに、ふたりはリースの荷物を狭いトランクに積み、車道（ドライブウェイ）のゲートからバックで出た。ジェフはパイロットの制服に着替え、世界中の民間パイロットが持っているものとまったく同じ黒いチャートケースを持っていた。三分ほどで空港の敷地に入ったあと、リースが安堵（あんど）したことに、車でターミナルを迂回し、直接エプロンに行き、ターボプロップ・エンジン搭載の単発高翼機の横で停まった。このセスナ２０８キャラバンは九人乗りだが、今回のフライトでは、ジェフとリースだけが乗る。

ジェフが航空当局との手続きをしているあいだに、リースは荷物を積んだ。機内は暑すぎるので、ドアのステップに腰かけ、翼の陰で休んでいた。しばらくしてジェフが戻り、飛行前の点検をはじめ、コックピットの右側の座席に座るようリースに指示した。空港で警察や軍部が動いている気配はなかったが、それでも、やっと離陸すると、リースはほっと息をついた。

19

アフリカ、モザンビーク
ニアサ国立保護区
三月

キャンプへのフライトは一時間半かかり、その間、ジェフはヘッドセット越しにツアーガイドにもなってくれた。緑色と茶色からなる土地を横切っていくときに、川、街、村を指し示し、土地の状況を教えた。街と呼べるもので、キャンプにいちばん近いのはモンテプエズだが、空から見ると、ビルがいくつか建っているだけのところだった。ジェフはある川の上を横切るとき、その川を指さして、ハンティング・エリアの境界にもなっていることを教えた。そこから十分ほどで、滑走路に到着した。リースは地球上でも有数の辺鄙な場所を、死に場所に選んでしまったようだ。

赤土の滑走路の横に、白いピックアップが停まっていることに、リースは気づいた。ジェフはその滑走路をぐるりとまわってから、風下から着陸態勢に入った。フラップを下げ、スロットルを緩め、グライドパスにしたがって、下の大地へと降下した。セスナはそっと接地し、跳ねるようにして滑走路を走り、しだいに速度を緩めてピックアップの手前で停まった。セスナのフロントガラス越しに、白いランドクルーザーのそばに立っている男が、レイフのおじで〈RHサファリズ〉のオーナー、リッチ・ヘイスティングスだとすぐにわかった。

最後に会ったときからだいぶ老けていた。ジンバブエで過ごした夏からほぼ二十年も経ったとは、信じられなかった。短い髪は真っ白で、こんがり焼けた肌とのちがいが際立っている。身長六フィート（約一八〇センチ）を超える、持久走選手のようなほっそりした体つきで、糊の利いた緑色のサファリシャツの袖をまくり上げた筋肉質の前腕には、網のような血管が浮き出ている。短めの短パンと、素足にサンダルをはいていた。リースがセスナのコックピットから降りてくると、満面に笑みを浮かべ、歩み出て出迎えた。

「ジェイムズ、会えてうれしいぞ！」リッチは長らく会っていなかった甥っ子を出迎えるかのように、鉄の握力でリースの手を握り、もう一方の手で背中を勢いよく叩いた。

「会えてよかったです、ミスター・ヘイスティングス。何とお礼をいっていいか、その、ええと……受け入れてくれて」

「あたりまえだ、ジェイムズ、家族みたいなものだからな。家族はいつだって歓迎する。困っているならなおさら」ミスター・ヘイスティングスの青い目のきらめきから、リースが逃亡中の身であることを重々承知していることがわかった。「荷物があるなら、降ろすのを手伝うぞ」

「ありがとうございます。降ろしてきます」リースはセスナの客室に戻り、ドアの前まで登ってきていたリチャードにダッフルバッグを手渡した。そして、バックパックを片方の肩にかけ、ジェフに対して乗せてくれた礼をいおうと、コックピットに近づいた。

「ここまで乗せてくれて、ありがとう、ジェフ。とても助かったよ」

「どういたしまして、ええと、メイト。また会えたらいいな。どこかへ行く用事があれば、おれの連絡先はリッチが知ってる。幸運を祈ってるよ」

「ありがとう」

握手したあと、リースはステップを伝って未舗装の滑走路に降りた。荷物はすでにランドクルーザーの荷台に積み込まれていて、リッチ・ヘイスティングスは助手席に乗るよう、リースに身振りで合図した。リッチがトラックのエンジンをかけ、滑走路から離れる通路に出た。リースが黙って景色に見入っていると、リッチが話しかけてきた。

「一度しかいわないがな、ジェイムズ。ご家族のことはひどかったな。どこぞで読んだ。若いジャーナリストが内部情報のスクープを仕入れたようだが。レイフに何度か訊いたが、あいつときたら、まともに答えるってことを知らない」リッチがいい、にやりと笑いながらギアを変えた。「報道では、部下たちの脳腫瘍のことも触れられていたが？」

リースは黙っていた。

「まあ、医者が要るなら、いえよ、え？　それから、ここには好きなだけいていい。頭を低くしているかぎり、モザンビークでおまえが見つかることなど、まずない」

「感謝します。心から」

「ここでは外国の情報はあまり入らないんだ、ジェイムズ。この国は土地と動物のことで手いっぱいだ。たぶん、だから、みんなここに来るんだろうな。キャンプにはインターネットさえない。予約はジョージアのハンティング・コンシェルジュにあいだに入ってもらっていて、こっちへの連絡は昔ながらの方法で入ってくる。電話でな。キャンプには電話がひとつしかない。メイン・オフィスにある。実のところ、顧客にとっては、それが大きな魅力になっている。ここに来れば、四六時中だれかとつながっている現代世界を忘れられるからな。いやがおうでも。世の中から離れたいなら、持ってこいの場所だ」

「ありがとう。おれにもぴったりのところです」

「おまえがこの前ここに来たとき、いい若者だと思った。もうこの話はなしだ」リッチはサファリ・キャンプに入るとき、そうきっぱりといった。「おまえ、骨と皮だけだな。夕食をたんまり用意させている。その骨に肉を少し付けさせてやりたいものだな」

「待ち切れないです。まともな食事をするのも、ビールを飲むのも、久しぶりです」

「なら、どっちも遅れを取り戻してもらおう。体の汚れを落としたら、たっぷり食おう」

キャンプは、石、木、土、草でできたいくつかの建物が集まっているところだった。開放的なダイニングルーム、バー、くつろげる座席がついた巨大な倉庫のような共用建物があった。キッチンのある離れが近くにあり、ゲスト用のコテージが、眼下の川に面した崖沿いに連なっている。車両メンテ場、皮剝(は)ぎ用の小屋、ウォークイン冷蔵庫、スタッフ宿舎もある。リッチは石畳(いしだたみ)の小道を伝い、ゲスト用コテージのひとつに案内し、設備などの使い方を教えた。最小限の設備だが、きれいだし、維持管理も行き届いていて、眺めまですばらしかった。〝楽しいアフリカの家〟

リースが荷物を置くとすぐに、コテージの外から丁重な女性の声がして、夕食の時間だと告げた。彼はバスルームに行って、体を洗った。鏡から見返している男がだれなのか、ほとんどわからなくなっていた。日差しで色褪(あ)せた長い髪。こんがり焼けた肌に、サングラスで日差しをさえぎっていた青白い穴が空いている。ヨットの操舵輪にぶつかって明らかに折れ曲がっている鼻。胸に届きそうな顎ひげ。激痩せして落ちくぼんだ目。残りの顔も白いものが混じる顔の毛でぼやけて見える。世界の果てのようなこの地での夕食が、それほどフォーマルなものだとは思わないが、寛大なホストに不快な思いだけはさせたくなかった。

リースはシャワーを出し、着ていた服を石の床に脱ぎ捨て、流れ出る湯に体を打たせた。今まで生きてきて、これほど気持ちのいいことはなかった。永遠とも思われるほどじっと立ち尽くし、もつれた髪にこびりついていた塩と垢を洗い落とした。石壁をくりぬいた棚にシャンプーと石鹸が置いてあった。リースは体の隅々まで石鹸を擦り込んだ。獣から人間に戻ったような気持ちでシャワーから出ると、タオルで体を拭いた。櫛もブラシもないので、もつれて濡れた髪に手櫛を通し、できるかぎり見栄えよくうしろになで付けた。歯ブラシと練り歯磨きが用意してあり、大洋を横断する航海でペーストを少しずつしか使えなかったので、ブラシに贅沢にペーストをつけ、歯の汚れを落とした。

シャワーから出てくると、リースのサイズに近い半袖の白いポロシャツと軽量パンツがベッドに畳んであった。どうやら、リッチがキャンプをまわって、客人の体格に合いそうな服を探してきたらしい。リースは新しい装いに身を包み、精いっぱいのなりだと判断し、涼しい夜に出ていった。

コテージに案内されたときに見た、開放的なダイニングルームで夕食を出してもらえるのだろうと思い、石畳の小道を伝い、そちらの方向へ向かった。やはり、草葺(くさぶ)き屋根の広大なリビング・ダイニング・スペースに入ると、リッチが自分より若い三人の男たちとともに、小さなバー・カウンターのそばに立っていた。リースの考える植民地アフリカとはちがい、服装のフォーマル度は、みんなリースと似たり寄ったりだった。リッチは部屋に入ってきたリースに気づくと、こっちへ来いと手を振った。

「ジェイムズ、こっちだ、こっち」リッチがそういって、若い男たちの方を身振りで示した。「ジェイムズ、こいつらはルイ、マイク、ダレンだ。三人ともこの狩猟区でおれのPHをしている」

ほかのところでは、彼らはハンティング・ガイドといわれるのだろうが、アフリカでは、〝プロフェッショナル・ハンター〟と称され、さまざまな認可基準をクリアしなければならない。モザンビークでPHになるには、アフリカ全土でもっとも厳しい隣国ジンバブエのPH基準に準拠した要件を満たさなければならない。この男たちは自分の仕事を熟知している。

三人ともリースに劣らず長身で、それぞれ手を差し出し、温かく礼儀正しく挨拶(あいさつ)した。二十代後半か三十代はじめといった年格好で、みなリッチに似たしなやかでほっそりした体つきだった。黒々と日焼けしていて、日にさらされた肌のせいで、四、五十代の男の面構えだった。屈強な男たちだ。

「何を飲む、ジェイムズ？　強いのから、ビールから、ワインから、いっぱいあるぞ」

「ビールにします」

リッチは三人の中でいちばん若い男に合図した。「マイク、ミスター・リースにビールを持ってきてくれ」

ヨットに積んであったわずかばかりのアルコールは、アゾレス諸島沖で飲んでしまい、以来リースは、永遠とも思えるほど長いあいだ一滴も飲んでいなかった。さっきの若い男がキンキンに冷えた缶ビールをリースに手渡した。

「乾杯だ、メイト」

リースはぐいと飲み、ひとくちで少なくとも缶の半分がなくなった。こんなにおいしいビールを飲んだ記憶はない。

「最初のひとくちは最高か？」リッチがいい、にやりと笑った。「ジェイムズは長旅をしてきた。甥っ子のレイフはみんな知っていると思うが、ジェイムズはレイフの友人で、ここにはいたいだけいてもらう。ただ、頭を低くしている必要があるから、キャンプにゲストが来ているときは、人目を避けておくことになる。みんなその点はわかってくれるな」

三人とも、ボスの頼みに真顔でうなずいた。

「ジェイムズ、ここに来てくれるとは光栄だが、おまえにも仕事をしてもらう。数日はゆっくり休んで、食ってもらう。その後、ルイと見まわりに出て、その結果をもとにプランをつくる」

「ありがとうございます、ミスター・ヘイスティングス」

「リッチでいい、リッチと呼んでくれ。そろそろもう一本いくか？」

リースは海外派遣で、何度かオーストラリア人やニュージーランド人と一緒になったことがあり、ふつうの者なら病院送りになるほどのアルコールを飲める彼らに一目置いていた。新しく友人になったこのアフリカ人たちにもその才能があることが、すぐさま明らかになった。

数分後、少なくとも二十人は座れるダイニング・テーブルについていた五人の男たちに、夕食が出された。このキャンプは未開の地にあるが、白いテーブルクロス、リネンのナプキン、そして、南アフリカのピノタージュが果てしなく注ぎ足されていっこうに減らないように思われる、クリスタルのワイングラスなど、リッチは第一世界の礼儀正しい雰囲気をしっかり保ち続けている。新鮮な野菜を使ったサラダが、味わったなかでいちばんうまいミディアムレアのフィレ肉とともに出てきた。オオレイヨウの肉だということだった。

缶詰めや釣ったばかりの魚といった、かぎられた食料で生き延びてきたから、リースの体は野菜と赤肉に飢えていた。食べ物はびっくりするほどすばらしかった。そう感じたのは腹が減っているからだけではなかった。ホストは大皿の料理から二度、三度と、リースがもうひとくちも食べられなくなるまでとりわけた。その後、ウエイターが巨大なブレッドプディングを運んできて、リースはやっとのことで、それを胃に流し込むスペースをひねり出した。

夕食の雰囲気はくつろいで、親しみに満ちていた。出会ったばかりの男たちも、まるで昔からの友のように接し、リースもたちまち気を許した。テーブルを囲む者たちの内に秘められた自信は、SEALチームで一緒だった男たちを思わせた。おかげで、新しい環境に置かれる不安は消えてなくなった。おかしな話だが、リースにとっては、悲惨な結果に終わった派遣とその後の出来事が起きる前より、この世界の最果ての地に来てからの方がくつろげた。PHたちは、リースも知ってのとおり激動の歴史を持つ、隣国ジンバブエの生まれだとわかった。

彼らは政治の話をするのではなく、ニアサの川、地形、獲物の話題に絞り、保護区の状況がどんなものか、さりげなくリースに伝えた。個人的なことは訊かれなかったものの、リースがどういう男なのか彼らはすでに知っているのだろう、とリースは思った。ここにいるような男たちは最後のカウボーイだ。ひとりの人間としての自由が何より大切だと信じていて、雇用主の友人とかいう思い掛けない客人があったなどと当局に通報して、自分や他人の暮らしを混乱させようとはまったく思わない。

「一杯やりながら話をしよう、ジェイムズ」リッチがいい、リースに琥珀色(こはくいろ)の液体が原液のまま入ったグラスを手渡した。

PHたちが就寝の挨拶をいって下がると、リッチはダイニング・エリアから出て暗がりへとリースを連れ出した。飛び石の小道を伝い、炉で燃え盛る炎の揺らめく明かりに照らされた、ちょっとしたベンチとテーブルへ行った。ふたりはそれぞれに近いシートに座り、しばらく黙って火を見つめていた。

「アフリカ・チャンネル・ワン。おれたちはそう呼んでいる」

リースの目が暗さに慣れ、眼下の川面に映る満月が見えるようになった。ここのベンチとテーブルは川を見下ろす高い崖の上にある。月明かりが反射する川で象が水浴びするシルエットが見えたと思ったとき、ちょっと飲みすぎたかもしれないと思った。

「あそこにいるのは象ですか？」

「ああ、雌象と子象だ」

「ああいう象もここで狩るのですか？」

「雄象は何頭か狩るが、キャンプから一マイル四方ではやらない。象にとって、このエリアは安全だ。象もそれを知っている。ブッシュでの経験はあるか、ジェイムズ？」

「子供のころに父や祖父とよく狩りに出かけましたが、最近はあまりやっていません。モンタナの大学時代には、レイフとふたりで暇(ひま)を見つけてはやっていました。主に鹿やヘラジカを撃っていました。知ってのとおり前回ジンバブエにお邪魔したときにも、あなたがたと狩りをしました。海軍にいたとき、しばらくアラスカ州コディアックにいたことがあって、そのときも暇があれば必ず狩りをしていました。あそこは大好きでした」

リッチはうなずいた。「この十年、おまえやレイフがやってきたことを考えれば、狩りの時間などなかなかつくれないだろうな」

「あなたはレイフのお父さんと一緒に戦ったのですか？」

「一緒には戦っていない。あいつのおやじのジョナサンは、おれの兄貴だった。おれが軍人になったのは兄貴の影響だ。兄貴はおれの八つ上で、紛争がまだ本格的にはじまる前に陸軍に入隊した。父も紛争当時は長距離砂漠挺身隊に入っていて、その後、マラヤではC中隊(スクアドロン)だった。たぶん、その父の影響で、おれたち兄弟も中隊(レジメント)に入ったのだろうな」

「すると、あなたはSASだったのですか？　レイフのお父さんはセルース・スカウツだったと思っていましたが？」

「ああ、そうだ。実はおれたちふたりともそうだ。兄貴の方が長かったが」

「イラクで対ゲリラ活動に深くかかわっていたときに、スカウツを研究しました。特殊作戦史に燦然（さんぜん）と輝く時代でしたね」

「そうだな、かなりおもしろかったぞ。敵の格好をして出ていって、あのあたりを歩きまわるゲリラだと思わせたりしたものだ。〝偽装作戦〟といっていた。敵の合言葉をすべてつかみ、標準作戦規定（SOP）も知っていたから、それらしく話を合わせることができた。おれはこの面（つら）だから、いくらフェイス・ペイントを塗りたくっても、あまり近くには潜入できなかった。潜入していた連中が〝ダーズ（テロリスト）〟が隠れているところにおれたちを連れていき、聖者を呼ぶ」

「〝聖者〟というのは、騎兵隊のことですか？」

「そのとおり。RLI、ローデシア軽歩兵連隊だ。パラシュート降下かヘリで飛んできて、火力作戦で敵を掃討する。おれは高台に陣取り、無線で彼らを誘導していた。きわめて効果的だった」

リースは当時まだ幼かったので、ローデシア紛争の政治情勢について、自分なりの考えはなかったが、世界一効果的な対ゲリラ活動が含まれていたのはまちがいない。リースたちも、イラクの石油やアフガニスタンのリチウムのために戦ったのかどうかということより、勇気ある行動や戦術眼といった点で歴史に残ってほしいと思った。プロパガンダ機構を駆使する敵との戦いがどういうものかは、リースにもわかった。

「おれたちは懸命に戦ったが、結局、政治で決まった。亡くした仲間のことは、今でも考える。白人も、黒人もな。そんな仲間と残された家族のために、乾杯しないか？」

リースはリッチの目を見て、グラスを突き出した。「彼らに。勇敢な者たちに乾杯」

ふたりの戦士は、それぞれ斃(たお)れた戦友たちに敬意を払い、数分のあいだ黙って座っていた。

リースは咳払いをして、いった。「どうしてモザンビークのこの地にたどり着いたのですか、リッチ？」

「そうだな、おまえもジンバブエには来たからわかるだろう。連中の嫌がらせも見たな」

「よく覚えています。ムガベが政権の座に就いてすぐに、あんなことがはじまったのですか？」

「すぐにではなかった。はじめは行儀よかった。ボブ（ロバート・ムガベの愛称）とその仲間は、当然ながら、盗めるものはすべて盗んでいたが、しばらくおれたちには手を出さなかった。ムガベは北朝鮮軍の訓練を受けた第五旅団を派遣し、張り合っていたンデベレ族を掃討させた。世界はまったく気にしなかった。第五旅団はンデベレ族を何千、何万人と拷問し、餓死させ、射殺した。何人殺したのかさえ、だれもわからないが、二万人以上といわれている。すべて民間人の男、女、子供たちだ。みな、まずい部族に属していたというだけで殺された。国際的な怒りはどこへいったんだかな？　とにかく、ジンバブエの中で何が起こっているか、だれも気にしないとわかると、連中は農場をはじめ、価値のあるものなら何でも収奪しはじめた。兄貴は抜け目なかった。紛争が終わると、すぐに国を出て、家族をケープに移した。身ひとつではじめて、ひと財産を築いた。南アフリカがきなくさくなってくると、また抜け目なくアメリカに移った」

「ええ、それからずいぶん経って、おれがレイフに会った」

「そんなところだ。おまえたちがうちに来たのは、何年だったかな？」

「一九九八年です。大学四年に上がる前の夏でした。あのときのことは絶対に忘れません。あそこはとてもきれいだった」

「たしかにな。とにかく、おれはできるかぎり農場にとどまった。家族で何十年もかけてつくり上げたところだ。〝退役軍人〟などに動物をぜんぶ獲らせるつもりはなかった。本当に動物のためにとどまった。おまえたちが来た年から二年ぐらい、まずい状況が続いたから、家族を暴力から遠ざけるために、南で暮らしてもらうことにした。家族も暴力には辟易していた。二〇〇〇年にうちの農場が火をつけられたとき、これで終わりだと思った。

持っていけるものを持ち、ボツワナの狩猟区を競り落とし、十年ばかりそこでハンティング・ツアーをやった。そこでの狩猟が禁止されたあと、この土地を見つけた。かつておれがあれだけ戦闘に明け暮れていたモザンビークに戻ってくるとは、まったく皮肉なことだ」

「すると、あなたには帰る国がないのですか？」

「その気持ちは、おまえにもわかるだろう、ジェイムズ？」

リースはしばらく黙った。炎を見つめながら、こくりとうなずき、また長々と酒を飲んだ。

20

コロナドのダウンタウンを歩いていると、リースはローレンとルーシーが通りの反対側でショッピングをしているのに気づいた。ローレンは歩道に出ているブティックのセール品ラックをのぞいてお買い得品を物色し、ルーシーは隣でローレンのハンドバッグのストラップをつかんでいる。ルーシーが振り向き、通りの向かいにいたリースを見て、うれしそうにぱっと笑顔になった。リースは手を振り、停まっていた二台の車をすり抜けて、通りを渡りはじめた。ルーシーがローレンのハンドバッグから手を離し、リースの方に駆け出した。すると、すべてがスローモーションになった。リースにはタクシーが見える。運転手には、手遅れになるまでルーシーの姿が見えない。ルーシーの道筋とスピードからすると、衝突するのは必至だ。リースはルーシーに向かって止まれと声のかぎりに叫んだが、彼の声はだれにも聞こえない。ルーシーにも、ローレンにも、タクシーの運転手にも。ルーシーは足を止めず、タクシーも走り続けている。リースはルーシーに向かって走り出すが、脚がコンクリートに埋まっているかのようだった。間に合わない。タクシーの運転手を見ると、LAの通りで脳に銃弾を二発撃ち込んだ男の顔だった。〝そんな、バカな〟ルーシーに顔を向けると、タクシーが加速してぶつかる直前、ルーシーの笑顔が見えた。

リースは汗にまみれ、慌ててベッドで上半身を起こし、見慣れぬ周りを見た。

か細い声が右側の藁の壁越しに聞こえた。「おはようございます、おはようございます」

「ええと、ああ、今起きるよ……」リースにはそう答えるのが精いっぱいだった。コロナドから何千マイルも離れたところにいて、ローレンもルーシーも死んでしまったのだと思い出した。

二日酔いがハンマーのようにリースを襲ってきた。この頭痛は腫瘍のせいではない。ビールを飲みすぎ、赤ワインをたんまり飲み、さらにウイスキーまで何杯か飲んだせいだ。脚を覆っていたブランケットをはぎ取り、脚を床の方に投げ出した。バランスを取るのに苦労しながら、よろよろとバスルームに入った。鏡から見返す男は音楽フェスティバルで麻薬を売っているホームレスの男のようだった。

水を飲む気にはなれなかったので、短パンとTシャツを身に着けて、サンダルをはくと、コーヒーはないだろうかとダイニング・エリアに行った。こんなありさまでも、アフリカの日の出の美しさには胸を打たれた。樹冠の上から顔を見せようとしているオレンジ色のボールが、見えるものすべてに温かい光を浴びせている。はるか下で、緑の森が深そうな砂地の川床によって分断され、水際でアフリカスイギュウと、クーズーと思われる動物が水を飲んでいるのが見える。巨大なクロコダイルが水中のどこかに潜んでいて、哺乳類が近づきすぎるのをじっと待っているにちがいない。

「どうだ?」

リースはその声のする方に顔を向けると、ルイが共有エリアの方に敷地を斜めに歩いてくるのが見えた。

「リッチが古き良き時代の話ばかりして退屈させてなければいいが?」ルイがにやりとした。

「いや、いや、楽しかったよ。ただ、あんなに飲まなきゃよかったとは思ってる」

「おっと、ご同輩だな。コーヒーを飲みに行こう」

リースはルイのあとについて、何時間も延々と飲み続けることになりそうなカフェインの泉のようなところへ向かった。ふたりが共有エリアに入ったとき、リッチはすでに朝食のテーブルに着いていた。片手にコーヒーマグを持ち、目の前には大きな地形図を広げている。「おはよう、ジェイムズ。こんなに早く何をしている? 何日も眠り続けるかと思っていたが」

〝前の晩にあれだけ飲んだというのに、この男はやたら元気だ〟。「ええ、おはようございます。どうにか大丈夫ですが、コーヒーを飲んだらもっとましになります。あらためて、ゆうべはありがとうございます。夕食もおいしかったし、話も楽しかったです」

「くされ政治の話になると、つい調子に乗ってしまってな。今日はコーヒーでも飲んで、ゆっくりしたらいい」

「もしよかったら、周りをぶらぶらしてきたいのですが」

「わかった。なら、こっちへ寄って地図を見てくれ。ここの地形を教えよう」

リースは古風なコーヒーポットからマグにコーヒーを注ぎ、砂糖とクリームを入れたが、はちみつが見当たらず、少しがっかりした。彼はリッチの隣に座り、ぼやけた目の焦点を目の前の地図に向けようとした。

「知ってのとおり、これがニアサ国立保護区だ。おれたちはこの区域（ブロック）でハンティングをしている」リッチが太くて日に焼けた指で境界線をなぞった。「隣のこのブロックの狩猟許可の書類申請も終えたところだ。許可が下りれば、おれたちの狩猟区は二倍以上も広がる。これから数カ月はハンティング・ツアーの客が入って忙しくなるから、おまえには新しいブロックの視察を手伝ってもらう。できそうならな」

「もちろん、喜んでお手伝いします。どこまでできるか約束はできませんが、やってみます」

「狩猟者(トラッカー)をふたりつける。獲物のことなら、だれより詳しい。ただ、大きな構図で見ることはできない。ふたりとも読み書きがあまり得意ではないから、たいした報告書は期待できない。この川沿いに古いキャンプがある。そこに行って、どんな状態か知らせてくれ。そのあと、三人で数週間かけてそのあたりの動物の状況も見てくれ。おまえたちが視察しているだけでも、密猟の抑止にはなる。おそらく罠に出くわすだろうし、そのブロックの密猟者にもばったり会うかもしれない。そうなっても、おまえなら自分でどうにかできるだろう。車両はやるし、まともなライフルも必要になる。それはもう用意してある」

「了解。密猟者のことをもっと教えてくれませんか?」

「ああ、そうだな。実際には、ふたつのグループがある。ひとつ目は野生動物の肉が目当てだ。くくり罠(ワイヤー・スネア)を仕掛けて、何千頭もの動物を血みどろの肉にしている。村で肉を売るためにやっている者もいるが、この国の各地で進んでいる採鉱や伐採に従事する中国人の食糧をとってくるために、駆り集められた者がほとんどだ。罠にはインパラの子とライオンの区別などできない。罠への対処法はふた通りある。ひとつは、頻繁(ひんぱん)に巡回し、罠を見つけられるだけ見つけて壊す。見つけてくれる者には、奨励金さえ払う。もうひとつは、奉仕活動だ。このキャンプ内やブッシュにいる現地人をなるべく多く雇い、村々にたっぷり肉を配る。彼らの食生活はトウモロコシを中心とした食事だ。グリッツといって、挽いたトウモロコシをお粥のようにしたものだ。みんなたんぱく質に飢えているから、おれたちはチームとして撃った獲物の分け前を、全員に確実に分けるようにしている。動物の保護を手伝ってくれたら、獲物を分けてやれる。〝持続可能（サステイナブル）〟といえば、環境保護の運動家みたいないい草だが、やり方さえまちがえなければ、今やってることがまさにそれだ」

「それならみんなウィンウィンのようですが」リースはいった。「もうひとつの密猟グループはどうなんですか？　アジアの闇市に流しているのでは、と踏んでいますが？」

「そのとおりだ。中国人は資源のためにアフリカを片っ端からレイプしている。アフリカにはいってきて、腐敗した役人と取り引きし、好きなだけ採掘していく。連中にとっては、経済がすべてだ。現地の共同体にはまったくカネが落ちない。こんなときに、ジミー・カーターはどこへ行った？　すまん、また政治の話を口走ってしまった。中国人がいることに伴って、象牙やサイの角の需要と供給源が直線でつながってしまった。巧妙な密猟シンジケートも何度か目にしている。アフリカ各国の狩猟局とべったりなことも多い。ここにはサイはいないから、連中がここで狙うのは、もっぱら象だ。ブッシュで中国人を見かけることはないが、裏で糸を引いている。象牙はほかの資源とともに密輸されて、アジアの需要を満たしている」

「アメリカの麻薬問題と似ているようですね。需要があるかぎり、カルテルは供給する。アジアの需要があるかぎり、供給サイドを変革するのは難しいでしょう」

「そのとおりだ、ジェイムズ。残念だが、おまえのいうとおりだ」

21

スイス、バーゼル
三月

アンドレノフ大佐は画面上でスプレッドシート（表計算ソフトのファイル）を見直し、珍しくも笑みを浮かべた。一連のテロ攻撃と、それに先立つ投資戦略は、想像をはるかに超えた成功を収めている。長期休暇のショッピング・シーズンと完璧にタイミングを合わせたテロにより消費者が恐怖を抱いたせいで、小売市場が急落したことは、もちろん知っている。問題はその恐怖とパニックを、連動した攻撃が発生したことのないアメリカ合衆国に広めることだった。

〝シリア電子軍〟と自称する集団のおかげで、その解が見つかった。二〇一三年、この親アサド・ハッカー集団はAP通信社のツイッター・アカウントを乗っ取り、ホワイトハウスで爆破事件、大統領負傷という誤った〝ニュース速報〟の見出しを投稿した。爆発などなかったものの、アメリカの株式市場はものの五分で一千三百六十億ドルの株価を失った。

莫大な資産を持つロシア国民として、アンドレノフは、好きなハッカー集団や〝ボット〟アカウントにアクセスできる。数千ユーロの暗号通貨と引き換えに、そのハッカー集団が、北アメリカとヨーロッパのショッピング・モールやほかの小売り地でテロ攻撃があったという偽情報を綿密に調整して流し、西側諸国を常に緊張させている。

従来型の実店舗は書き入れどきの収入で年間収支をプラスにしているというのに、この年は買い物客が家から出なかったので、そのときの収入を丸損した。例年、サンクスギビング後の金曜日のショッピング・シーンはかなりの混雑ぶりを見せるが、今年は人気(ひとけ)がなく、売れ残った商品が棚に積んである小売店ばかりが目立っていた。休暇中にはいつも映画館やレストランに群がっていたが、この年の消費者は、二十四時間ニュースを流すメディアがかき立てる恐怖を味わいながら、家でじっとしていた。需要の落ち込みに伴い、その波及効果は経済のほぼすべての分野で感じられた。

ここまでは、アンドレノフが入念に仕組んだ作戦の結果として予見できていたが、次の要素は純然たる幸運だった。この二十年以上ものあいだ、投資家は上場投資信託(ETF)の利用を急激に増やしてきた。この有価証券によって、投資家はコモディティ、通貨、先物、ほかの"動産"を実際には所有せず、所有権を持たずとも、そういったものから利益を得ることができる。金のETFを例にあげれば、投資家は実際の金を買わなくても、金価格の上昇によって利益を得られる。

ニューヨーク、ロンドンをはじめ、世界各地の株式市場が、キングストン・マーケットのテロ攻撃を受けて急落したとき、現金の需要が高まりはじめた。厄介なことに、これほど広まっているETFの多くには真の流動性がない。実価ではなく投資家の信頼のもとに成り立っている。その信頼が砕け散れば、資金の価値も砕け散る。実際の金塊をほとんど所有せずに行なわれる金のETFの場合、組織や個人が金を現金化しようと殺到するから、ほとんど無価値になる。十年前に住宅バブルが突然はじけたように、今度は〝ETFバブル〟が市場ではじけた。システム全体がトランプでつくった一兆ドルのもろい家のように崩れ落ち、小波程度で済むと思われた不景気が、結果として失われた富の規模でいえば、二〇〇八年のリーマン・ショックを超える大波になった。

自分の401（k）（確定拠出年金）の積み立てが蒸発し、年金制度がほとんど破綻していっても、勤勉な人々はただ見ているしかなかった。オンラインの売り上げのおかげで破産の一歩手前で踏ん張っていた小売業者も、店を畳み、何万人という従業員を解雇した。世界的な信用収縮が起こり、経済成長はぴたりと止まった。

富める者も、貧するものも、だれもが苦しみを分かち合っている。ワシリー・アンドレノフをのぞいてだが。彼はテロ攻撃の数ヵ月前から、アメリカ、イギリス、EU諸国の株式市場で空売りをしていた。彼は謎に包まれているとはいえ、事情通だと見られているから、その情報だけでも、市場にはちょっとした不安が広まった。暴利をむさぼるテロリスト集団の黒幕という真の姿ではなく、神官のような存在、国を不況から救い出す知の巨人として世の人には見られている。

アンドレノフは豪華な書斎にある初版本の大コレクションから、ぼろぼろの一冊を抜いた。ロシア語で出版された本で、通常は『シオン賢者の議定書』として知られている。一度も会ったことのない母方の祖父が残した唯一の形見だ。母は畏敬の念をもって実の父のことを話し、若き日のワシリーも一世代前の政治信条に大きな影響を受けた。熱烈な共産主義者だったアンドレノフの父やその父とは異なり、母の父は筋金入りの帝政ロシア支持者だった。〝正教、専制、国民性〟をモットーに掲げる国粋主義集団である黒百人組に入っていた。黒百人組は、共産主義者、ユダヤ人、ウクライナ民族主義者など、ロマノフ家に異を唱えるあらゆる物や人間を嫌悪し、なんとオデーサで、ウクライナの言葉と文化を抑圧した。アンドレノフも、この偉業をいま一度もくろんでいる。資本主義が共産主義に打ち勝ち、アンドレノフは世界経済を攻撃して国際銀行家を懲らしめた。彼の計画の次の段階は、ウクライナ人を永久に葬り去ることだ。帝政ロシア崩壊から一世紀が経ち、アンドレノフは祖父が全力で守ろうとしたものを再建するつもりだった。

22

アフリカ、モザンビーク
ニアサ国立保護区
三月

朝食をたらふく食べ、コーヒーを三杯飲んで脳の回転を戻したあと、リースはリッチのあとについて駐車エリアに行った。リッチはサファリトラックの座席のうしろに手を伸ばし、ぼろぼろのキャンバス地のライフル・ケースを取り出すと、新入りに手渡した。「このライフルを使ってくれ。古いがちゃんと撃てる」

リースはケースをあけて大口径ライフルを取り出すと、入念に確かめた。月面探査に持っていったかのような古い〈モーゼル〉のスポーツ用ライフルだった。長年にわたり正しく使われてきたらしく、表面の目に見えるところはブルーイングがすり減り、鋼鉄が磨き上げられた銀のようになっている。傷だらけのクルミ材の銃床はダークチョコレート色で、グリップと先台(フォアエンド)についていた縞模様は、ほんの一部しか残っていない。だが、錆も汚れもまったくついておらず、頻繁(ひんぱん)に使われてきたが、ぞんざいな扱いはされていないことがわかる。銃身上部に、〝W・J・ジェフリー社　ロンドン、クイーン・ビクトリア・ストリート60〟の文字が刻印されている。イングランドの機関のものだろうが、いくつか検印もあり、〝404EX無煙爆薬(コルダイト)〟とも記してあった。ボルトをゆっくりまわしてみると、ガラスのようになめらかで、リースは葉巻サイズの銃弾を薬室に込めた。

「何発入るのですか?」

「下に三発、銃身に一発だ。404はふつうのモーゼルにしてはかなり太いが、こいつはきれいに弾を送れる。プレトリアの銃工が弾倉挿入口の両側をとりはずして広くし、弾倉が木のボディーにするりと滑り込むようにしてあった。予備の弾薬がふた箱あるから、そいつと、ベルトに着けるパウチもやろう」リッチが座席の裏側を探り、リースにぼろぼろの黄と赤の段ボール箱をいくつか手渡した。〝KYNOCH(カイノック)404　ジェフリー四〇〇グレイン　ソリッド〟と前部に印刷してあった。

「ぜんぶソリッド弾ですか?」リースは訊いた。

「ああ。この銃を使うのは、相手がおまえをおもいっきり踏みつぶそうとしているときだ。

そんなときはソリッド弾でないとだめだ。ソフト弾は象のような動物の皮膚を貫通しない。肉のためにインパラやイボイノシシを撃つときも、ソリッド弾なら肉があまり傷(いた)まない」

リースはわかったとうなずいた。

「キャンプの外に出るときは、必ずこいつを持っていけ、いいな？　くそをしようとチームを離れたとき、脚が罠にはまった雄バッファローがおまえを吹き飛ばそうとするかもしれない、だろ？」リッチが笑った。

「スリングはないのですか？」

「ここでまずいことが起こるときには、あっという間に起こる。だから、ライフルは背負うのではなく、手に持っている方がいい」

「了解。反動はどんな感じですか？」

「ああ、そんなにひどくはない。くされイギリス人は銃床をどんな形にすればいいかよくわかっていた。おかげでだいぶ助かる。でかいショットガンを撃つような感じだ。たいした反動じゃないから、でかくてタフな潜水工作兵(フロッグマン)ならちょろいさ」

「試射できるところはありますか？」

「あるとも。朝キャンプから出ていったあと、ルイがどこかで車を止める。そのとき、試し撃ちすればいい。部屋から必要なものを持っていけ。ルイがトラックにガソリンを入れているから、もうじき出られる。食料と飲み物が入ったクーラーボックスは持たせてある。持っていくのは、仕事に必要なものだけでいい」

「わかりました。ありがとうございます、リッチ。こいつを貸してくれて、本当に感謝しています」リースはライフルを掲げ、うなずいた。

「不安はないか？　せっかく新しくできた友が、初日に踏みつぶされたらかなわんぞ。ケースも持っていけ。トラックに乗せるときにあったほうがいい」

リースは部屋に戻ると、ダッフルバッグを探り、プロとして……今は何のプロなのかは知らないが、必要だと思うものを探した。気温はすでに不快なほど上昇しているから、着るものはそれほど必要ない。以前の小隊のロゴがついた黄褐色の帽子を見つけ、それまではいていたサンダルを脱いで、靴下と〈サロモン〉のハイキングブーツにはきかえた。幾多の苦難を一緒に乗り越えてきたことを考えれば、まったくへたっているようには見えなかった。クリップ付きの折り畳みナイフを半ズボンのポケットに留め、バックパックをベッドに置き、中に入っていたものを並べた。今回の外出に必要なさそうなものを脇にどけ、双眼鏡とカメラを真っ先にバックパックに入れた。４０４弾薬の箱はバックパックの外ポケットに入れ、ジッパーを閉めた。小さなナイトテーブルから〈ゲイターズ〉のサングラスを取り、ライフルをつかんで駐車エリアに向かった。

ルイは大半の発展途上国でよく使われている白いトヨタ・ランドクルーザー・ピックアップの近くにいて、煙草（たばこ）を吸いながら荷物の積み込みを指揮していた。リースが装備を持って近づいてくるのを見て、挨拶（あいさつ）代わりにうなずいた。

「おれの荷物を後部に置いてもいいか？」

「ムジにやってもらえばいいよ。前の座席に置きたければそれでもいいけど。ライフルもムジに渡せば、ラックに置いてくれる」

リースは五十代と思われるカバーオール姿の痩せた黒人に、ケース入りのライフルを手渡した。ムジはリアウインドウのうしろのラックに、相応の丁重さをもってライフルを置いた。

「水も持っていく必要はあるか？」リースは訊いた。ゆうべの大酒でまだ酔いが残っていた。

「いや、クーラーボックスにたっぷり入ってる。ムジ、〝彼に水を渡してくれ（イパ・イェ・ディリッザ）〟」

ムジがクーラーボックスをあけ、一リットルのミネラルウォーターを差し出した。

リースはうなずき、ムジに礼をいった。「今のは何語だ？」

「ショナ語だ。ムジはジンバブエの生まれなんだ。おれが物心ついたころから、おれの狩猟者（トラッカー）をしてくれている。おじさんみたいなものだ。英語もよくわかるが、おれたちのあいだではショナ語の方が話しやすい。キャンプで働いているおおかたの連中は、現地の部族の言葉に加えて、スワヒリ語とちょっとした英語やポルトガル語も話す」

リースはうなずいた。

「さてと、積み込みも終わったようだな。あんたはおれと前部席に乗ってくれ。ムジは後部に乗る」

リースは、運転台のうしろにクッションのついた座席が取り付けられているのに気づいた。トラッカーがそこに座れば、走行中に周囲を俯瞰(ふかん)できる。ランドクルーザーは標準的なフロアシフト、左ハンドルのピックアップだ。おそらくほんの数年前の型式だろうが、見た感じでは、最新の装備がほとんどついておらず、一九七〇年代に製造されたかのようだ。こうした最小限の装備だけにとどめた車両はほとんど故障しないが、アメリカではほぼ入手できない。この手の車両は信頼性が高いから、海外にいるときには好んで使っていた。

ムジが金属板のルーフをこつこつと叩くと、ルイがエンジンをかけ、トラックのギアを入れた。トラックが駐車エリアから出るとき、オリーブグリーンのカバーオールを着た三人の痩せた黒人が、狭い土の道をキャンプに向かって歩いてきた。ルイが三人の方にトラックを走らせ、アクセルを踏んだ。三人の男たちはげらげら笑い、怖がっているふりをして、道路の縁になっている石を越えて逃げた。ルイが手を振り、リースのわからない言葉で何事かをいい、走りすぎた。リースたちはウインドウをあけて走り、新鮮な風が運転台に満ちた。

「さて、あんたはキャンプの様子は見たし、今朝（けさ）、リッチに地図上で土地の様子も聞いた。今日はこれから新しい区域（ブロック）までちょっとしたドライブに出て、バッファローがいるかどうか、何カ所かチェックする。そうすれば、あんたも狩猟区の様子を確認できるだろうし」

「いいね。この土地は美しいな」

「本当に特別だ。モザンビークはやたら遅れているが、大いなる可能性を秘めている。広大な自然保護区域があるし、動物たちも戦禍から回復しつつある。密猟を抑えていられたら、この土地は楽園になる」

「密猟者に出くわしたら、どうしているんだ？」

「まあ、二回に一回は、明らかによからぬことをしていると思われるのに、何も証明できない連中に出くわす。罠や銃を持っている現場を押さえる努力はするが、押さえられなければ、基本的には密猟しないように脅しをかけることになる。おまえらが何をしているのかはわかっているから、またここで見つけたら、刑務所にぶち込まれるぞ、という。現行犯でとらえたら、ゲーム・スカウトに通報して、あとは任せる。リッチは専門の反密猟部隊をつくりたがっているが、カネがかかるし、そのカネを自分たちで工面しないといけない。それだけの価値はあるのだろうが、新しい区域(ブロック)を買ったばかりだから、資金の問題だと思う。ここに長くいてくれるなら、反密猟部隊の訓練を手伝ってくれるか？」

「おれでよければ、喜んで。ゲーム・スカウトはだれに雇われているんだ？」

「政府だ。狩猟鳥獣(ゲーム)省だ。アフリカではたいてい、客とハンティングに出るときは、ゲーム・スカウトを連れていくことになっている。法律がしっかり守られるようにするのが彼らの仕事だ。いいスカウトに当たると、本当にありがたいが、はずれが来ると、ハンティングがすぐさま台無しになる」

「すると、猟区管理人をハンティングに同行させるようなものか？」

「そのとおりだ。もちろん、ゲーム・スカウトの費用を負担するのはこっちだが、利益相反になるかもしれないから、ゲーム・スカウトにじかに支払うわけではない。ただ、客からチップを取るから、そういう意味では完全な仕組みではない」

「伎倆(ぎりょう)はしっかりしているのか？」

「ハッ！　ここはアフリカだぞ、ジェイムズ。来てみないことには、わからないさ。トラッカー並みの伎倆を持つやつもいるが、都会からやってきたばかりで、迷子にならないようにずっと気をつけてやらないといけないやつもいる。ＡＫ‐47を持たされているが、訓練は受けていないから、野生動物の足跡をたどっているときには、そいつがまちがってこっちの背中を撃ったりしないよう祈るしかない」

「イラク軍のふたりにひとりがそんなだったな」

「だろうね。そういえば、ゆうべ、リッチにローデシア紛争の話ばかり聞かされて、うんざりしていなければいいんだが」

「まったく。あんな話はこれまで聞いたことがなかった」

「妹さんの話は聞いたか？」

「いや、その話はしなかった。リッチとお兄さんのふたり兄弟だと思っていたが？」

「今はそうだ。ふたりには妹もいたんだ。レイフのおばさんにあたる。おれはその人を知らないが、話は知っている。エア・ローデシアの客室乗務員だったそうだ。一九七〇年代後半に、テロ集団がロシア製のミサイルを使って二機の飛行機を撃墜した。彼女はそのうちの一機に乗っていた。同機が墜落したときに四十人ぐらいが亡くなったが、その後、連中は生存者を探し出して、その場で殺した。みんな民間人で、女も子供もいた。連中はのちに、テレビでそのことを自慢したりもした。腐ったやつらだ」

「どうりで辛辣な口調だったわけだ」

「ああ、あの人たちは厳しい紛争を戦ったが、紛争が終わっても、なかなか忘れられない者もいる。いくら文句をいったところで、昔のようには絶対にならない。リッチはいいや(レコー)つだが、ときどき過去に生きている。アフリカ人特有の傾向なんだろうな」ルイが目を細め、煙草を長々と吸った。

「アフガニスタンの連中も、ことあるごとにおれたちを利用して、数世紀も前の不満を解消しようとしている」

「そうか、人類特有の傾向なのかもな？」

土の道が広くなっているところに近づくと、ルイはアクセルから足を離し、トラックの速度を緩(ゆる)めた。そこでいったん道をはずれ、赤土の道路と直角に交わるように停めた。

「あんたの新しいライフルの試し撃ちには、ここがよさそうだ」

「やろう」

リースがドアをあけると、ムジが後部席から４０４を手渡した。ルイがショナ語で何事かをいうと、ムジがアフリカ版マチェーテといった実用本位の大鉈(パンガ)を持ってトラックを降りた。リースはバックパックを取ってボンネットに置き、ライフルの銃座にした。ルイが台尻にあてられるように丸めた上着をリースに手渡した。

ムジが五十ヤード（約四十六メートル）ほど道路を歩いていき、この辺でいいかと訊くかのように振り返った。ルイが親指を立てると、ムジはパンガで道端の木の皮を剝ぎ、内側の淡い色の木肌を露出させた。これで、リースのターゲットができた。リースはムジが安全なトラックのところへ戻るのだろうと思ったが、ムジは数ヤード（一ヤードは約〇・九一メートル）脇によけただけで、立ち止まった。

「さあ、撃ってみな」ルイがいい、双眼鏡をかまえると、間に合わせの的に焦点を合わせた。

〝郷に入っては、ということか〟

リースは弾が薬室に送り込まれていることを確認し、ルイの上着を銃床の下に敷いてから、ボンネットに伏せてライフルをかまえた。そして、先台（フォアエンド）を握る方の手の甲をバックパックの上に載せた。安全装置を〝射撃（ファイヤー）〟に合わせ、銀色のビード・サイトを見つけ、呼吸を抑えはじめた。訓練でも戦闘でも銃を撃たなかった期間としては、この数カ月が二十年でいちばん長かった。エクスプレス・スタイルのリア・ノッチにビードを合わせ、サイトをターゲットの射程に調整すると、リースの目が三つの面のあいだで揺れ動いた。目の焦点をフロント・サイトに移し、ゆっくり息を吸い、引き金を引きはじめた。

バン。

反動も銃声と同様にかなりのもので、リースは象撃ち銃の〝咆哮（ほうこう）〟によって、耳を守るものを着けていなかったとすぐに気づいた。反動でうしろに押されながらもボルトを操作し、別の銃弾を薬室に送り込むと、ターゲットに照準を戻した。ムジが木の方に移動するのが見えたので、引き金から指を放した。ムジは大鉈（パンガ）を指示棒のようにして、七面鳥撃ちの審判のように着弾点を示した。ライフルのサイトは完璧にゼロインしてあった。

「命中。もう一発やるか？」

「ああ、やっても悪いことはないしな。ひょっとして、耳当ては持ってないか？」

「ハッ、あるとも。やかましかったか？」

ルイが座席のうしろを探り、赤い耳当てをつかみ取ると、リースに手渡した。リースはそれを着けて、二発目を撃った。一発目とは二インチ（約五センチメートル）と離れていないところに着弾した。リースは納得して、バックパックの弾薬箱から銃弾を込め直した。ムジがたいしたものだとうなずきながら、リースからライフルを受け取り、トラックのラックに戻した。

彼らは密に茂った〝ミオンボ〟（東アフリカの乾燥林）を何マイルも走り続けた。ときどき川や見通しのいいサバンナに出たり、なだらかな土地に巨大な一枚岩がそびえていたりした。リースは原始のままの美しさに胸を打たれ、そんな景色をすべて脳裏に焼き付けた。野生動物はたくさんいるようだった。キリンの小集団が道路の近くで見られた。潜望鏡のような首が樹冠の上に突き出ている。

ルイは根っからのガイドらしく、トラックを停めてリースに景色を眺めさせながら、問題となっている種に関する情報を披露した。

「頭についているこぶを見れば、雄雌の区別がつくこともある。人間と同じで、雄は頭のてっぺんが禿げることもあるし、戦いでゆがむこともある。左にいる黒いやつのこぶが曲がっている。わかるか？」

リースは双眼鏡でそのキリンをとらえ、斜めに曲がったこぶを確かめた。

「いっていることはわかる。どうしてああなった？」

「雄同士は群れの支配権をかけて首を横にぶつけ合う。そのとき、頭蓋骨の一部が折れることもよくあって、骨がゆがんだまま固まるのさ。たぶん頭痛に見舞われるだろうな？」

しばらくすると、ルイがまたトラックのエンジンをかけ、巡回を続けた。同じように車を停めて、インパラやシマウマの群れ、アフリカスイギュウの小さな群れを観察した。テレビで見た観光客用の写真撮影サファリとはちがい、ここの野生動物はトラックが停まると、その場に長くはとどまらなかった。イエローストーンのような観光地と、モンタナの大学時代に狩りをした人里離れた野生地域の動物のちがいを思い出した。二時間ほど走ったころ、トラックのルーフをこつこつと叩く音が聞こえ、ルイがトラックを停めた。ルイがムジとしばらくショナ語で話してから、ドアをあけた。

「ムジが大きな雄の足跡を見つけた。象だ。見に行くぞ」

リースがトラックから降りたときには、ムジはすでにルイに銃を手渡していた。銃腔(ボア)が半インチ（一・二七センチメートル）はありそうな巨大な二連式エクスプレス・ライフルだ。ムジはリースにもライフルを手渡してから、トラックの荷台から降りた。

ルイとムジは土の道についている大きな円形の足跡を上からのぞいていた。ムジが母語で興奮ぎみに話しながら、指を差していた。ルイが足跡のそばに膝(ひざ)を突き、さまざまな特徴をリースに指摘した。

「これは雄の前脚だ。形が丸いからな。後ろ脚はもっと楕円形に近い。この皺は指紋みたいなものだ。どの象もちがう。ここのなめらかな部分は、脚の後部によるものだ。これで象がどっちの方向に移動しているかがわかる。足跡のすり減り具合がわかるか？　こいつは年老いた雄だ。おそらくでかい。絶対に見ておいた方がいい」

リースはうなずきながら、ルイの説明を記憶に刻んだ。

「ムジが先導してくれる。おれのうしろから離れるな。おれが止まったら止まり、走ったら死ぬ気で走る。いいか？」ルイがにやりと笑った。

ムジが地面に目を向けて、象の行った方向に歩き出した。リースはふたりの歩くペースに目を丸くした。なるべく物音を立てずについていくだけで精いっぱいだった。リースは目の焦点を足下に当て、なるべく静かに足を置ける場所を探した。自分もそこそこのトラッカーだと自負していたが、ほかのふたりがたどっている象の痕跡はまったくわからなかった。ほとんど走るようなペースでそんな芸当ができるとは、驚きだった。

何カ月も小さなヨットに乗っていたのは、心肺機能の維持にはあまりよくなかった、とリースはすぐに実感した。気温は華氏百度（摂氏約三十八度）ちょっとで、湿度もかなり高いので、すぐさま汗にまみれた。彼らは無言のまま三十分ばかり移動したあと、ムジが彼らの足を止めた。ルイがリースに近くに来るよう合図し、小声でいった。

「今、あいつは移動する速度を落とし、食事をしている。おそらくゆっくり休める日陰を見つけるだろう。おれたちはそこで追いつく」リースはうなずき、バックパックに手を入れて、ミネラルウォーターを出した。ぜんぶ飲みたい気持ちを抑えて、このちょっとした散歩が日暮れまで続くかもしれないと思い、控えぎみに飲んだ。飲んでいるあいだ、ルイは尻ポケットから赤ちゃんの靴下のようなものを取り出した。それを揺すると、タルカムパウダーのようなものがぽっと広がり、彼らの右側へふわりと移動し、風の向きと強さがわかった。ルイがムジに向かってうなずき、三人はまた追跡をはじめた。今度はさっきよりずっとゆっくり、慎重なペースを保った。彼らの行く手に緑色の巨大な糞があった。ルイがブーツの底でそれを踏んでみた。彼がリースに顔を向けた。「とても新しいぞ」

ムジはおよそ五〇ヤード（約四六メートル）ごとに足を止め、耳を澄まし、ルイが灰を入れた袋で風向きを確かめた。世界最大級の野生動物に近づいていると思うと、リースの心臓が高鳴った。移動のペースがついにのろのろになり、足を踏み出すたびにぴりぴりと気をつけた。空気が暑く、腐敗する植物のにおいでむっとしている。風はあっても、密に茂る周りのブッシュにさえぎられている。巨象はもつれた〝ジェス〟を踏みつけて、はっきりわかる通り道をつくっていた。おかげで三人も楽に音を立てずに通ることができた。不意に、ムジが動きを止めた。リースは動物の痕跡を探して目を凝らしたが、見えるのは木々だけだった。ルイが双眼鏡を掲げ、ブッシュを探ったあと、リースに向かって横に来るように合図した。

ルイがうなずき、できるかぎり小さな声でいった。「やつの姿が見えるか、ジェイムズ？」

リースは首を横に振り、見えないことを伝えた。ルイが片腕を上げ、ムジのすぐ前にある木の幹を指さした。

「あそこの巨木が見えるか？　そのすぐ右側に、やつの脚が見える」

リースには木々と影しか見えなかった。目をしばたたき、巨木の根元から上に向かって幹をじっくりと見た。そして、見えた。あまりに近くて、影だとばかり思って見逃していた。ほんの数ヤード先に見える雄の巨象の姿は圧巻だった。絵に隠されたイメージのようで、いったん気づくとはっきりと見えた。動物の全身は見えない。皺々の灰色の皮膚がところどころ見えるだけだ。脚、肩の一部、腹の曲線、ぴくぴくと動く扇形の耳。雄象は密林の影で真昼の熱波を逃れて、うとうとしているようだ。

ルイがまたささやく。「やつの象牙を見よう。ちょっと右の方に移動できるなら、移動しろ」

リースは地雷原の真ん中にいるかのように慎重に足を運び、ほかのふたりが雄象の顔を見やすくなるように、数フィート（一フィートは〇・三メートル）右に動いた。男の脚くらいの大きさの汚れた牙が、象の唇の皮膚から突き出ていて、歯が優美な弧を描いて前に伸びている。ルイが灰の入った袋を揺すり、リースにもっと右へ移動するよう合図した。リースは目の片隅で、ムジが来た道を引き返しているのが見えた。リースは反対側の牙が見えるところまで動いた。右側の牙とそっくりだが、先端の内側に、すり切れて平らになっている部分があった。ルイとリースはそこにとどまり、五分ほど象の姿に見惚れたあと、眠っている象から遠ざかるようルイがリースに合図した。リースの心臓がどくどくと早鐘を打ち、象に聞こえるのではないかとさえ思った。

「けっこう近かったな？」象から一〇〇ヤード（約九一・五メートル）離れたあたりで、ルイが小声でいった。

「すごい！」リースは答えた。顔に満面の笑みが広がった。「あれはすごかった！」

「しゅっちゅうお目にかかれるようなものじゃないだろ？　毎日お目にかかっても、やっぱりぞくぞくする。さあ、トラックに戻って昼食にしよう」

ルイは歩きはじめたが、リースは小走りでないとついていけないペースだった。歩きながらも、アドレナリンが体中の血管を駆けめぐっていた。これほどわくわくしたのはいつ以来か、思い出せなかった。この体験によって笑顔が戻り、ここ数カ月ずっとさいなまれてきた苦悩が引っ込み、心が弾んでいることに、自分でも驚いた。

〝ここでなら、またやり直せるだろうか？〟

23

ワシントンＤＣ
キャピトルヒル
三月

サンフランシスコ市議会と州議会にいた時期をのぞくと、リサ・アン・ボールズが上院軍事委員会の議長になるまで、二十年以上かかった。この地位にありつくには、政界の盟友の協力も取り付けなければならなかったが、ここまで出世した真の功績者はスチュアート・マガヴァンだった。マガヴァンも一時期、上院にいた。前任者が故郷ネバダ州の議員の在任中に急逝(きゅうせい)したために、彼の任期が終わるまで任命されたのだった。次の予備選挙で、人気があった州司法長官に敗れると、マガヴァンはその才能をＫストリート（ロビイスト街として有名な通り）へ持ち込み、元同僚との関係を利用して、たちまちカネを生み出すようになった。

三十五年も弁護士兼ロビイストをしていると、マガヴァンにあけられないドアも、ささやきを聞いてくれない耳もなくなった。たしかに、その社交術は役に立ったが、彼の力の源泉は人としての魅力とは関係なかった。DCのどのロビイング会社もうらやむような顧客リストがあるおかげで、スチュアート・マガヴァンは、膨大な資金を集めることができる。選挙資金は政治家に糧（かて）をもたらす血となるが、マガヴァンは両党の議員にその生き血をたっぷり供給し続けていた。

連邦選挙戦に向けての個人献金には十一万七千ドルの上限がある。スチュアート・マガヴァンの個人献金は毎年その上限に達し、会社に所属するほかの二十九人の弁護士兼ロビイストも同額の献金をするように仕向けていた。彼の会社だけでも、三百五十万ドルの献金を完全に法に定められた範囲内で配り、社員と指導部からなる政治活動委員会に、そうした選挙戦に向けての献金を報告していた。国家や州の政党への補助的な献金に加えて、社員の配偶者や子供が雇われて運営に当たることが多い動物愛護の慈善事業にも、資金的援助を行なっていれば、ワシントンでどれだけの影響力が合法的に得られるかが、それなりにわかるだろう。国防、エネルギー、社会保障、医療産業界の顧客とその経営幹部が、それぞれの献金先について、スチュアートの指示を仰いでいる。すべて合わせれば、膨大な金額になる。連邦選挙委員会の報告書によれば、マガヴァン&デイヴィス合資会社（LP）には、ロビー活動による年間四千万ドル弱の収入があり、さらに、法律業務による報告義務のない収入もある。

ボールズ上院議員は、マガヴァン&デイヴィスLPの顧客からの選挙戦資金の恩恵をもっとも受けている。アメリカ合衆国政府の広大な行政領域と、それに伴う予算を管轄する委員会に入っているおかげなのはまちがいない。したがって、マガヴァンはボールズに会いたくても、彼女のスケジュールを管理している者や、要望の対象となる事柄を取り仕切っているスタッフに連絡することはない。ハート上院事務所ビルに入っているボールズ事務所にふらりと立ち寄ればいい。彼は受付係の前を通り、ボールズ上院議員や彼女のスタッフとの面会を待つ選挙区民の前を歩き、上院議員の参謀長であるベッカ・キャレンのあけ放たれているドアロに行った。

「彼女に中で会えるか？　すぐに済むんだが」

フロアにふかふかのカーペットが敷いてあるおかげで、ベッカ・キャレンはマガヴァンが入ってきたことに気づかなかったが、しょっちゅう人が入ってくることには慣れているし、ボスが信頼を寄せる後援者の声はすぐにわかった。

「あら、こんにちは、スチュアート。上院議員のスケジュールを調整しますね」彼女ははい、コンピュータ画面のワード文書を最小化した。

キャレンは二度クリックしてボスのカレンダーを出した。午前八時に朝食でのスピーチから、深夜零時近くまで続く夕食会まで、びっしり予定が詰まっている。上院議員という人種が好きかどうかはさておき、上院議員が忙しくないなどとはとてもいえない。

「上院議員の面会がもうすぐ終わります。次の面会の約束の前にお会いいただけるように調整します」彼女はいい、上院議員の部屋へ案内した。

この歳になっても、マガヴァンは魅力的な人が多い連邦議会議員のスタッフをめでるのは好きだが、キャレンは彼の好みからすると、いささか〝健康志向(グラノーラ)〟すぎる。ただ、有能だし、頭もいい。それに、マガヴァンにボスとの面会を認めるときも、面倒な手間をとらせるほど愚かでもない。キャレンがドアをノックし、応答を待たずにドアをあけ、首だけ中に入れた。

「議長、ミスター・マガヴァンがお見えです」

「ありがとう、ベッカ」

ボールズ上院議員が席を立ち、面会が終わったことを相手に知らせた。名前までは知らなくても、顔はマガヴァンも知っているふたりのロビイストと、ボールズは握手した。マガヴァンが会釈(えしゃく)して優雅に脇にどくと、ふたりのロビイストと、二十代と思われるスタッフふたりが素早く事務所から出ていった。ボールズ上院議員が机の向こう側から歩いてきて、いちばん親しい政界の支援者を出迎え、心からの温かいハグを交わした。

「ご機嫌いかが、スチュアート？」

「いいとも。ネイプルズの別荘から戻ったばかりだ。この天気に戻ると考えるだけでつらかったが、義理の訪問もあるし、パムがどうしても家に帰って孫の顔を見たいというものだからね」

「奥さまらしいわね。どうぞ、かけて。どういったご用件ですか？」

「時間はかからない。ちょっとした輸出上の問題があって、解決しないといけないのだ。ご存じのとおり、トルコ共和国もうちの顧客でね。彼らはＩＳＩＳと戦っていて、兵器の一部をアップグレードしたがっている。トルコの軍部は、採用前に検討するため、ライフルとスコープをいくつかと弾薬の購入を求めている。そのライフルとスコープを製造しているアメリカ企業は、国際武器取引規則（ITAR）の認可がなければ輸出できない。だが、国務省が認可を出すのにいつまでかかるか、わかったものではない」兵器がアメリカ政府の承認なしに外国の手に渡るのを阻止する目的で策定された輸出規制規則のことを持ち出して、マガヴァンは説明した。「一、二本、電話をかけてくれないか？」

ボールズは眉間に皺を寄せた。「あとで後悔するようなことではないですよね、スチュアート？　リーランド・イーの二の舞いは勘弁してくださいよ」長らく厳しい銃規制法を推進しながら、兵器を密売した廉で有罪となり、収監されたカリフォルニア州選出の上院議員を、ボールズは引き合いに出した。

「ハッ、知ってのとおり、きみを危険にさらすようなことを、私が頼むわけがないだろう、リサ。テロ集団と戦うNATO加盟国にライフル二挺を輸出するという話だぞ。いかにもアメリカ的な取り引きだ」

「わたしは何をすればいいのですか？」

「まあ、こういうことだ。特殊作戦軍は調達の話なら、いちばん柔軟に対応してくれる。そこで、タンパの将官に一本電話をして、ライフルを受け取るよう頼んでくれないか？受け取ったあと、ライフルをトルコの軍部に送ってもらえば、すべて公明正大になる」

「公明正大、ですか？」

「〝合法的〟といえばいいか？」

上院議員はためらったが、スチュアートが例の表情を見せた。〝ほんとに憎たらしいんだから〟。「わかりました。詳細をベッカに伝えていただければ、何とかやってみます。ほかには？」

「もう一度ハグしてもらえんか？」

24

アフリカ、モザンビーク
ニアサ国立保護区
三月

　真昼の熱波は強烈だった。早いペースで歩いてきたせいで、リースの服はぐっしょり濡れていた。ルイがクルーザーから道具を降ろしはじめ、荷台の荷をあれこれ取ってくれとムジに指示した。リースも荷降ろしに手を貸したが、見るからに手慣れた作業を邪魔しているようにしか感じられなかった。数分のうちに、バオバブの巨木の木陰に、小さな折り畳みのテーブルと椅子を備えた極小キャンプサイトができあがった。クーラーボックスの上にテーブルクロスが敷かれ、タッパーウェアの並ぶ小さなビュッフェ・テーブルになっていた。リースは伝統への敬意に感動しないわけにはいかなかった。旧世界ではすっかりすたれてしまった誇れる慣習を、植民地に残してきたヨーロッパの息子たちが守ってきたかのようだ。アフリカにいる元イギリス人の方が、イギリス本国にいる者たちより〝イギリス人らしい〟。第二次世界大戦の余波が残るヨーロッパから引き離されたことが関係しているのだろうか、とリースは思った。

ルイは食べ物を好きなだけ取るよう、リースに合図した。十人分はありそうで、リースは前夜に飲んだビール、ワイン、強い酒がまだ抜け切っていないような気がしていたが、自分の皿にうずたかく料理を盛った。リースは椅子に座り、テーブルに椅子が二脚しかないことに気づいた。ムジは暑さをしのごうとカバーオールの上部を腰で結んでトラックの前に立ち、ルイが皿に料理を盛りつけるさまを好ましそうに見ていた。リースはフォークを置き、これからどうなるのかと好奇のまなざしで見守った。ルイが椅子に座って食べはじめると、ムジがテーブルに近づき、食べ物の入ったタッパーウェアをふたつ手に取り、二〇ヤード（約一八・三メートル）離れた木の根元へ行き、そこで座った。リースは世界各地で土着民の部隊と一緒に行動してきたから、だれもが西側の平等意識を持っているわけではないことは理解していた。それでも、身分制度を目にすると、いつも気まずくなる。初日に騒ぎ立てるのはやめようと思ったが、食べているあいだはずっと落ち着かなかった。

ＳＥＡＬチームは白人が圧倒的に多いが、気風として肌の色をまったく気にしない。さまざまな意味で、人種的平等の点では、軍隊はアメリカのどの社会よりはるかに進んでいる。アメリカでは、一九六〇年代に入っても、差別的慣習がしばらく残っていたが、軍隊では、第二次世界大戦後まもなく、ハリー・トルーマンによって人種の統合が進められた。軍隊、とりわけ特殊作戦業界では、チームに価値をもたらすかぎり、肌の色や生まれた場所を気にする者などいなかった。いつだって、チームがすべてだ。

ホストの気持ちを害したくないが、チームのひとりひとりを公平に扱いたい。リースはそのふたつの気持ちの板挟みになっていた。外国の軍隊の教練を困難にするのは、えてしてこういう文化的な問題だった。陸軍の特殊部隊の政府開発援助（ODA）があれほど充実している理由は、こういう文化的に難しい問題に対処する訓練もするからだ。リースはドアを蹴破る役目の方が性に合っている。〝小さな一歩を積み重ねるしかない〟

彼らはほとんど無言のまま、むさぼるように食べた。午前中、静かにあとをつけていたから、ブッシュでやかましく話すのは悪いことのようにさえ感じられる。暑さのせいで動物の鳴き声もほぼやんでいる。朝はあれだけ響いていたけたたましい鳥の鳴き声も、ときどき遠くからかすかに聞こえるだけになっている。リースは近くの枝に蝶が止まるさまを見て、ルーシーを思い出した。あの子ならきっと〝チョウチョ〟といっていただろう。

〝ここに連れてきたら大喜びするだろうな〟

ルイが自分がとった料理を平らげ、脚を伸ばしてそっくり返り、つばの長いブッシュハットをずり下げて、日差しが顔に当たらないようにした。ムジの方に目を向けると、ムジも同じような体勢になっていた。野生動物だけでなく人間にとっても、お昼寝の時間のようだった。リースもすぐに、ふたりと同じようにすやすやと眠りはじめた。

何かが動く音が、リースの眠りを覚ました。目を覆っていた帽子を取ると、ルイとムジが、間に合わせのキャンプを静かにトラックに戻していた。リースは目をこすり、腕時計に目を落とした。

「よく眠れたか？」ルイが低い声で訊いた。

「ああ」リースはそういい、あくびをした。「こういうのもいいな」

「悪くない暮らしだろ？」

リースはこれまでずっと、戦闘目的で派遣される明快さが好きだった。日々の暮らしの煩わしさをすべて忘れて、敵を見つけて殺すという目的に全神経を集中させる。アフリカでの短い時間にその明快さを思い出したが、ここでは部下を率いて戦うとか、指揮系統を保つといった責務はない。この地で生きていると、どこか原始的なものを感じる。そういえば、この昼寝は、このところ彼を苦しめてきた悪夢とは無縁だった。人間らしさを取り戻しつつある。

「これから西へ移動し、川沿いの様子を見て、道路が通れるかどうか確認する」ルイがいった。

リースは仲間として扱ってもらえてありがたかった。自分が単なる〝お客さん〟ではなく、仕事を覚えながら従事している当事者のように感じられる。ムジが荷台の高い定位置に戻り、ルイとリースは車内の座席に座った。ルイはエンジンをかける前に煙草に火をつけ、リースにも箱を差し出したが、リースは首を振って断った。

でこぼこの道を一マイルも走っていないとき、ムジがルーフをコンコンと叩いた。ルイがクルーザーを停め、耳を傾けると、ムジがショナ語でひそひそと話した。ルイはギアをバックに入れ、二〇ヤードほど戻ってエンジンを切った。そして、ダッシュボードの双眼鏡をつかみ、トラック右手のアフリカテツボクの藪をのぞいた。リースも双眼鏡をかまえ、ふたりの注意を引いたものを見ようと身を乗り出した。

「くそったれ」ルイが歯を食いしばりながらいい、運転席側のドアをあけた。「行くぞ。ムジにライフルを取ってもらえ」

リースがそっとドアをあけると、借り物の404の銃床がすでにこちらに突き出されていた。リースはライフルを受け取り、ボルトを引いて薬室に弾が入っているかどうかを確認した。恐る恐るトラック前部にまわり、砂地の道路に立っているルイと合流した。

「エランドだ」ルイはそういうと、双眼鏡を下ろし、藪の中を指さした。リースがルイの指し示す方向をたどると、藪の隙間(すきま)に巨大なアンテロープの黄褐色の皮が見えた。ルイが足首を覆うスエードの〝ベルトスクーン〟(アフリカ南部で用いられる丈夫なブーツ)のつま先で砂を蹴り、風向きを確かめた。砂ぼこりはまっすぐアンテロープの方向に舞っていった。

「怪我(けが)している。おおかた、くくり罠にでもかかったんだろう。様子を見に行こう」

リースはうなずき、三人の列の中でさっきと同じ位置について、道からはずれていった。彼らは静かに移動した。ゆっくり時間をかけて、怪我したアンテロープとの距離を詰めていった。五〇ヤードまで近づくと、ムジが足を止め、片膝(ひざ)を突いた。ルイとリースは双眼鏡をかまえ、恐ろしい光景を目にした。ふつうなら巨体を誇る雄のアンテロープが骨と皮だけになり、森をすり抜けた陽光が、臀部、肋骨、背骨をまだらに照らしている。尻に何かが埋め込まれている。こちらがいることに気づいているのかもしれないが、態度からはわからなかった。ルイが体をうしろに反らし、リースの耳元でささやいた。

「楽にしてやらないといけない。あんたの手でそうしてやれるか？」

〝その時を迎えていないやつは殺(や)るな、リース〟。父の言葉は何世代も続く英知と共鳴する。

〝もうその時は過ぎている〟とリースは思い、右に一歩移動し、小さな木の幹に左手を突いた。親指でフラッグ・タイプの安全装置を動かし、ゆっくり息を吸った。フロント・サイトでアンテロープの方をとらえると同時に、指を引き金に当て、圧力を強めた。サイトが上に跳ねたが、リースの肩が反動を吸収した。台尻を肩から離さず、射撃の動作を繰り返し、またサイトで的をとらえた。

「命中。倒れた」ルイはいい、リースの肩をぽんと叩いた。ムジが倒れた動物の方へまっすぐ歩きはじめ、ほかのふたりもあとについていった。リースは野生動物をしとめてうれしいと思ったことはなかった。引き金を指で絞ったり、矢をつがえて弓を目いっぱい引くことは、訓練と準備の賜物ではあるが、喜ぶようなことではない。リースは銃弾や矢を放ったあと、動物にそっと近づき、ひざまずき、自分が家族を養うために命を奪った動物に片手を当てたものだ。野生の動物には敬意を抱く。彼が倒してきた男たちよりはるかに大きな敬意を。

蠅(はえ)だらけだった。くくり罠はアンテロープの足に、蹄のすぐ上で絡(から)み、傷口が何週間も膿んでいた。蹄はちぎれていて、歩くにしても、ひどく化膿して蛆虫がたかっている足首で歩くしかない。手製の斧が尻に突き刺さっていて、顔にもざっくりとあいた傷がついているが、おそらくその斧によるものだろう。最高の状態の雄アンテロープの体重は一トン近くにもなる。このアンテロープはその半分もないだろう。

〝棍棒と牙の掟だ〟とリースは思い、若いころに読んだ古典小説（『野生の呼び声』ジャック・ロンドン）を思い出した。

くくり罠で見境なく野生動物をとらえた密猟者は、斧でとどめを刺そうとしたものの、失敗したのだろう。この雄の肉を取れていたら、野生動物の肉の現地取り引きでかなりの額になっていただろう。皮と角も高く売れる。大自然は残酷なところだが、この動物の苦しみは完全に人間の手によるものだ。獲物の苦しみに対する密猟者の思いやりがまったく見えないことには、大きな怒りを感じる。リースはアフリカ・ブッシュの生態系を学びはじめたばかりだが、人間を狩ることについては多少なりとも知っていて、その幅広い伎倆を新しい大儀に当てはめるつもりだった。

リースがおぞましい光景を見つめていると、ルイはクルーザーに戻り、小さなバックパックと燃料の入った缶を持ってきた。バックパックからノートを出し、メモを取ると、時計と小型のGPSを確認した。その後、デジタルカメラで詳細な画像データを残し、残虐行為を記録した。現場記録を終えると、ルイがムジに向かってうなずいた。ムジは死骸の周りの藪を大鉈で払った。ルイはアンテロープにディーゼル油をかけ、その青みがかった液体に向かって、火のついた煙草をはじいた。毛と肉が燃えるにおいが、リースを過去の暗い場所へと引き戻した。

その夜、夕食のあとで、リッチ・ヘイスティングスが炉端で一杯やらないかとリースを誘った。

「今日はひどい現場に出くわしたようだな？」

「苦しみを見て見ぬふりをする所業は、戦いがもっとも激しかったころのイラクのようでした」

「同種のやからだ。連中は自分さえよければ、どんなことになろうが、人がどうなろうがかまわない。ただの生活の手段にしている者もいるが、苦しませるいいわけにはならん。おれたちは周囲の村に仕事と肉を提供している。たいていの場合、密猟が横行しているのは、この国の天然資源を搾取（さくしゅ）している中国人労働者に食わせるためで、賄賂（わいろ）を受け取って採鉱の取り引きをまとめた政治家だけが儲（もう）かっている。何だか、過激な環境保護活動家のいい草に聞こえるかもしれないが」

リッチがやれやれと首を振り、赤々とした残り火を見つめた。「本当の悪党は上に立っている連中だ。連中だけが利益をむさぼる一方で、密猟者がすべてのリスクを引き受けている。どこも似たようなものか、ジェイムズ？　ヨーロッパやアメリカの一般大衆には、おれたちがしていることと、密猟者がしていることのちがいがわからない。おれたちがここにいなければ、野生動物はいなくなってしまうだろう。おれたちが野生動物を守っているのは、野生動物がおれたちのビジネスにとって価値があるからでもあるが、この土地と動物たちをこよなく愛しているからでもある。次世代のためにも、しっかり管理して保全しているのだ。その点、密猟者の好きにさせれば、一、二年で野生動物は消えてなくなる。七七年にケニヤでどんなことがあったか。密猟が手に負えなくなり、ハンティングが禁止されたのだ。原野からハンターがいなくなり、密猟シンジケートのシーズンが開幕した。あっという間に五十万頭の象が殺された。ハンティングを禁止したところで、結局はこっちが負ける。そうなったらおしまいだ。野生動物は密猟者の好き放題になる」

「おれにできることはありませんか、リッチ？　一緒に考えたら、おれも力になれるかもしれません」〝死ぬまでは〟とリースは付け加えそうになったが、やめておいた。

「おれはうちの連中の手を借りて、密猟者をできるかぎり食い止めてきたが、おれたちにはほかにもやることがある。おまえがどんな長期計画を持っているのかはわからないが、PHプロフェッショナル・ハンターになる勉強をはじめるのもいいと思う。数年かかるが、経歴を考えれば、きっと覚えは早い」

「正直にいえば、長期計画はありません」リースは脳腫瘍（のうしゅよう）のことを念頭に答えた。

「それなら、おれが考えてやろう。明日から、見習いとしてここで働いてもらう。密猟対策に当たってくれ。狩猟者をふたりつけてやる。あいつらがついていれば、迷子になることはない。ふたりから学べることはすべて学べ。いわゆる教育は受けていないが、ブッシュでは大学教授みたいなものだ」

「やれるだけやってみます、リッチ」

「そういってくれると思ってたぞ。そういってくれるだろうとな」

リースはアラームをセットして夜明け前に起きた。することがあった。長い軍歴を積み重ねてきたとはいえ、もともとは早起きではなかった。早く目覚めるたびに、ひとりだけ何かの秘密を知っているような気分になった。まだ寝ている者が知らないような秘密を。

午前六時前だったが、料理人たちが朝の仕事をはじめられるように、ディーゼル発電機がキャンプの電力をつくっていた。〝海外の基地と同じだ〟

仕事の準備を整える時間だ。ベッドサイド・テーブルの小さなライトをつけ、ヨットから持ってきた装備をまた並べた。今度は前回より意識を集中させた。グロック19、ホルスター、予備弾倉三つ。〈シュアファイア〉のフラッシュライト、〈ペツル〉のヘッドランプ、折り畳みナイフ、〈ガーバー〉のマルチツールもある。腕時計、小型の〈ガーミン〉

GPS、ブーツ、それからリチャード・ヘイスティングスが用意してくれた服。〈ウィンクラー／サヨック〉のトマホークを手に取り、弧を描く刃を確かめた。アフガニスタンで彼のSEALチームが受けた奇襲を画策した男の首を刎ねるときに、それを使ったことを思い出した。ぜんぶ出してみると、戦闘任務に持っていく装備にはだいぶ劣るが、充分だと思った。第二次世界大戦時の水中破壊工作部隊（UDT）が脳裏に浮かんだ。祖父もその一員だったが、マスク、フィン、ナイフ、M3〝グリース・ガン〟（第二次世界大戦で米軍が使用した四五口径のサブマシンガン）程度しか持たずに任務をこなしていたのだ。

リースは、ブーツ、短パン、オリーブ色のボタンダウン・シャツという現場用の格好に着替えた。ベッドからグロックを取り、弾倉を抜いて、十五発の弾が込められていることを確認した。弾倉をまた銃に押し込み、スライドをずっとうしろに引き、九ミリ弾が薬室に入っていることを確かめてから、枕の下に隠した。拳銃を携帯しているPHはほかにいない。彼らに溶け込みたいなら、拳銃は置いていくしかない。それ以外の装備をバックパックに入れ、片方の肩にかけると、片手でスーツケースのようにライフルを持ち、首にハーネス付きの双眼鏡をかけて、コーヒーを求めて部屋を出た。

ダイニング・エリアは空っぽで、夜明け前の暗がりに包まれていたが、リースは淹れたてのコーヒーを見つけ、カップに注いだ。料理人はコーヒーにはちみつを入れるのがリースの好みだと気づいたらしく、ビュッフェ・テーブルのクリームの横にはちみつの瓶を置いていた。ここに来るまでいかに苦しい長旅だったにしろ、ここのもてなしは最高だ。

ちょうどそのとき、料理人がトーストの皿を持って現われた。

「おはようございます、親方（パトラウ）」リースの顔を見て心からうれしがっているかのように、料理人がにっこり笑った。

「おはよう」

「卵料理でもつくりますか？」

「いいね、卵料理を頼むよ。ありがとう」

「すぐにお持ちしますよ、親方（パトラウ）」料理人が軽く頭を下げ、キッチンの方に戻っていった。

リースは何から何まで世話を焼かれて何となく気恥ずかしかったが、そのうち慣れるのだろうと思った。テーブルにつき、孤独を楽しみながらコーヒーを飲んだ。リースが卵料理とトーストを食べていると、ほかのキャンプの仲間もひとり、またひとりとテーブルにやってきた。みんなあまり話もせずに食べた。仕事はきつく、業務時間も長いし、シーズン中はほとんど休みもないのだ。

リッチ・ヘイスティングスが朝食を終え、リースに話しかけた。

「ジェイムズ、今日はトラッカーと外に出てもらう。気持ちのいいやつらだ。ソロモンとゴーナのふたりだ。ジンバブエからおれについてきたが、この土地にもだれより詳しいから、おまえを明後日の方に連れていくこともない」

「ありがとうございます、リッチ」

リースは席を立ち、リッチに連れられて、白いトヨタ・ランドクルーザーへ歩いていった。日が昇ろうとしていて、キャンプはアフリカの日の出前のピンクがかった灰色に染まっている。ランドクルーザーに荷物を積んでいたふたりの男が、ヘイスティングスとリースが近づいてくるのに気づいて手を止め、軍隊の気をつけを緩くしたような感じで手を脇に下ろし、トラックの横に並んで立った。ふたりのうち背の高い男の方が若かった。見たところ二十代で、痩せているが、たくましそうだった。オリーブグリーンのカバーオールを着て、イギリス軍のデザート迷彩のブッシュハットをつばの両脇を上に畳んでかぶっていた。整った顔立ちで、リースがそれまでに会ったトラッカーとはちがい、自信に満ちた雰囲気を漂わせている。

「リース、こいつはソロモンだ」

若者がにっこり笑い、リースに向かって片手を差し出し、リースはその手をしっかり握った。「よろしくな、ソロモン」

「お会いできてうれしいです、ミスター・リース」完璧だが、訛りの強い英語で、ソロモンがいった。

「リースと呼んでくれ」

リースはここで働いている人たちのあいだでは、本名を使っても大丈夫だろうと思っていた。だれかが彼を探しているとしても、アメリカ東海岸沖の豊かな島で最後に目撃された男の消息を、西アフリカの野生動物トラッカーに訊きまわるころには、リースは脳腫瘍で死んで地中に埋まっている。

「わかりました」

ふたり目の男はソロモンより小柄で、年上だった。おそらくリースの歳に近い。肌はとても黒く、黄褐色のカバーオールと野球帽によって際立って見える。皮剝ぎ用のナイフが腰に巻いた布地のベルトから垂れ下がっている。

「こっちはゴーナだ」

「よろしく、ゴーナ」

リースと握手したときも、ゴーナの表情はまったく変わらなかった。

「ゴーナ、ミスター・リースは〝ウティリヴ〟の親友だ」

ゴーナの目がぱっと輝いた。

「ミスター・ジェイムズ！　私を覚えてますか、ゴーナを覚えてますか？」

「あのゴーナか！　もちろんだ！　また会えてよかった！」リースは熱烈な握手をしながらいい、何年も前にレイフとジンバブエに旅行したときに出会ったトラッカーを思い出した。

「〝ウティリヴ〟はどうしてます？」

「レイフは元気でやってるよ、ゴーナ。ほんとに元気だ。きっとあんたと狩りをしたがっているよ」

三人が荷物の積み上げを終えると、リッチががんばれよと声をかけた。ソロモンが運転し、リースが助手席に座り、ゴーナは荷台の高い座席に乗った。彼らは保護区の境界線になっている周辺の道を中心にまわり、密猟者がその区域に入ってきている形跡を探した。

〝もっと効果的で効率的なやり方があるはずだ〟とリースは思った。

リースの腹が不満の声を上げはじめたのは、正午過ぎだった。リースはホストがスケジュールを決める形に慣れ切っていた。食事にしようというリースの一声をほかのふたりが待っているのではないか、とふと思った。

「どこかでトラックを停めて昼食にしようか、ソロモン」

「はい、ちょっと行くと、ちょうどいい場所があります」食事と聞いて、ソロモンの気分がぱっと明るくなった。

トラックが停まると、リースは荷台に上り、昼食のセッティングに必要な椅子、クーラーボックス、ほかの装備を広げるのに手を貸した。折り畳み式のキャンプチェアの配置を自分でやることにし、車を駐めた木陰に三角形を描くように三脚の椅子を置いた。ソロモンとゴーナはそれを見て、ほかにだれか来るのだろうかと、変な顔をしていた。食べ物がはいった容器がテーブルであけられると、リースはそれぞれの皿に盛りつけるよう、ほかのふたりに合図した。

「いや、そんな。最初にとってください、ミスター・リース」

「ちょっとやり方を変えることにする。きみらが最初にとってくれ」

ふたりのトラッカーが困ったような顔を見合わせた。

「さあ、食べ物をとってくれ、ふたりとも」リースはそういって、食べ物を指し示した。

ふたりは肩をすくめ、テーブルに歩み寄った。まずソロモンが皿を出し、自分の分を盛り、座って食べようと木の根元に向かって歩き出した。

「いや、だめだ。椅子に座ってくれ。一緒に食ってくれよ。これからチームとして動くなら、食うときも一緒だ。せめて外に出ているときぐらいは」

ソロモンはしばし考えていたが、笑顔を浮かべ、一方の椅子に座った。リースはこれからチームをつくっていく。結束の固い特殊部隊業界では、将兵がそろって泥にまみれながら訓練し、戦い、眠り、血を流す。そして、リーダーがいちばん最後に食べる。リースはSEALチームに思いを馳せた。伎倆を身につけ、練度を高めて敵を追いつめ、各国に広がるテロリスト・ネットワークを寸断していった。リースは新しい敵との戦場に、その伎倆を応用するつもりだった。また狩りのときが来た。

25

フロリダ州、タンパ
マクディル空軍基地
三月

十年前にサドルシティで七・六二ミリ弾に大腿骨を砕かれたおかげで、ジェフ・オタケイ上級曹長にとって、オフィスチェアから立つという動作は苦痛だった。その銃弾は第三特殊部隊群でもっとも将来を嘱望されていた狙撃兵を、デスクワークの上級下士官に追いやった。プレートとビスで脚をつなぎ止めているくらいだから、負傷除隊してもよかったのだが、後進の兵士を訓練し、助言することにより、自分の知識を次世代の特殊部隊員に伝える義務があると感じたのだ。こうして彼は、フォート・ブラッグのレンジ37で行なわれる特殊部隊スナイパー・コースの教官になった。彼にはぴったりの仕事だった。

現在の地位はそれほどの刺激はない。特殊作戦部隊兵員獲得及び兵站(へいたん)部の一部である、特殊作戦軍(ＳＯＣＯＭ)の特殊作戦部隊(ＳＯＦ)戦士獲得事務所付き上級下士官として、かつての誇り高き戦士が、今では、獲物に忍び寄り、殺す方法をスナイパーに教えるのではなく、延々(えんえん)と装備調達要請書を確認している。彼は自分の運命を受け入れ、入手しうる最高の装備を特殊作戦に従事する陸海空軍の軍人及び海兵隊員の手に届けることに尽力している。長時間勤務をいとわず、要請書をできるかぎり素早く調達プロセスに流し込み、この新しい戦場での振る舞い方を、イラクの通りで学んだのと遜色ないほど効率的に身につけた。それでも、休暇中にフロリダのガルフコースト各所でＳＷＡＴのスナイパーを訓練したりと、戦術レベルでもまだ力を発揮することはできていた。

机に載っている直近の要請書を見て不自然だと思えたのは、彼が海外の戦場に派遣された経験のおかげだった。トルコで予定されている米・ＮＡＴＯ合同スナイパー・プログラムのために、〈ナイトフォース〉の高性能光学式スコープを搭載した〈チェイタック〉Ｍ２００スナイパー・ライフルと、同ライフル用の大量の弾薬の要請書が出されていた。近年、トルコとの関係がますます緊張していることを考えれば、アメリカがそういった高性能スナイパー兵器システムを緊急に輸送するのはおかしい、とオタケイは思った。アメリカ側にしても、トルコ側にしても、このライフルは伝統的な軍事兵器の範疇には入らない。

スナイパーだった彼は、このライフルに備わっている超長距離狙撃能力はとてもよく知っていて、せめて自分の在職中には、悪い連中の手に渡したくはなかった。直感を信じてきたからこそ、戦場で部下を死なせずに済んだ。それと同じ直感が、管理部門にいる今、警鐘を鳴らしている。

オタケイが特殊作戦部隊仲間に何度か連絡すると、軍事副次官事務所の友人のおかげで、要請書の出所が一週間前に上院議員のスタッフからかかってきた電話だとわかった。キャピトルヒルの住人が兵器製造に携わる有権者の便宜を図るのは、珍しいことではないが、ここまで細かく指定してあるのはまれだ。職務に伴う注意義務を果たし、次はボスのところに持っていく番だ。

椅子から立ち上がりながら、しばし姿勢を安定させ、プログラム執行官の縄張りへ続くガラス張りの通路を進んだ。オタケイは軍歴の中で、何人かよき将官に出会ったことはあるが、現在のボスはそのかぎりではない。チャーリー・サーコ少佐は兵站の責任者だ。あまり有能な責任者ではない。野戦砲兵隊の凡庸な将校だったが、調達班に移り、指揮系統のキャリア階段を上る技術を磨くことしかしてこなかった。少佐が規定どおりの長さに生やしている茶色い口ひげは、SOCOM調達部門の指揮官の尻をなめているうちに伸びてきたにちがいない。隷下の下士官はみなそう思っていた。そんなひげの生えた齧歯類のような顔をしているから、ガービル（アレチネズミの英語名）というあだ名がついたのだった。

オタケイが一歩踏み出すたびに脚の筋肉がほぐれ、足を引きずっているのも目立たなくなった。深く息を吸い込み、ドアがあいているガービルのドア枠をノックした。

「少佐、少しお時間をいただけますか？」

サーコ少佐は顔を上げた。戸口に立っている、体がやたらでかくてあちこちに刺青（いれずみ）を彫ったアメリカ先住民の下士官を見て、びくりとした。迷彩柄の軍服は、特殊作戦分野でキャリアを積み上げてきたことを証明する記章や肩章で覆（おお）われている。少佐は下士官の胸を飾る戦闘歩兵章、上級空挺技能章、高高度降下低高度開傘記章（HALO）、特殊作戦潜水員章をじっと見た。これまで、銃声のする方に走り続けてきたことをはっきりと物語っている。少佐の軍服には、階級章、ネームバッジ、管理部門を表わす一筋のリボンをのぞいて、ほぼ何もついていない。オタケイの袖を飾る特殊部隊群のコンバット・パッチ、レンジャー・タブ、プレジデンツ・ハンドレッド・タブも、少佐の傷口に塩を塗り込むだけだった。

「うむ、ああ、かまわんよ、上級曹長」少佐はいい、時計をちらりと見た。「早く済ませられるか？」

オフィスの壁は、少佐が唯一派遣されたアフガニスタンの写真や思い出の品で埋め尽くされている。アフガン人の伝統衣装である〝パコール〟というウールの帽子が棚に置いてあり、机には廃棄処分になった中国製の手榴弾（しゅりゅうだん）があり、そして、ガービルがさまざまな兵器を持っている写真が延々と飾ってある。どの写真もだだっ広い前進作戦基地（FOB）を囲む壁の中で撮影されており、少佐はおそらくその壁の中から一度も出なかったと思われた。

「少佐、これを見ていただきたいのです」オタケイは要請書を少佐の机に滑らせた。「おかしなところがあります。海外派遣されている知人の何人かに問い合わせましたが、こんなプログラムは聞いたことがないといっています。どこの国かわからないところへ兵器を輸出するように見えます」

サーコが書類を見て、眉間に皺を寄せた。「この要請書はどこから来たものだ？」

「それこそ、うかがった理由です。フェンソン大佐のオフィスからなのです。DCのだれかが彼に頼んだのだと聞いています」

「軍事副次官か？　副次官の大佐（O-6）から来た要請書にいちゃもんをつけろというのか？」

「少佐、だれから来たのかなど、どうでもいいことです。スナイパー兵器システムが、海外のわが軍に対して使われないようにしているだけです」

サーコ少佐はしばらく考え、次の言葉を慎重に選んだ。「おまえは自分がまだスナイパーだと思っているのか？　ちがうという事実にそろそろ慣れることだ。おまえはどこにでもいる下士官だ」

オタケイは拳(こぶし)を握りしめ、ガービルの背骨を口から引っ張り出したい衝動をこらえた。息を吐き、プロとして声を抑えて続けた。「少佐、私とは関係のないことです。兵器を敵の手に渡したくないだけです。この要請書はかなり異常です。私が話した人は、アメリカ軍とトルコ軍との合同スナイパー・プログラムの話など聞いたことがないといっています。このライフルはトルコ軍によってペシュメルガ（イラクのクルディスタン自治政府の軍事組織）に対して使用されるのがオチです」

「だとすれば、具体的に、私にどうしてほしいというのだ、上級曹長？」

「少佐、フェンソン大佐の部下のだれかに連絡して、少し探っていただけたら。この兵器が輸送されたら、取り戻す手だてはないのです。八〇年代、あれだけ大量の兵器をアフガニスタンに送ったことはお忘れですか？」

「上級曹長、〝出る釘は打たれる〟といういいまわしは聞いたことがあるかね？　だからこそ、指揮系統というものがあるのだよ。全体の機構を動かし続けるため、われわれはそれぞれの仕事をしなければならない。このライフルはできるかぎり迅速に発送しなければならない」

サーコは要請書の各ページに署名し、処理済み書類のトレイに入れた。

「ほかにあるかね、上級曹長？」

「ありません」オタケイはきびすを返すとき、動きを止めた。「少佐、勇敢さを示すために戦闘で部下を率いる必要はありません」

「どういう意味だ、上級曹長？」

「わかっておられないとは残念です」オタケイは答え、足を引きずることもなく、オフィスを出た。

26

アフリカ、モザンビーク
ニアサ国立保護区
三月

リースは密猟問題にもっと効率的に対処する戦略を練ることにした。使命ができた。次は情報収集だ。

熟練の戦闘リーダーが密猟対策に従事してくれることになり、リッチ・ヘイスティングスは大いに喜び、利用できるかぎりの資源を提供すると申し出た。リースが最初に頼んだのは、壁一面くらいの保護区の地図と、これまで収集してきたすべての密猟事例報告書だった。リースは数分のうちに、厚さ一インチ（約二・五四センチメートル）のメモとにらめっこしていた。リッチのチームは、現場の生データをまじめに収集していたが、そのデータを戦術的に利用する資源がなかった。

イラクでの対反政府勢力戦の初期にも同様の事態が起きたことを、リースは目の当たりにしてきた。チームは重要人物宅を急襲し、ラップトップ、携帯電話、文書などを押収していたが、そういった情報の金鉱脈を効果的に採掘し、分析する手順が定まっていないせいで、使い物にならなくなるのを傍観することも多かった。重要現場から得られるものの恩恵を理解し、基地での情報分析を組み入れるようになると、敵ネットワークを解体する効率が急激によくなった。

プロフェッショナル・ハンターが原野に出て状況を監視し、密猟者を抑止することは重要だから、リッチとリースがキャンプに残り、報告を集積し、計画を練ることになった。ローデシアSASが一九七〇年代に採用していた目標設定テクニックの多くが、三世代後のリースや同世代の者たちが編み出したテクニックと同じであることに、リースは驚きを隠せなかった。二〇〇三年にリッチのような人たちに相談しておけばよかった、とつくづく思った。

リッチの現地の地理感覚は、密猟が起きた地点の特定に不可欠だった。各地点が特大サイズの地図にマークされていった。密猟現場にピンを刺していくと、いくつかのパターンが浮かび上がった。密猟者は、道路と川という二系統の移動経路を利用していた。狩猟区域自体に住んでいる人はほとんどいないから、密猟者はよそから入ってくると考えられる。道路での移動は日中ならとりわけリスクが大きいが、原野を移動するより速いし、安全だろう。野生動物の豊富な保護区に侵入し、狩猟区の境界線沿いに移動したあと、密猟者には、肉、皮、象牙などを販売地点へ持ち帰るという物流の問題が生じる。天候に恵まれていれば、陸路より水路での物資輸送の方がおよそ十五倍効率的だし、世界でもこのあたりの道路は最高というにはほど遠い。雨期にはたちまち氾濫する川が、乾期の冬には砂場になる。密猟者は雨期には水路で移動し、川が干上がったら陸路に切り替えるのではないか、というのがリースの推理だった。

「そんな感じだ」リッチが同意した。「おれたちも、地元の漁師がかかわっているのではないかとずっと思っていた。密猟はたいてい雨期に行なわれる。ひとつには、川を使える。もうひとつ、雨期になると多くの道路が通れなくなるから、おれたちは乾期ほど巡回できなくなる。おれたちが巡回したり、ハンティングをしたりしていれば、大きな抑止力になる。雨期には、うちのPHはたいていジンバブエか南アフリカの親戚の家に行くから、おれたちのプレゼンスは限定される。密猟者はそれを知っていて、おれたちのいる時期を避けている。通年で密猟対策の巡回をしている余裕があったとしても、ヘリコプターがなければ、手がまわらないだろう」

「UAVがないのは本当に残念です」

「UAVというのは何だ？」

「無人航空機（アンマンド・エアリアル・ビークル）。ドローンのことです」

「何、ドローンならあるぞ。飛ばし方を知ってるやつがいないが、持っている」

「どういうことですか？」

「この前のシーズン中、ロシア人の客が、博物館にでも飾ってあったようなソ連時代の古い暗視装置と一緒に持ってきた。動物を探すのに使いたいといってきた。おれたちは、そんなのはずるいといって反対した。おれたちのやり方で狩りをしないなら、よそに行ってくれ、と。そいつは腹を立てて、そのあとずっとキャンプで酒を飲んだり、二十歳（はたち）のスパーモデルみたいな〝通訳〟といちゃついていた。そして、チップだとかいって、ドローンと暗視装置を置いていった。とんだジョークだ、まったく。そんなもの、だれも使えないのだから、むかっ腹が立った。暗視装置のほうはライオンやヒョウを探すのに使おうとしたが、バッテリーが切れたから、ドローンと一緒に納屋で眠っている」

「というと、まだあるんですか？」

「あるとも。見たところ、いい値で売れそうだが、こっちには売り先がない」

「見せてもらってもかまいませんか？」

「ああ、ついてこい」

リッチはリースを従えてダイニング・エリアから連れ出し、藁葺きの納屋のようなところへ行った。納屋の中は暗く、まぶしい日の光の中にいたせいで、リースの目が暗さに慣れるまでしばらくかかった。リッチ・ヘイスティングスは納屋の奥の片隅を指さした。コンクリート板に埃をかぶって鎮座しているクアッドコプター型ビデオ・ドローンに、リースは否が応でも気づかないわけにはいかなかった。インスパイア2ドローンで、前方監視型カメラ（FLIR）とiPad Miniを利用したリモート・コントロールもついていた。取り扱い説明書も、ビニールの袋に入っていた。リースはそれをダイニング・エリアの仮本部に持っていった。

「飛ばせそうか？」リッチが訊いた。

「たぶん。暗視装置はどこにあるのですか？」

「おれが取ってこよう」

説明書によると、ドローンの飛行時間は三十分間近く、飛行速度は時速五八マイル（約九三・三四キロメートル）だった。飛行可能気温は華氏百二度（摂氏約三十九度）以下だから、ここでは暑い日中に飛ばすことはできない。もっとも、リースは夜に使うつもりだから、その点は問題にならない。リースはバッテリーを充電しながら、取り扱い説明書をざっと読み、夜に涼しくなったら、テスト飛行をしたいと思った。ドローンがあれば、空のどこからでも目を光らせておけるというのは誤解だ。ドローンは一機しかないし、航続距離と飛行時間はかなりかぎられている。つまり、どこを飛ばすのがいちばんいいか、プランを考えなければならない。ドローンは状況を一変させる〝武器〟だが、魔法の杖ではない。

その夜、リースはドローンの初飛行をする準備を整えた。PHは全員、現場から戻り、リースが高そうな空飛ぶ機械を墜落させる場面を目撃しようと、ビールを手に周りに集まっていた。キャンプの従業員はこれからどんなことが起こるのかよくわからないといった様子だったが、〝ジョー〟を観ようとすぐに集まってきた。リースは自信がある風を装い、ドローンを抱えて川を見下ろす炉辺に行った。キャンプの従業員が異質な機械を見て、様々な言語でひそひそと話していた。リースはモーターを始動させた。ドローンが空に向かって上昇した。現地人のキャンプ従業員の歓声に、四枚の小さなローターが立てる音がかき消されると、リースはにやつきを抑えられなくなった。ドローンがホバリングし、iPadにキャンプとその周辺の土地の鳥瞰映像が映し出された。リースはドローンを慎重に操作して川の上空へ移動させ、しだいに最高速度まで出していった。この時間になると、流れる川とその両岸には動物が集まっていて、リースが操作するドローンから送信される上空からの眺めは、自然をテーマにしたテレビ番組の一コマのようだった。彼はすぐに飛ばすコツをつかみ、引き返させ、キャンプを低空で飛ばした。従業員たちが歓声を上げ、PHたちも新しい友人の飛行技術に敬意を表してビールを掲げた。

リースはディスプレイのモードを切り替え、FLIRカメラを作動させた。背景が一瞬で黒と灰色に変わり、地上の野生動物が発する熱が強調された。象、キリン、インパラ、クロコダイルまでもが、燃えるような赤とオレンジで浮かび上がった。ドローンは川辺の草むらに潜んで獲物を探す雌ライオンの上で止まり、ホバリングした。裸眼では見えないが、画面上でははっきり見えた。キャンプの従業員たちは、それを見て困惑し、同時に驚いていた。このキャンプの客人は天才なのか、魔術師のたぐいなのか、よくわからないといった様子だった。二十分ばかり飛ばしたあと、従業員たちの歓声とPHたちの拍手に包まれるなか、リースはドローンを着陸させた。彼らは新しい偵察装置が墜落を免れてほっとしていた。新たな敵に対する作戦でも使えそうだと思い、リースはにやりと笑った。

27

アフリカ、モザンビーク
ニアサ国立保護区
四月

リースは作戦計画の骨子をまとめ、ドローンの操縦にも日増しに自信がついてきたが、密猟者を物理的に阻止する地上部隊がなかった。収集した情報を見るかぎり、密猟者は、リースが軍でターゲットにしていたテロリスト組織並みに広大で複雑なシンジケートの下部組織であるようだった。政府のあらゆるレベルに蔓延する腐敗という風土病、低い社会経済的な状況、アジアで高まっている需要が、小火器、金、ダイヤモンド、石油の密輸よりも多額のカネを生む不法取り引きを助長している。需要に関しては、リースにできることはあまりないが、供給サイドを叩くことならできる。

リースがモザンビークに来たのは、頭を低くしているためであり、地上最悪の刑務所のひとつと思われるところにぶち込まれるためではない。つまり、密猟対策チームを自分で率いることはできない。そんなことをすれば、当局と交渉する場面も出てくるが、まさにそれを避けようとしてきたのだから。リースはリッチ・ヘイスティングスに相談し、ふたりであるプランを考えた。リッチがサファリ会社の資源を利用して、ゲーム・スカウトの能力と人数を強化する一方で、リースは彼らの目と耳となって働くというものだ。リッチは熟練の狩猟者（トラッカー）をひとり、リースにつけ、リースたちは密猟者に〝目をつけ〟たら、ゲーム・スカウトに通報する。

　政府が派遣するおおかたのゲーム・スカウトは、能力と善意を備えた連中だが、武器や戦術という点では、まともな訓練や経験を経ていない。リッチと彼のプロフェッショナル（P）・ハンター（H）はほとんどが元軍人であり、現場に出れば、全員が高い能力を発揮する。大規模な作戦を進めることになれば、ゲーム・スカウトの顧問の役目も果たせる。彼らが、密猟件数がピークに達するオフシーズンの対策を強化し、PHとゲーム・スカウトが食いぶちを稼（かせ）ぐ本来の業務に従事するハンティング・シーズンには、対策を緩（ゆる）める。リースは密猟対策の調整に重点を置きつつ、PH見習（アプレンティス）いあるいは〝アピー〟としてサファリ業務に従事する人員を広く募る。

　およそリースがチームで活動していたころには、特殊偵察(ＳＲ)がＳＥＡＬ任務の中核だった。最近になって、ＳＲ任務はアメリカの両岸に本拠を置く特別チームに引き継がれた。そうした特別チームが、リースの部隊のような直接行動部隊を支援する高度に技術化された監視作戦を実行する。最初の海外派遣となった九・一一後まもなくのアフガニスタン派遣以来、ＳＲに特化した任務はしたことがなかったが、リースや彼のチームはその任務も長年にわたって訓練してきた。密猟との戦いにおいて、リースはＳＲ任務に専念するつもりだった。目標を襲撃する部隊を率いる役目を離れるのだから、多少の調整は必要になるだろうが、効率はよくなる。フィールドに立つクォーターバックではなく、スカイボックスからプレイを指示するオフェンスコーディネーターになるのだ。

　漁師は丸木舟を慎重に操り、川の湾曲部に突き出た岩をかわした。月は出ていなくても、星明かりだけでも、よく知っている川を進むくらいなら、この老人には充分だった。穏やかな川面に反射する光のおかげで、舵取りは最新のハイウェイを走るくらいに楽だった。もっとも、ハイウェイなど見たこともなかったが。手作りの舵を使って船を停め、近くの岸で動きはないかと耳を澄ました。聞こえてくるのはいつもの音だけだ。鳥や虫の止まない羽音と、ときどきそれをかき消すヒヒの鳴き声。ほかにだれもいないと判断し、男は丸木舟を岸に着けた。

「よし、また動き出すぞ」リースはドローンのコントロールと連動するiPadの赤外線イメージをじっと見ながら、〈モトローラ〉の携帯無線機に向かい、声を落としていった。

「岸まで一〇メートル、スカウトの一〇〇メートル南だ」

リッチの無線機がカチカチと二度鳴り、了解したことを伝えてきた。

リースは丸木舟が向かっている方向の対岸で、ランドクルーザーのテールゲートに座り、目の前の画面上で刻々と変わる状況に合わせて、リッチたちの動きを調整していた。

「陸上にいる連中が積み荷を岸へ運んでいる。丸木舟の男が岸に降りるのを待ってから襲撃しよう。岸まであと五メートル。岸に舟を着けた。舟から降りた、今だ」

六人のゲーム・スカウトが、リッチを真ん中にして一列縦隊で前進し、目標に向かってまっすぐ移動し続けるさまが、リースには見えていた。スカウトが岸まで三〇ヤード（約二七・四メートル）まで近づいたとき、陸にいたふたりの密猟者が積み荷を落とし、東へ逃げた。

「そっちへ行くぞ、ルイ」リースは伝えた。

PHとトラッカーが、まさに密猟者が逃げている先で待ち受けていた。ルイは一〇ヤード先まで呼び込んでから、五〇〇口径というばかでかいニトロ・エクスプレス弾を彼らの頭上をめがけて撃った。速射猟銃（エクスプレス・ライフル）から放たれた火の玉と衝撃に、密猟者たちは慌てて迎撃部隊のすぐ前の地面に伏せた。ルイとほかのPHたちが素早く彼らに襲いかかり、ロープで手を縛り、武器を持っていないかとボディーチェックした。主要部隊のゲーム・スカウトたちは、着岸していた丸木舟に戻ろうとした漁師に飛びかかった。

先頭のゲーム・スカウトが三人の密猟者を逮捕し、現場に残っていた密輸品の目録を入念につくった。刑事訴追に備えてすべての密輸品を書き留め、写真に収めた。全体として、三七五口径H&Hマガジンライフルと銃弾十発、中国製単発(シングル・ショット)式ショットガンと二発の装弾、斧二本、〝パンガ〟三本、そして、どれも若い雄雌九頭の象から獲ったと思われる一五〇ポンド（約六八キログラム）の象牙を積んだ、リムにタイヤをはかせていない自転車。三人は裸足に欧米人観光客のお下がりの服を着ていて、ちょっとした見ものだった。逃走用カヌーの操縦役のじいさんにいたっては、世界的に有名なヨットクラブの〝ダートマス・クルー〟のジャージを着ていた。三人は引き離されて取り調べを受け、尋問のたびに音声記録も残される。存在すら知らないテクノロジーの手を借りた、世界のお尋ね者の手引きで逮捕されたとは、彼らは夢にも思わないだろう。

リースは椅子に深くもたれ、微笑んだ。二週間で三度目の逮捕劇だ。自分たちはたしかにコツをつかみかけている。十三人の密猟者を勾留し、銃、弾薬、象牙、肉、皮、トラック一台分のくくり罠を押収した。アフリカのこんな片隅ではあるが、かなりの結果が出はじめている。リースはムジとゴーナと握手し、密猟者の逃走地点まで追跡するうえで、すばらしい仕事をしてくれたと礼をいった。深夜零時を過ぎていた。リースと彼のチームは、朝また密猟対策に戻る。

SEALチーム時代には、戦闘に備え、部下を率いる戦時の重圧で頭がいっぱいだったが、それがなくなって、リースの頭もすっきりし、落ち着いていた。太陽とともに起き、日中は体を動かし続け、夜はぐっすり眠った。ここで野生の原始的なリズムに身をゆだねていると、心が安らぐのがわかる。使命があり、敵がいて、信頼するチームの一員でもある——生きがいがある。

日にさらされてところどころ変色した髪を肩まで垂らし、顎ひげが胸につきそうなほど伸びている。ずっと海にいたあとで、容赦ないアフリカの日差しを浴びたせいで、肌はクルミ材のような色になるほど焼けている。野生動物の肉と野菜という凝ってはいないものの栄養価の高い食事に加えて、ほぼ毎日、体を動かしてきたから、体は引き締まり、頑強になった。筋肉の境目が鑿で彫ったようにくっきり割れ、腕には太い血管が浮き出ている。体脂肪率がこれほど低くなったのは、二十年近く前にBUD／Sをやり遂げて以来だ。カーキ色の短パンと、〝RHサファリズ〟のロゴが胸ポケットに刺繍されたオリーブグリーンのサファリスタイルのコットン・シャツという格好だった。ブーツは現地でつくった、バッファローレザーの〝生皮製の靴（フェルトウスクン）〟で、帽子は広いつばが垂れたソフト帽だ。使い込まれた404ライフルは信頼できる友となり、肌身離さず持ち歩き、西部劇の無法者のように、太いカートリッジをベルトに付けている。カリフォルニアから逃げてきた海軍将官の面影はなく、アフリカ生まれのプロのハンターにしか見えなかった。

二カ月に及ぶ密猟対策で、リースと彼のチームは敵側に大きな損失を与えていた。野生動物の肉が目当ての現地人密猟者と、プロの密猟シンジケートの手先になっている連中を合わせて、逮捕者は四十人近くになった。数多くのキャンプを焼き払い、くくり罠を積んだ三台のピックアップ・トラックを押収した。狩猟法を守る気がないなら、もうここにいるのはまずいという噂が広まった。その結果、保護区の野生動物の生息数がぐんと増えるだろう、とリッチは確信していた。

季節が変わり、アメリカやヨーロッパのハンターがやってくるようになると、PHたちが日々のサファリ業務に焦点を移す一方で、リースは密猟の偵察を続けた。ハンターたちをキャンプの滑走路まで送り迎えするブッシュ・パイロットは、サファリのあいだはキャンプでだらだらと過ごし、空路での搬送が必要になる医療上の緊急事態に備えて、飛行機の準備をするくらいしかすることがなかった。いっこうに入らない要請を待ちくたびれて、パイロットが暇を持て余していたので、リースは仕事を分けてやった。大がかりな対策があるときには、パイロットにドローンの操縦を任せ、リースは地上部隊の指揮官としてゲーム・スカウトたちを指揮した。対密猟部隊にはもともと能力も実力もあるうえに、リースが陰に隠れて戦術面でのリーダーシップを発揮した。密猟者にしてみれば、ゲーム・スカウトたちがやたら腕を上げたことしかわからなかった。熟練の特殊部隊のリーダーが裏でこっそり糸を引いていることに気づいている者など、ひとりもいなかった。

28

アフリカ、モザンビーク
ニアサ国立保護区
五月

タイヤのパンクは日常茶飯事で、何度も経験してきたから、リースとふたりの狩猟者(トラッカー)は、タイヤがパンクしたと思ったら、NASCAR(ナスカー)のピットクルーのようにすぐさま対処するのだった。ランドクルーザー・ピックアップには、トラックの荷台に設置してあるパイプのサファリラックの両側に、二本のスペアタイヤが積まれていて、これからその日、二本目のスペアタイヤを使うことになる。リースは時計を見て、ほかのふたりに〝スタート〟の合図を出した。ふたりは英語をそれほど話さないが、しっかり聞き取れているらしく、カーレースなどおそらく観たこともないだろうに、リースがつまらない作業をゲームにしたという事実を、瞬時に理解した。

リースはフロントバンパーから〈ハイリフト〉のファームジャッキを取りにいき、ソロモンがパンクしたタイヤのホイールナットを緩め、ゴーナがラックからスペアタイヤを抱えてはずす。リースは平らな石にジャッキを置き、身動きの取れないピックアップを持ち上げはじめた。タイヤが地面から浮くと、すぐさまパンクしたタイヤがはずされて、別のタイヤがマウントされた。三人は手早く、ひとこともいわずに作業した。この人里離れた野生の地で、数カ月も三人で緊密に仕事をしてきて、チームワークが生まれていた。

リースはジャッキを下げ、タイヤが接地すると、かかった時間を発表した。「二分四十五秒。新記録だ」

トラッカーたちが満面の笑みを浮かべ、三人で握手をし合った。

その祝賀ムードは銃声によってぶち壊された。リースには、その三点射はまちがいなくAKMの銃声に聞こえた。この区域のAKは、政府から派遣されてハンティング・パーティーに同行するゲーム・スカウトしか持っていないことになっている。しかも、さっき無線で連絡を取り合ったかぎりでは、彼らはリースの現在地から何十マイルも離れたところにいる。となると、この銃声の出所はひとつしかない――密猟者だ。リースはピックアップの運転台のうしろのラックに手を伸ばし、雨風からライフルを保護するジッパー付きソフトケースからライフルを抜き取った。ボルトを少しだけ引き、弾が薬室に入っているのを確かめてから戻し、安全装置が入っていることも確認した。革製のベルト・パウチの蓋をあけ、東アフリカの陽光を浴びてぎらつく五発のばかでかい真鍮のカートリッジを見て、確認を終えた。ベルトに留めていた〈モトローラ〉の送受信無線機を取り、ベース・キャンプへの連絡を試みた。

「ベース、ベース、こちらジェイムズ、オーバー。ベース、こちらジェイムズ、聞こえるか？」応答はなく、空電音だけだ。〝くそ〟

「ベース、こちらジェイムズだ。聞こえていないかもしれないが、ルジェンダ川のやや南、巨岩近くでフルオートの銃声がした。様子を見にいく」リースは無線機の音量を落とし、大きく息をした。

リースはトラッカーたちに向かってうなずき、銃声が聞こえてきた方を指さした。三人の男たちは、躊躇なく赤土の獣道を軽く走っていった。このふたりとは何カ月も一緒に活動してきたが、追跡技術にはいつも恐れ入る。固い地面でも獣の痕跡をたどれるだけでもすごいことだが、ふたりはよく走りながらそれをやってのけるのだ。ソロモンの指が地面を指さし、左に折れて〝ミオンボ〟の森に入った。藪に入ると、速度を歩く程度に落とし、できるだけ音を立てずに移動した。ひとことも交わされない。このころになると、リースはふたりの身振り手振りにも慣れ、手を使った合図だけで必要な意思疎通ができるようになっていた。三人は縦に並んで狭い獣道を移動した。ソロモンが先頭、ゴーナがそのうしろ、リースはしんがりを務めた。

彼らはハンティング客のために野生動物を探すときと同じ要領で動いた。それぞれが特定の役割を担っていた。ソロモンは先頭を歩き、地面の痕跡を探す斥候だ。その目は基本的に下に向けられている。ゴーナは顔を上げ、野生動物や人間などの生き物の形跡を探す。リースは追跡を指揮し、援護し、ベース・キャンプと通信し、必要なら指揮官としての決断をする。かつてチームにいたときとまったく同じだ。

ソロモンはペースを緩め、三人とも目立たないように身をかがめて歩いた。ソロモンが立ち止まり、ひらけている場所の手前でしゃがみ、リースも音を立てないように彼の横に来て膝を突いた。ソロモンが銃声の出所に向かって顎をしゃくった。四人の密猟者。ふたりがＡＫで武装し、残りのふたりは小さな斧を持っている。四人が血みどろで横たわる象の死骸を取り囲んでいる。見たところ、雌のようだった。密猟者たちは八〇ヤード（約七三メートル）近く離れていて、遠すぎて声は聞こえなかったが、身振りで何を話しているのかがわかった。ひとりがライフルを振って、斧を持つふたりの男に合図し、象牙をどのように切断してほしいのかを伝えた。リースのプランはこうだった。犯行を観察し、密猟者の行く先をつかむ一方、無線交信を試みて、ゲーム・スカウトの到着を待つ。お尋ね者の分際なのだから、第三世界で銃撃戦を繰り広げるつもりはなかった。

リースは短パンのポケットから小型のデジタルカメラを取り出し、光学ズームを目いっぱい伸ばした。距離がありすぎて、顔ははっきり写らないが、刑事事件を立件するのだから、どんな写真でも何もないよりはましだ。何枚か写真を撮り、カメラをポケットに戻したとき、左側で何かが押しつぶされるような音が聞こえた。左に顔を向けると、灰色のぼやけた物体が、大きな叫び声とともに迫ってくるのが見えた。〝子象だ！〟

死んだ雌には子象がいたらしい。その子象が死んだ母親の敵を討とうと決死の覚悟で襲いかかってきたのだ。体重が五〇〇ポンド（約二二七キログラム）はありそうな子象が、ゴーナに向かってまっすぐ突進していた。三人はばらばらに逃げ、突進してくる象をよけようとした。それで密猟者たちに気づかれた。ひらけた場所に銃声が轟き、ライフルの高速弾が頭のすぐ上を飛んでいくときのまちがえようのない音が聞こえた。

「伏せろ！」リースは声を上げ、頭から地面に倒れ込み、404の安全装置を〝射撃〟に合わせた。横向きになり、銀色のビード・サイトをいちばん近くにいる密猟者に合わせ、無心で引き金を絞った。大きな銃弾がばしりと音を立てて命中すると、リースはボルトを引いて弾を薬室に送り込みながら右に横転した。立ち上がり、頭を低くしたまま、ほかの密猟者を側面から攻めようと右へ向かって走った。彼らが放つ長い連射の音がまだ聞こえている。リースは大木の幹の六フィート（約一・八三メートル）うしろに隠れ、次のターゲットを視界にとらえようとした。ひとつの人影が象の頭の近くに膝を突き、ライフルの弾倉の交換に手間取っていた。リースは片膝を突き、一秒長くかけて入念に狙いを定めると、四〇〇グレインのソリッド弾をその男の胸に撃ち込んだ。男はすぐにどさりと倒れ、ライフルと弾倉が前の埃の舞う地面に落ちた。斧を持った男ふたりの姿が見えなかったが、AKは二挺とも地面に落ちているのが確認できるから、反撃できるほどの武器を持っていない可能性が相当に高いとリースは判断した。〝点呼の時間だ〟と彼は思い、最後にトラッカーたちを見た地点へ急いで戻った。

ゴーナが血まみれのソロモンのそばについているのを見たとき、リースの気持ちは沈んだ。リースは負傷したソロモンのオリーブ色のジャンプスーツのジッパーをあけ、手早く二カ所の銃創を確認した。ひとつは胸の上部、もうひとつは腹部だった。ソロモンの体の向きをそっと変え、胸から入った弾の射出口は背中にあるが、腹部に受けた弾の射出口がないことを確認した。ソロモンの意識はあるが、見るからに息が苦しそうだ。

「ゴーナ、急いでトラックに戻って、救急キットを持ってきてくれ。赤い入れ物だ、急げ！」

ゴーナがトラックに向かって全速力で走り出すと、リースは負傷した友を落ち着かせようとした。

「大丈夫だ。医者に連れていく」

リースは〈モトローラ〉をつかみ、音量を上げてから、マイクのスイッチを入れた。

「ベース、こちらジェイムズ、オーバー！」応答なし。「ベース、こちらジェイムズ。ソロモンが撃たれた。繰り返す、ソロモンが撃たれた、オーバー！」応答はない。「息をするんだ、肩の力を抜いて、息をしろ」

ソロモンはうまく息ができず、目を見ひらいた。急いで傷口を塞がないといけない、とリースは思った。派遣時には、装備に必ず救急キットが入っていて、すぐに処置できる道具が手元にあっただろうが、ここではゴーナがキットを持ってくるまで待つしかないから、貴重な数秒が無駄になる。リースはライフルを持ち、しゃがんだまま首を伸ばし、ソロモンが横たわっている低い藪の上からあたりをのぞき、ひらけた場所に生き物の気配がないことを確かめた。背後から物音が聞こえ、銃口をうしろに向けたが、ゴーナが救急キットを持って藪を走ってくる音だとわかった。ゴーナはキットをリースの足下に置いた。リースはライフルをゴーナに渡した。ゴーナは車の運転こそできないが、銃の扱いはうまい。ゴーナは何もいわずに走り出し、ひらけた場所の右に位置する藪の縁に沿って移動し、生き残ったふたりの密猟者を探した。

「しっかりしろ、ソロモン。これで呼吸が楽になる」

リースは救急キットをあけ、中を探ってアッシャーマン・チェストシールを見つけた。ソロモンの胸をガーゼ・パッドで拭いてから、チェストシールの袋をあけ、粘着質のシールを胸に貼り付けた。次に、ソロモンをうつぶせにし、射出口にも同様の処置をした。二・五インチ（六・三五センチメートル）の注射器を見つけ、ソロモンの胸のチェストシールの上に置いた。そして、傷口の上、第一と第二肋骨のあいだに目星を付け、左手の指をそこに置き、右手で注射器をつかむと、指を置いていたところに刺した。食いしばった歯から漏れる音が聞こえたあと、ソロモンの呼吸が楽になっていく様子を見て、リースは安堵した。歯の隙間から漏れる音が止まると、針を抜き、包帯の上に戻した。

とりあえず呼吸の問題には対処できたので、リースはキットを探り、大きなガーゼを取り出した。腹部の傷口から腸の一部が飛び出ているから、それに対処しなければならない。リースは指を使って傷口を広げ、腹部を左右に動かして、外に出ていた腸を慎重に中に戻した。傷口からの出血はあまりなかったので、弾はさいわい肝臓に当たっていないだろうと思った。彼は大きなガーゼで傷口を覆い、付属の〈エース〉に似た包帯をソロモンの体に巻き付け、ガーゼを固定した。

「呼吸はどうだ？」リースは訊いた。

「水、〝シャムワリ〟。水を飲まないと」

ソロモンの体に液体が入れば、腹部の傷口にできつつある血の固まりが溶けてしまうかもしれないことは、リースも知っていた。

「今は飲ませられない。おまえを病院に連れていかないと」

リースはまた無線通信を試みたが、つながらなかった。〝くそ〟

最寄りの医療機関はモンテプエズにある病院だ。ここから陸路で行くと二時間、ベース・キャンプの滑走路から空路でも二時間かかる。通信が安定していれば、キャンプ管理者に医療航空救出サービス(MARS)の飛行機を呼んでもらうこともできるが、このとおりだから、ソロモンをベース・キャンプに連れ戻っても、すぐに治療してもらえるかどうかはわからない。ソロモンは病院までトラックで二時間の移動なら持ちこたえるだろうが、到着するまでに丸一日かからないともかぎらない飛行機を待っていたら、持ちこたえられないかもしれない。ゴーナは運転できないから、リースが病院まで運ぶしかないが、そうすれば人目につく。銃創となると、警察も来る。そして、いろいろと訊かれる。そうはいっても、それしか選択肢はない。ソロモンはいいやつだ。チームメイトだ。自分の身元を隠すためにチームメイトを死なせるわけにはいかない。

リースは口笛でゴーナを呼び、ソロモンを運び出す準備を整えた。

29

血を流してゆっくり死に近づいているソロモンをランドクルーザーの後部席に乗せて小さな村や街を疾走しながら、リースは負傷したチームメイトにこれ以上の苦しみを与えないように、大きな衝撃をできるだけ避けたが、〝ゴールデンアワー〟であることにも、時がだれを待つこともないことにも、十二分に気づいていた。とにかく胸に銃創を抱える者を待つことはない。

頭にいろんなものを載せた女たち、古い車やピックアップ・トラックでつくった馬車に乗った少年たち、ときどき出くわす自動車などをよけながら、リースは猛スピードで走った。このあたりの住民の人心をつかめないのはまちがいない。さっきアフリカのブッシュで殺した男たちのことは、あまり考えなかった。リードは工作員のモードに入っていた。それこそもっとも得意なことだった。自分のチームを守ろうとしている。リースにとっては、息をするのと同じくらい自然なことだ。

一軒のガソリンスタンドと数軒の小さな店くらいしかない陸の孤島モンテプエズだが、小さな診療所がひとつある。ポルトガル人が建てた古い救済施設の近くにあり、その石の壁には、数十年前の内戦時のあばたの銃弾痕が点々とついている。

リースはクルーザーをその建物の前に駐め、前部のドアから飛び出していった。ほとんどは年配の男女、子供を連れた母親からなる現地人の列が、ロビー代わりになっている部屋で待っていた。その列に沿って急いで歩き、行く手を塞ごうとした若い女性の救援隊員を無視して、大きな部屋に通じる廊下を走っていった。その部屋には蚊帳を吊った十二床の簡易ベッドが並び、聴診器を持った手術着姿の長身の白人男性が患者の具合を診ていた。

「あなたが医者ですか？　今すぐ助けてほしい」

白人男性が振り向き、リースの切迫した様子にもひるまずに向き合った。

「自分の順番が来るまで待ってください」明らかなイギリス訛りで、医者がいった。「ここには、私たちの助けを必要とする人たちが大勢います」

「危険な状態の患者がいる。胸に被弾し、おれのトラックの後部席で失血死するかもしれない！」

医者の顔つきがたちまち変わった。「手を止めて、その人をすぐにここに連れてこよう」医者がスタッフに命じた。

リースは彼らを先導して正面出入り口から出た。手術着を着た医者と四人のスタッフも、古いタイプの布地の担架を持って出てきた。ゴーナが心配する父親のように、彼らの肩越しにのぞいていた。彼らはあいたテールゲートに担架を置き、ソロモンをそっと乗せた。

彼らが中に戻るとき、リースは医者と並んで歩いた。

「七・六二弾で胸を撃たれたが、その弾は貫通して外に出た。二発目は腹部に受け、そっちはまだ中にある。アッシャーマンを胸に貼り、腹部の傷にはガーゼを当てた。腸が外に出ていたから、中に戻した。液体は飲ませていない」

「撃たれたのはどのくらい前だ？」

リースは腕時計をちらりと見た。「二時間ちょっと前だ」

「よくやってくれた。ここからは手術の準備をするので、あなたは脇にどいていてください」

医療チームがソロモンを小さな部屋に運んでいき、手術台に載せ、状態を調べはじめた。だれかがカーテンを閉めて、リースの視界を塞いだ。プロに任せてほしいという合図だった。

リースは診療所の外に出て、トラックの荷台から心配そうなまなざしを向けているゴーナを見上げた。「大丈夫だと思う。間に合ったよ」

ゴーナはうなずき、テールゲートに座った。リースも隣に座り、黙って待った。

リースがテールゲートから脚をぶらぶらさせて、トラックの荷台で眠っていると、だれかに脚を揺すられるのを感じた。

「あの、すみません。ご友人ですが、ご友人は助かります」

「え？」リースが慌てて体を起こすと、イギリス人の医者がトラックのそばに立っていた。

「ご友人はよくなります。容体も安定していますし、予後もいいでしょう。感染症を防ぐために、明日には転院できるようにします。総合病院に転院させる方がいいでしょう。もっと先進的な治療が受けられますから」

「ありがとうございます。面会できますか？」

「もちろんです。麻酔のせいでふらふらしているでしょうが、病室に入るのはかまいませんよ」

「本当にありがとうございます、先生。彼の命の恩人だ。いくらお礼をいっても足りません」リースは医者の手を握った。

「彼の命の恩人はあなたですよ、ミスター――」

「バックリューです。フィル・バックリュー」リースは知った人物の名前を思いついたままにいった。リッチの保護区のチームは信頼しているが、診療所で働いている見知らぬヨーロッパ人はちがう。

「どこで訓練を受けたのですか、ミスター・バックリュー？　銃創の手当ては、明らかにはじめてではないようですが」

「陸軍の衛生兵だったので」

「アメリカの陸軍ですか？」

「カナダ軍です」

「ああ、そうでしたか。さて、ご友人に面会してください」

リースはトラックのドア側にまわり、うしろのゴーナを見た。ゴーナが不安な面持ちでトラックのルーフに座っている。リースはついてこいと、ゴーナに向かって腕を振り、診療所の中に入った。

ソロモンは金属のテーブルに置かれた簡易ベッドに横たわっていた。胸と腹に包帯が巻かれている。点滴のチューブが腕につながり、酸素のチューブが鼻の穴の下まで延びている。顔は土気色で、いつもなら頑健な体がぐったりしている。リースは横に立ち、ソロモンの額に手を置いた。ゴーナも恐る恐る病室に入り、見るからに居心地悪そうに隅に立っていた。

「大丈夫だ、ゴーナ、医者がいうには、ソロモンはよくなるそうだ。じきに総合病院に移す。ソロモンはすぐに動きまわれるようになる」

ゴーナはうなずいた。親友が心配でたまらないが、リースの言葉に勇気づけられたようだった。

リースはソロモンが目覚めるときにひとりにしておきたくなかったが、もっと先進的な医療施設に転院させる手配をしなければならない。無線交信の範囲からはずれていたので、キャンプに引き返し、医療搬送の手続きを頼むのが最善だと思った。リースはかぶっていた帽子を脱ぎ、簡易ベッド上のソロモンの横に置いた。ソロモンの腕をぽんと叩き、リースは病室を出た。ゴーナもソロモンの横でかがみ、耳元でショナ語で話しかけてからリースを追いかけた。

医者は母親に抱かれた赤ちゃんを診察していた。

「ああ、先生、おれたちはこれからリッチ・ヘイスティングスのキャンプに戻り、転院の手配をしようかと思っています。どこの病院がお勧めですか?」

「そうですね、お金に余裕があるなら、ヨハネスブルグの病院か、ペンバの個人病院を強く勧めます。ここの三キロメートル先に滑走路があります。うちには救急車がありますから、飛行機で搬送するなら、そこまで彼を運べます。ロビーにいる看護師から、うちの電話番号が書いてある名刺をもらってください。キャンプから電話で調整しましょう」

「ありがとうございます、先生」

「もうひとつお話があります、ミスター・バックリュー、でしたっけ？」

「どういったことですか？」

「うちはわずかな予算で運営しています、ミスター・バックリュー。ご友人を助けることができてよかったのですが、運営資金が危機的な状況です。ご寄付をいただけると、とても助かるのですが」

「わかりました。ミスター・ヘイスティングスに伝えておきます」

「ありがとうございます、ミスター・バックリュー」

キャンプでは、ソロモンが撃たれる直前に、リースからの途切れがちな交信を受信していた。ゲーム・スカウトたちが調査に送り出され、象の死骸と密猟者ふたりの死体を発見した。胸部シールとガーゼの包装も見つけたが、リースのチームのだれかが負傷したのか、リースが三人目の密猟者を負傷させたあと、手当てしたのか、わからなかった。リースは無線機の交信域に入ると、リッチがメインの周波数で何度も交信を試みていたのがわかった。

「こちらリース」

「ジェイムズ、どうなってる？　そっちの状況は？　オーバー」

「象の密猟者集団と遭遇し、気づかれました。敵二名が戦死（KIA）、二名が逃亡。ソロモンが撃たれましたが、診療所に搬送し、容体は安定しています。総合病院への転院の手配をお願いします、オーバー」

「了解した、ジェイムズ。容体は安定していて、モンテプエズの診療所にいるということだな、オーバー」

「そのとおりです」

「ただちに手配する。そっちはキャンプに戻っているのだな？　オーバー」

「そうです、あと一時間ほどで到着します」

　リッチと彼のチームは迅速かつてきぱきと手配した。黒人も白人も、チームのメンバーひとりひとりが家族の一員と見なされ、ソロモンが助かり、回復するなら、どんな犠牲もいとわない。まだ観光客を乗せた飛行機の到着をペンバで待っていたパイロットが、負傷者の搬送のためにモンテプエズに向かわされた。パイロットが離陸するとすぐに、リッチが診療所に電話し、飛行機が滑走路に向かっている旨を伝えた。ソロモンは診療所のみすぼらしい救急車に乗せられ、滑走路までの短い距離を運ばれた。リースの無線連絡から三時間も経たないうちに、ソロモンはペンバの個人病院で治療を受けていた。

30

アルバニア、チラナ
五月

アミン・ナワズは寄る年波を感じさせる指で数珠(ミスバハ)の珠に触れながら、〝ジクル〟を朗誦(ろうしょう)した。ここは三晩で三カ所目の宿だ。こういう暮らしをはじめて十五年目。若くして死ぬのが常のなりわいなのに、年を食ってしまった。

〝ライラハイラーラ〟

アッラー以外に神はなし。

部外者には、熟慮しているか瞑想(めいそう)しているように見えるだろう。ある意味ではそのとおりだ。生涯にわたる戦いとなったものにおいて、〝ジクル〟は変わらなかった。逃げ道だ。ナワズが平穏を見いだせる唯一の場だ。〝思い出に触れ合える唯一の場だ〟

西側との戦いが新しい局面に突入した。長年それに携わってきたナワズには、それがわかる。今日はいつもより集中するのに手間取っている。あのロシア人との協力は必要悪だ。ナワズが一九八〇年代にアフガニスタンで打ち負かそうと奮闘した国から、その男は追放されている。現代という戦争、テロ、背信の時代は、何人か変わった仲間を引き寄せた。数十年前、ムジャヒディンに資金と兵器を提供し、共通の敵と戦わせようと、アメリカ合衆国とサウジアラビアが手を組んだように。自分たちが古代から続く戦争に新たな戦闘の種を蒔いているとも知らず。

ナワズは骨の髄から実利主義者だ。アメリカ側はサウジアラビア経由であれほど潤沢に流れていた資金を、首尾よくせき止めた。かつてロシアの軍参謀本部情報総局大佐だったあのロシア人が、ヨーロッパにおけるアルカイダの活動に資金提供をしたいというなら、してもらうまでだ。ソビエト時代末期にアフガニスタンで起きた不運な出来事にかかわっていたため、先方も〝ハワーラ〟を理解しており、おかげでアメリカの国家安全保障局のレーダーの外で取り引きすることができている。NSAの分析官たちは、メリーランド州フォートミードの空調の利いたオフィスでアルゴリズムと戦っている。ナワズはこのロシア人を使えるだけ使うつもりだ。使えなくなったら殺す。

〝アスタグフィルッラー〟

アッラーの許しを願う。

〝ジクル〟を朗誦すると、ナワズは必ず神の国の質素なわが家に戻れる。そこには、母、父、ふたりの妹もいる。夜明けの光が寝室の窓を照らしはじめると、彼は存在を感じた。はじめは、アッラーの使者が来たと思ってびっくりしたが、その後、父の見慣れた姿だとわかり、顔がほころんだ。父の目は閉じていて、手を息子の頭に載せた。唇は動いていたが、ほんのかすかな動きで、若いナワズはその言葉を聞き取ろうと耳を澄ました。

〝ラーイラーハイッラッラーフワハダフーラーシャリカラフーラフルムルクワラフルハムドゥワフワアラクリシャイインカディル〟

アッラー以外に神はなく、比べるものもなし。支配は神のものであり、称賛も神のものであり、神は全能である。

父は息子の頭からゆっくり手を離し、アミンの小さな手に数珠を置いた。すると、存在するはずがないと思っていた亡霊のように、父は消えてしまった。その夜、父がもう降りてきてくれなかったので、アミンは困惑した。父がそうするさまを何度となく見てきたとおりに、アミンも〝ミスバハ〟の珠を指のあいだでなでた。九十九あるとされるアッラーの名前を象徴している、この祈りの数珠を、父はほとんどひとときも離さなかった。若いアミンは早朝の冷気をさえぎるように体を丸め、数珠を胸にしっかり押し付けたものだ。

アミンの脳裏には、日付が刻み込まれている。一九七九年十一月二十日。ずっとあとになって、ナワズはその日、父が降りてきたのは、そういうことだったのだとわかった。戻ってこない者が別れを告げに来たのだと。

〝ビスミッラッヒッラフマーニッラヒーム〟

慈悲あまねく慈愛深きアッラーの御名において。

あの十一月の早朝にはじまった連鎖反応に西側が気づいていたなら、二週間に及ぶメッカの大モスク占拠事件を鎮圧するために、フランスの特殊部隊の国家憲兵隊治安介入部隊(GIGN)を派遣したりしなかったかもしれない。占拠した強硬な反王制イスラム主義者を二百人以上も殺したり、その数週間後に、とらえたワッハーブ主義者の反乱兵を公開斬首したりもしなかったかもしれない。サウド家がテロリストの要求を飲んで進歩的政策を後退させ、テロ戦術の火に油を注ぐこともなかったかもしれない。

その日に父親を亡くしたのは、アミン・ナワズだけではなかった。イスラムの学識者たちは、この新兵予備軍に目星を付けた。吸収力があって教化しやすく、西側と戦う意欲にあふれた若い知性たち。イスラム原理が彼らを導くことになる。アフガニスタンの戦場でソビエトの侵略者と戦った経験が、彼らを立派なムジャヒディンに育てることになる。

〝ウズビラー〟

アッラーにご加護をこいねがう。

ナワズは二十歳のアラブ・アフガンとして、一九八八年にはじめてウサーマ・ビン・ラーディンと会った。二〇〇一年になって、ビン・ラーディンがアメリカ軍と戦うために戻ったのと同じ山中だった。ナワズはアルカイダがはじめて取り込んだ新兵のひとりで、世界を一変させたあの九月の火曜日の前、シャイフ・ウサーマが最後に目撃された地点のひとつでは、シャイフと一緒だった。シャイフがもっとも信頼する護衛のひとりの結婚式だった。そのとき、ラーディンは聖なるクルアーンを引用した。〝おまえたちがどこにいようとも、死はおまえたちを見つけるだろう。たとえ高いやぐらの上にいようとも〟。この言葉の真の意味を理解していたのは、ナワズとほんのひと握りの者たちだけだった。のちにアメリカ側が対テロ世界戦争（GWOT）と呼ぶものにつながる攻撃を計画したり、ヒンドゥークシュ、イラク、シリアで戦いに明け暮れたりと、死ぬまで続くかと思われた闘争を経て、今やナワズはアルカイダのヨーロッパでの活動を率い、これまででもっとも壊滅的な打撃を加える一歩手前までたどり着いている。

シャイフ・ウサーマはトラボラから逃亡したあと、地下に潜（もぐ）り、身を隠しているうちはたいしたことなどできないだろうと思われていた。当初は西側の軍勢を寄せ付けなかったが、やがて発見された。アメリカ軍がナワズたちの竜を殺してしまった。シャイフを撃ったSEAL特殊部隊員のブタどもには、報復を受けてもらう。〝信仰を守る者たちは執念深い〟

ナワズは反対の手法を選択し、ヤセル・アラファトのセキュリティ方針をまねた。まあ、ファタハ時代の方針ではある。その後アラファトは日和（ひよ）り、イスラエル側との交渉でも折れた。ナワズはきわめて身軽な暮らしを好み、同じところにふた晩とどまることはまれで、よく計画を変更し、仲間にも偽情報を流した。アメリカの情報機関がグーグルや〝フェイスブック〞のアカウントをしらみつぶしに調べているのをよそに、ナワズと彼が指揮する新生アルカイダは、伝書使(クーリエ)経由で連絡を取り合い、〝ハワーラ〞という昔ながらの制度を使って資金を動かした。シルクロードから生まれた制度が、現代でもまだ機能しているのだ。〝ザ・グレート・ゲームは続く〞

ヨーロッパに流入する難民が仲介してくれた。充分すぎるほどの戦士たちが、移民の大洪水に紛れてヨーロッパに入った。西側が多大な犠牲を払ってまで、外国の地で討ち滅ぼそうとしてきた民族が、今ではヨーロッパの懐(ふところ)に、〝獣(けもの)の腹に〞歓迎されている。

イスラエル人もいろいろといわれるが、紛争の本質を解するだけの才覚はある。彼らはわかっていた。ふたつの大海に守られているのではなく、敵に囲まれているとしたら、アメリカ人にもわかっていたのかもしれない。自分たちを滅ぼそうと躍起になっている民族に、国境をひらいたりはしなかったのかもしれない。

アイマン・ザワヒリはこれまで、敵が好む特殊部隊やドローン攻撃を回避してきたが、いまだ身を隠したままだ（二〇二二年七月末、アメリカの無人機によるカブールの住宅への空爆により死亡）。アルカイダの世界指導者として、彼はナワズをアフガニスタンからまずイラクへ、その後シリアへ遣わし、アルカイダのレバントでの活動であるアル＝ヌスラ戦線を率いさせた。大義に生きてきた聡明なる男、ザワヒリも、今や人生の黄昏(たそがれ)にさしかかっている。ナワズはアルカイダの次の進化を形づくる意欲と精力を兼ね備えている。ISISが新聞の見出しを占拠し、アメリカの軍事、政治機構の目を引いている隙に、ナワズは根気よくネットワークを構築してきた。中東や中央アジアではなく、ヨーロッパでだ。次はアメリカだ。

イラクとアフガニスタンでの戦争を経験した者がこれほど大勢いる集団を率いてきたことを、ナワズは誇りに感じていた。そうした経験がアル=ヌスラ戦線の兵士たちには充ち満ちていた。西側はナワズたちの代わりに軍隊を組織し、今度はヨーロッパへの門戸をひらいた。そこが次の戦場になる。その次はアメリカだが、その責務は、やっと自分の声を上げられるようになってきている次世代の聖戦戦士にゆだねよう。西洋の死は幻想ではない。必然なのだ。

〝スブハーナッラーワビハムディヒ、スブハーナッラールアジーム〟

アッラーに栄光あれ、称えあれ、至高の存在アッラーに栄光あれ。

父が最後にナワズの頭に手を置いてから四十年近く過ぎ、アッラーによって高慢の双塔が倒されてから、もうすぐ二十年だ。

〝愚かなアメリカ人〟何が起きようとしているか、わからないのか？　自分で自分の首を絞めているというのに。イラク、アフガニスタン、イエメンに財貨をつぎ込み、血を流していたあいだに、彼らが懸命に叩きつぶそうとしていたイデオロギーが、自分たちの街、学校、政府にまで入り込んでいる。これほど大切に守られてきた西側の自由が、自分たちが破滅する究極の原因となる。そんな自由が狙われ、利用されるのだ。彼らの自由は弱さでもある。

〝敵を知れ〟

九・一一はアフガニスタンの洞窟などで計画されてはいない。彼らはそんなことも知らないのか？　アイデアはそこで承認されたが、ドイツのハンブルクや、アメリカ合衆国でも、歩兵たちが役割を果たしてきたのだ。彼らは飛行技術を学び、カリフォルニア、アリゾナ、フロリダ、バージニア、ニュージャージーのコミュニティに溶け込んでいた。九月十一日は、世界史上もっとも強大な国の鼻先で計画されていたのだ。

彼らは政治的公正（ポリティカル・コレクトネス）と国境開放という文化により、戦略的な意味においては滅びる運命にあるものの、彼らの戦術眼に対してはきわめて慎重に対処しなければならない。そのレベルでは、アメリカ人は非常に危険になりうる。

〝ラーハウラワラークッワタイッラービッラー〟

アッラーのほかにいかなる権能も威力もなし。

イスラムの剣がアメリカを薙ぎ倒すさまを、自分が生きているうちに目にすることはない。それはナワズにもわかっている。これは世代を超えた紛争だ。かつてモンゴル民族がユーラシアの民族アイデンティティを一変させたように、われわれイスラムがヨーロッパとアメリカの社会構造そのものを変える。馬に乗って侵略するのではなく、合法的に移民し、政治基盤を築き、内側から徐々に敵を打ち負かすのだ。

難民危機をつくり出す政策を打ち出し続けてきた国々が、両手を広げて敵を受け入れている。新しい有権者に迎合する政治家に唆されて、自分たちの敗北の種を蒔いている。新しい千年紀のムジャヒディンには、計画を練ったり訓練をしたりする領土など必要ない。新しい聖戦戦士は、標的にしているまさにその国に順応できる。アメリカ人たちは戦車や爆撃機に力を投影するが、もろい下腹をさらしている。彼らの快楽と利権にまみれた文化が、弱さをはぐくんでいる。ナワズは彼らの恐怖につけ込むことができる。彼らの経済にさらなる打撃を加えることもできる。たとえ攻撃が失敗に終わっても、西側では市場が麻痺するような反応が巻き起こる。

彼らの最大の強みであり、豊かな繁栄をもたらしてきたものが、攻撃しやすい標的として利用できるようになっている。〝なぶり殺し〟

ナワズは〝ミスバハ〟の最後の珠に触れたままためらっていた。

〝ライラハイラーラ〟

アッラーのほかに神はなし。

「タリク！」ナワズは声を上げ、西側で〝安全器(カットアウト)〟とかいうらしい一連の人々と連絡をとる伝書使(クーリエ)を呼び寄せた。こちらのメッセージはやがてそれを解読できる男の元に届く。CIAによって訓練を受け、シリアでは大義に向けたきわめて貴重な資産(アセット)であることを自ら証明した男の元に。その男こそ、ヨーロッパのもろい社会基盤にまた深く切り込む仲介役を果たす。

暗号化したメモを伝書使(クーリエ)の熱意を感じる手のひらに置くと、ナワズはタリクの頭に手を載せ、目を閉じた。

「アッラーは偉大なり(アッラーフアクバル)」

31

アフリカ、モザンビーク
ニアサ国立保護区
七月

「ベースからリースへ」隣の座席に置いてあった〈モトローラ〉の無線機から、空電音の混じるリッチ・ヘイスティングスの声が響いた。

「こちら、リース」

「おまえに会いたいという男が来ている。アメリカ人だ、オーバー」

〝くそ〟

ソロモンが密猟者の銃弾に倒れてから二カ月が過ぎ、仕事に戻るまでにあと一カ月かかる。リースがここに来てから狩猟保護区の外から来た人間に会うのは、これがはじめてだ。

〝遅かれ早かれこうなると思っていた〟

「了解。名乗っていましたか？」

「いや。丁重な態度だが、意思は固そうだ。見たところ、おれたちと似た感じだ。追い払おうとしたが、おまえがここにいることは知っているといっていた、オーバー」

「了解しました。一時間で戻ります。通信終了」

リースはクルーザーを停め、キャンプに戻ることになったとゴーナに説明した。ゴーナは高い座席からうなずき、何も訊かなかった。リースは路面が広くなっているところで三点方向転換をし、引き返しはじめた。もっとも、だれが待っているのかは知らないが、急いで会いたいわけではなかった。リースがここにいることを知っているなら、逃げても無駄だ。無人航空機（UAV）などの資産（アセット）が監視しているだろうし、リースにしても、逃げまわるのはもうたくさんだった。

キャンプに戻ってくると、ロッジの前にランドローバー・ディフェンダー110がぽつんと駐（と）まっているのが見えた。だれが会いに来たのかは知らないが、とにかく車の趣味はいい。リースはバックで駐めずに、ディフェンダーの横に前から駐め、広いベランダに続く小道を歩いていった。ドアがあくと、自分と似たような年格好で似たような上背の男が出てきた。白髪交（しらが）じりの髪が、ぼろぼろのフロリダ・ゲイターズ（フロリダ大学のスポーツ・チームの愛称）の帽子から垂れ下がり、赤毛の顎ひげにも白いものがぽつぽつと見えている。半袖のチェックのシャツとジーンズ姿で、〈サロモン〉のハイキング・ブーツをはいていた。拳銃は見えないが、右側の四時方向に挟んでいるか、アペンディックス・ホルスター（ズボンのウエストの内側前方の利き手側に固定するホルスター）に入れてシャツで隠しているはずだ。石の階段を上っていくと、リースはその男がだれかわかって目を細めた。彼は途中で立ち止まり、旧友を見上げた。海軍特殊部隊SEALのフレディー・ストレイン先任上等兵曹だ。

「おれを殺すのが目的なら、はるばるこんなところまで来ることはないよな」

「ちがうさ、リース。あんたに死んでほしいなら、何週間も前にドローンで吹き飛ばしていた」

ふたりは五ヤード（約四・六メートル）の距離を隔てて対峙し、ストレインが高みからリースを見下ろしていた。数カ月前、アメリカ政府内の一派が、リースの家族とSEAL部隊を殺す計画を立てた共謀者をこれ以上殺されないように、ストレインのSEALチームにかつてのチームメイトを追跡し、捕縛あるいは殺害するよう命じた。リースが最後にストレインの姿を見たのは、そのときだ。ストレインはリースの罠にはまったが、リースは彼を見逃した。ふたりとも、永遠にも思われるほど長く黙っていた。沈黙を破ったのは、ストレインだった。

「殺すといえば、あのときクレイモア地雷を爆破させなかったことについては、礼をいっておく。わが物顔であそこに突っ込んでいったのはばかだった。いいわけの余地もない」

「おまえはおれのリストに載っていなかった」

「助かったぜ。会えてよかったよ、ブラザー」ストレインの落ち着いた表情が大きくほころんだ。

「こちらこそ、シニア」リースも笑顔で応じ、階段を上って、ストレインが差し出した手を握ったあと、ハグした。

「すごいな、リース、最近は〝キリスト・ルック〟に凝ってるのか？」ストレインがいい、肩まで伸び、日にさらされて白茶けたリースの髪と無精ひげを指さした。

「そんなところだ。近ごろは身だしなみの優先順位は高くないのさ」

「だろうな。リース、ローレンとルーシーのことは、本当に残念だった。それしかいうことが思いつかない」

気まずい間が空き、ふたりともどうやって本題に入ったらいいのかと思っていた。

結局、リースはただうなずいた。「それで、どうやっておれを見つけた？」

「まあ、手間取ったのはまちがいない」ストレインは答え、話を先に進められてほっとしているようだった。

「一杯飲もう」リースはいい、メイン・ロッジに顎を向けた。

「一杯必要だろうな」ストレインがいい、笑みを浮かべた。「おれが来た理由を聞くときには、あんたにも必要になるかもしれない。〈ベイゼル・ヘイデン〉の銘柄はないか？」

「せびれるかもしれない」リースはいった。「そっちの面では、たっぷり備蓄がある」

ふたりの潜水工作兵（フロッグマン）はロッジに入り、ストレインが置いていた自分のバックパックを取り、ダイニング・エリアに入った。リースは琥珀色（こはくいろ）の液体を友人のためにツーフィンガー分注ぎ、自分には、地元で2Mとして知られる〈マクマホン〉のビールを一缶あけた。下を流れる川を見下ろすカウンター席に座ると、リースは元チームメイトに横に座るよう促した。

「だれかがおれを見つける運命だったなら、それがおまえでよかった」リースはそういい、グラスと缶を合わせた。

「それで」リースはまた話をはじめた。「どうやった？」

「まあ、あんたはフィッシャーズ・アイランドでホーン、ハートリー、ベンを始末したあと、リズにどこかへ運んでもらった。そういう仮説は立てられたが、リズはあんたの友だちのマルコのおかげで、まだメキシコの大邸宅で弁護士の一団に守られているから、確認できていない」

「いいやつだよ、マルコは」リースはいい、〝モザンビークス・ファイネスト〟をひとくち飲んだ。

「どうやら彼は単なる敏腕ビジネスマンではなかったようで、彼がどんなものにかかわっているのかは、おれも知り得る立場にないが、おそらく高い地位にある麻薬取締局(DEA)の資産(アセット)ではないかとにらんでいる。〝知る権限(ニード・トゥ・ノウ)〟を持っていないから、推測でしかないが」

「きっといい線を突いているよ」リースは認めた。

「まあ、ほかのピースがいくつかパズルにはまらなければ、あんたがヘイスティングスのヨットを拝借したことはわからなかっただろう。わかったとしても、あんたが逃げた夜に、嵐で海の藻くずになったと思っていただろう。こんなところにいるとは、夢にも思わなかった」ストレインが続け、周囲の大自然を身振りで示した。

「たしかに、ちょっとした旅だった」リースはいい、にやりと笑った。

「だろうな。いつかどうやってここにたどり着いたのか、ぜひ聞かせてくれ」

「それは企業秘密だ」

「ちょっとした幸運もあったのだろうな」

「正直にいえば、大きな幸運があった」

「できるよりついいてる方がいいというしな、リース」

「そのとおりじゃないか？　だが、どこかのヨット・クラブが、一艘なくなったとやっと気づいたからといって、おれを見つけられるわけではないだろう」

「たしかに。きっかけをつくったのは、モザンビークにおける中国の権益に関してアメリカ国家安全保障局（NSA）との調整に当たっていたCIA（エージェンシー）の西アフリカ支局だった。通信担当の連中が中国情報部の一連の報告を傍受した。とある保護区での密猟対策が大きく変わったと報告していた。肉の密猟者は、中国人が使っている労働者たちに食料を提供し、採鉱と伐採事業を支援しているから、密猟対策の大転換で、彼らの生産性が大打撃を被（こうむ）っていたらしい」

「利いていたとわかってよかった」

「ああ、上に報告するぐらいの大打撃だった。とはいえ、それだけならこっちが不審に思うこともなかったが、元カナダ陸軍の衛生兵だとかいうアメリカ訛（なま）りの白人が、負傷した狩猟者（トラッカー）を東アフリカの診療所に運び込んだとき、なぜ緊張性気胸の対処法やアッシャーマン・チェストシールの当て方を知っているのか、うまく説明できなかったとなると、まあ、そういうのは日常茶飯に起こるものではない。おあいにくなことだが、あんたが会った医者は、MI6の資産（アセット）だ」

「冗談だろ？　この国にはスパイじゃないやつはいないのか？」

「少し前だったら、このまま逃げおおせられていただろうが、うちの情報収集能力はここ数年で劇的に増強されている。膨大な情報を精査する能力に加えて、これまでに聞いたこともないほどのスピードで精査できるようにもなっている」

「中国人が腹を空かせた労働者に困っているという話と、応急手当てをされた狩猟保護区のトラッカーが運び込まれた話が入ったとしても、そもそもおれがここにいると思って探すのでもなければ、どうしておれがニューヨークからモザンビークにたどり着いたとCIAに推定できるのか、おれにはまだわからない」

「CIAではないのだ、リース。おれが推定したのだ」

リースはわけがわからないといった感じで、かつてスナイパー・コースで彼の観測手だった男を見た。

「おれはあんたを知っている、だろ？　レイフも知っている。あんたらが一緒の大学にいたときに、レイフのおじさんがアフリカでやっているハンティング事業をふたりで手伝いにいったことも、おれは知っている」

「覚えていてくれるとはありがたいことだぜ」リースは皮肉を込めていい、また長々とビールを飲んだ。

「アフリカと聞いて、ひょっとしてと思い、レイフの家族の東海岸に置いてあった飛行機と船舶をすべてチェックした。あんたが姿を消した夜になくなったものはないか、とな」

「仕事をまちがえたな、フレディー。刑事にでもなっていれば」

「来世で考えるさ。それにな、リース、次に国防長官（SECDEF）を殺し、一国の政府を巻き込んだ現代史上最悪の陰謀を暴くなら、東アフリカの診療所でイギリスのスパイに向かってフィル・バックリューなどと名乗らないほうがいい」

リースはやれやれと首を振った。「ああ、海軍特殊戦開発グループ（DEVGRU）の伝説の指揮官の名前を使うのは、最善手とはとてもいえないだろうな」

「あのあと、こっちはUAVを出して、この二週間ずっとあんたを監視していた。顔認証機能が功を奏した。高度一万五〇〇〇フィート（四五七二メートル）からでもな」

「まったくついてるぜ」

ストレインが間を置いてからいった。「たぶん知っているだろうが、おれはあんたとハンティングをするために、はるばるここまで来たわけではない」

「おれを殺すか、捕縛するために来たのかと思ったが。どちらかといえば、捕縛するために」

「面倒な話はそこからだ。話が終わったら、おれはすぐにここを離れるが、あんたの意に反して引きずって帰るようなことはしない。まず説明させてくれ。そのあとで、決めてくれ。ただし、最後まで聞いた方がいい」

「おれにはあまり選択肢はなさそうだが」

「どうしてもあんたに見てもらわないといけないものがある」ストレインはいい、バー・スツールから下りて、ついてくるようリースに身振りで伝えた。「二、三本、ビールを持ってきた方がいいかもしれない」

ストレインはジーンズのポケットから〈コペンハーゲン〉を取り出し、何度か手首をひねって中身を固めた。缶をあけ、ひとつまみの煙草を唇と歯茎のあいだに置き、リースにも缶を差し出したが、リースは首を横に振った。

「いつから噛み煙草を？」

「妻に酒をやめさせられたときからだ」ストレインが答え、手に持ったバーボンのグラスに視線を移し、きらりと目を光らせた。「ただ、おれはアメリカ国内だけの話だと解釈している」

「奥さんもきっとそういう意味でいったんだろ。ジョーニーはどうしている？」

「元気にしているよ。実をいうと、彼女はバージニア・ビーチがあまり好きではなかった。だから、おれが除隊して、好きなところに住めるようになって喜んでいた。今はサウスカロライナの彼女の家族の近くにいる」

「というと、おまえは海軍特殊戦コマンドにはいないのか？」

「ああ、数カ月前に除隊した。あんたが姿を消してから、いろいろとやたらおかしくなった。あんたの友だちのケイティの報道がハートリー夫妻のおふざけをすべて白日の下にさらすと、ものすごい勢いでくそが坂を転がり落ちた。あんなことをしても、おれはあんたを責める気にはなれないよ、リース。真実を少しでも知っていたら、あんたをターゲットにしたりしないで、協力してあのくそたれどもを叩いていた」

リースはうなずいた。「それで、おれは社会最大の脅威(パブリック・エネミー・ナンバーワン)なんだろ？」

「イエスでもあり、ノーでもある。事件の全容が表に出ると、あんたの捜索や海難事故死の確認に向けての圧力は大幅に緩(ゆる)まった。ハートリー夫妻、〈キャプストーン〉の資金調達とか、そういったことに、話題が移っていった。陰謀論好きの連中までが、主流派に見えはじめた。あんたはちょっとしたロビンフッドになった。あちこちでジェイムズ・リースの目撃情報があった。しばらくエルヴィスみたいになっていた」

「おれの友だちはどうなった？」リースは名前を出さずに訊いた。

「リポーターか？　ケイティとかいう？　こっちには手出しできない。とにかく今のところはそうだ。だれにも近づくことすらできない。全米一の法律事務所に取り囲まれていて、政府機関の捜査官の聴取を完璧に遮断している。司法省が別の友だちのリズ・ライリーを狙っていて、アメリカへの引き渡しを求めようとしているが、今のところ大統領が拒否している」

「どうして大統領がそんなことをする？　ハートリー側の人間じゃなかったのか？」

「おい、ほんとに知らないのか？」ストレインがあきれ顔でいった。

「何のことだ？」

「今回の事件を受けて、大統領が辞任したことだ」

「何だって？　ばかげてる！」

「ああ。国防長官（SECDEF）が国防省を私物化し、貯金箱として使うのを野放しにしていたわけだから、メディアもかばい切れなくなった。まさかそんなことも知らなかったとはな？」

「たぶん気にしていなかったんだろうな。ここにいると、まさに野に埋没できるから」リースはいい、周囲を身振りで示した。「ニュースはメイン・オフィスのラジオで流れているのを聞くしかない。それだって、ほぼすべてが地元のニュースだ。ここは時に忘れ去られた土地だ」

「まあ、かいつまんでいえば、メディアは政権も大好きだが、大ニュースはもっと大好きだということだ。連邦議会の共和党は、あんたの部隊の亡くなった隊員の奥さんやら子供さんやらをテレビに出して、大統領の辞任を訴えさせた。それが利いた。大統領は辞任し、副大統領のロジャー・グライムズが代わって残りの任期を務めた。彼は悪い男ではない。中西部をなだめるために選挙戦で副大統領候補に据えられた元陸軍大佐だ。ボスとはどうしても反りが合わず、再選を目指しての選挙には出馬しないとすでに明言している。両党とももめた。民主党の筆頭候補はハートリーだったが、彼女が死ぬと、どの他候補も大統領の座に就こうと互いの喉を掻き切ってばかりだ。共和党は敵の血のにおいを嗅ぎつけ、全州の半数の知事が出馬をにらんでいる。両陣営にとって、狂乱の予備選挙になる——だれが勝ってもおかしくない。おれのような政治マニアは、見ていておもしろい。あんたがこういうことをまったく知らなかったとは、まだ信じられない」

「周りを見てみろ」リースはいった。「インターネットも、新聞もない。ここでの関心事は環境、野生動物、密猟だ」

「まあ、望んでいたかどうかはさておき、あんたはアメリカ政治史の針路を変えた」

「おれはシステムを落とすつもりはなかった。おれの部隊と家族にしたことの償いをどうしてもさせたかっただけだ。当然の報いだ」

「おれもそう思う。連中はおれたちに国内であんたを探させたわけだから、おれたちも捜索に加わった。海軍特殊戦コマンド全体が活動を控えないといけなくなった。おれは二十二年の経験があったから、今の仕事に移るオプションが与えられた。それで、飛びついた」

「すると、今はCIA（エージェンシー）にいるのか？」

「ああ。だからここに来させられた。新米のようなものだがな。おれの売り込みを聞く用意はできたか？」

リースはうなずいた。ストレインはバックパックからiPadを取り出し、長いパスコードを入力し、スクリーンに現われたアイコンを選択した。

「モザンビークまで来て、おれにパワーポイントを見せるというのか？」

ストレインが笑った。「ハイテクになったのさ、リース。マニラ封筒の日々は終わってるぞ」

ストレインはリースに見えるように画面を掲げた。キングストン・マーケットの画像だった。クリスマスの飾り付けがすっかり終わっている。ストレインが画面をスワイプし、次の画像に進むと、ピンクの冬用のコートを着た八歳の少女の遺体が画面いっぱいに広がった。次の画像は襲撃後のマーケットの空撮画像だった。

「ロンドン郊外のキングストン・マーケット。連中はクリスマスの催しを自動車爆弾（VBIED）で攻撃し、群衆はここの広場の先端に押し寄せた。するとPKMマシンガンで武装したふたりの男が、この二カ所の屋上から、爆発で生き残った人たちに向けて発砲し、その後、自爆ベストで爆死した。ひどいものだった。まったくひどい。その場で三百人近い人々が殺され、その後、病院で息を引き取る人もいた。死者は合計で三百七十八人。さらに数百人が負傷した。手足を切断せざるをえなかった人も多い。犠牲者の半数以上は子供たちだ」

リースは画面から顔を背けた。

「ああ、わかる、ひどいよな」ストレインは続けた。「何の罪もない人々を死傷させただけでなく、西側諸国の実店舗型の小売り経済を麻痺させた。人々は恐れをなし、クリスマスのショッピングを取りやめた。セキュリティを目いっぱい強化したというのに、モールは空（から）っぽだった。株式市場は縮み上がった。その攻撃の世界的な衝撃は甚大だった」

「正直にいえば、この種の攻撃をもっと頻繁（ひんぱん）に目にしていないことの方が意外だ」リースは真顔でいった。

「同感だ」

「だれが裏にいた？　ＩＳＩＳか？」

「当然、連中も自分の手柄だと声明を出したが、知られているどの聖戦戦士（ジハーディスト）組織も、今ではＩＳＩＳを自称している。実際には一匹狼タイプがソーシャル・メディア経由でＩＳＩＳに触発されて行なった典型的な攻撃に比べると、少しばかり組織立っている。今回は本当のネットワーク——ヨーロッパのアルカイダだ。これを見てくれ」ストレインがちがう一連の画像に移った。「このマーケットを攻撃したすぐあと、連中は授賞式で整列したイギリスのパラシュート連隊を迫撃砲で集中砲撃した。その連隊はアフガニスタンから戻ったばかりで、クリスマス休暇の直前にずたずたにされた。皇太子が殺されなかったのは、彼を移動させていた車列の到着が遅れたからにすぎなかった」

「一回かぎりの攻撃ではないということか？」

「ああ、実のところ、連中はブリュッセルでもNATO軍司令官を殺害したばかりだった。陸軍大将だ。奥さんの目の前で爆殺した。彼も引退間近だった。いい人だったらしい」

「くそったれどもめ」リースはいい、首を振った。「だが、それがおれとどんな関係がある？」

「大将の爆殺に使われた爆薬だが、ドローンを使って運ばれた」

「何だって？」

「そうなんだ。大将が乗った車両のルーフに、指向性爆薬を積んだドローンを着陸させて、車両の装甲を突破した。成形炸薬弾（EFP）によって、大将は真っぷたつに分断された。〇六年にあんたがイラクでマフディ軍の中尉を殺害したときと、まったく同じ手口だ」

「あれはCIAの発案だった。それに、あのドローンはばかでかかった。おれの記憶が正しければ、実験段階のCIAドローンだったはずだ」

「そのとおりだ。当時からテクノロジーは大きく進歩した。UAVは小型化され、威力は増し、GPSを利用したプログラムを組み込めるようになっているが、やり方は同じだ。そこでおれたちは、あんたがバグダッドで遂行した作戦に関与していたやつを全員たどりはじめた。NATO軍大将の襲撃を企(くわだ)てた一派のリーダーがあんたの知り合いだと、おれたちは考えている」ストレインは画面をスワイプし、別の画像を出した。監視チームが超望遠レンズで撮影したもののようだった。

「ありえない！　そいつはモーじゃないのか？」リースは訊いた。かつての戦友の写真を見て、驚きを隠し切れなかった。

「そのとおり、バグダッド時代のあんたの友だち、モハメッド・ファルークだ。CIAはそいつにミニEFPをつくれるように訓練し、ドローンで爆薬ペイロードを運ぶやり方を教えた。その後、ISISがイラク全土に広がりはじめた二〇一四年の夏、彼はレーダーから消えた。有志連合にも協力していたから、ISISにつかまれば、まちがいなく消される。おそらく拷問されたあとで。シリアにいて、今ではジャブハット・ファタフ・アル＝シャムと呼ばれている反アサド勢力、アル＝ヌスラ戦線とともに動いているとの噂だった。忘れかけていたころ、国内安全保障情報局(AISI)がイタリアで彼の姿をとらえた。この画像はそのとき撮影されたものだ。その後、行方がわからなくなった。だれもたいして気にしなかったが、そんなときに今回の攻撃が起こった」

「なぜモーがかかわっていると思う？　なぜモーは姿を消さない？　モーはテロリストなどではない」

「MI5の資産(アセット)は、亡命希望者として流入してきた過激派を裏で操っているネットワークに注目している。イスラム諸国から来たばかりの大量の難民がいて、ヨーロッパ中の国家保障機関も聖戦戦士(ジハーディ)分子の追跡に窮している。そういう連中は人目を気にもしていない」

ストレインは次の画像を表示した。「こいつがアミン・ナワズだ。サウジ人だが、サウジアラビアには二十年近く帰っていない。もともとはムジャヒディンだ。アフガニスタン、イラク、シリア、そして今はヨーロッパと渡り歩いてきた。ウサーマ・ビン・ラーディン(UBL)の息子、ハムザ・ビン・ラーディンがたづなを握る準備が整(ととの)うまで、こいつが動きを指揮している」

「ビン・ラーディンは二〇一一年の襲撃で殺害されたのではないのか？」

「それはちがう息子だ。ハムザはテロリストのトレーニング・キャンプで家業の勉強をしていたおかげで命拾いをした。そいつの準備が整うまでは、ナワズがおれたちのお尋ね者リストの最上位にいるテロリストであり、さっき見せたヨーロッパで起きた最近の攻撃の首謀者だ。信頼できる報告をしてきた複数の情報源によって、モハメッド・ファルークとアミン・ナワズがシリアで一緒に動いていたことが確認されている。おれたちは、あんたの友だちのモーがヨーロッパの反乱分子のひとつを管理していると考えている。あんたがCIAと協力してイラクで進めたプログラムと、その後、ナワズとシリアで積んだ経験のおかげで、彼は高度な訓練を受けていると思われる」

リースは首を横に振った。「モーがかかわっているとは思えないが、イラクが絡んでいるなら、何があってもおかしくはないのだろうな。ここまで聞いても、おれとどんな関係があるのか、よくわからない。モーとは友だちだったが、ずっと昔の話だ。少なくとも十年は会ってもいないし、話してもいないぞ」

「わかっている。おれがここに来たのは、彼と一緒に作戦を遂行した者で、まだ生きているのは、こちらにわかっているかぎり、あんたひとりだからだ」

「本当なのか？」リースは訊いた。「長年のあいだに、何人ものSEALが順番にあのポストに就いてきたし、CIAの連中だって何十人といたぞ」

「実はあんたが思っているほど多くはない。記録文書を確認した。ブレントはコストで死んだ。エッカートはよりによってベガスなんかで心臓発作で死んだ。やつはそのときSHOTショー（ラスベガスで開催される銃器などの見本市）にいた。大統領がARと三十発弾倉を禁止する大統領令に署名したと、だれかが冗談を吹かした。すると、やつはその場でばったり倒れたらしい。

携わっていた。だが、今どこにいるのか、だれも知らない」

「そっとしておいた方がいいだろうな。イラクでおれとランドリーがモーと一緒に動いていたとき、おれはランドリーとけんかになった。あいつは尋問がちょっとばかり好きすぎた。おれはあいつがキャンプのイラク側の保護区に行くところを見かけて、CIAの上の者に通報した。その後、何も耳に入ってこなかったし、そのすぐあとで別の任務に替わった。あの男はどうしても好きになれなかった。だが、あいつはそれほど頭が切れるわけでもないから、EFPをつくろうと思っても、自分を吹き飛ばすのがオチだ」

「だろうな。CIAはやつの行方を探っている。いくつか訊きたいことがあるらしい」

「モーを消すだけなのに、なぜモーを知る者が要る？　イギリス人にやらせればいいんじゃないか？　こういうことの始末はやたらうまいじゃないか」

「そこに落とし穴がある。彼に死んでほしくないのだ。彼を転向させられるほど信頼を得ていて、彼を使ってアミン・ナワズを追跡し、ネットワークを解体させられる人物がほしいわけだ。モーは一度、寝返ったのだから、イデオロギーで動いているわけでないことがわかる。ただ、先方には断れない条件を提示しなければならない。ナワズの首をとらなければならないのだ、リース。今は鮫による襲撃事件が起きたようなものだ。鮫を殺して見せないかぎり、一般大衆は水に入らない」

「リー・グリーンウッド（カントリー・ミュージックのシンガーで、代表曲は『ゴッド・ブレス・ザ・USA』）でも歌いながら、母国がおれを必要としているとかいいはじめたりしないだろうな？」

「いや、そういうのは一度で懲りるだろう」

リースは無言で座ったまま、ストレインの背後を見つめていた。そして、「おれの死期が近いことはわかっているんだろ？　ハートリーの医療実験の一環で、おれとおれのチームメイトには腫瘍ができた。末期だ」

ストレインがにやりと笑った。「あんたの口から出るとはおもしろい。こいつをぜひとも聞いてくれ」

彼はスライド・ショーを終了し、オーディオ・プレーヤーのアイコンを選択し、二度タップして再生した。

過去からの声がアフリカの空間を満たした。

「あの、もしもし、ミスター・リース、ドクター・ジャーマンです。ずっと連絡をとろうとしてきました。通常、このような伝言は残さないのですが、なるべく早くお知らせしたほうがいいかと思いまして。生体組織検査の結果が出まして、現状では、期待しうるかぎりでいちばんいい結果でした。あなたの腫瘍は大脳円蓋部髄膜種といいまして、進行の遅いありふれた症例です。タイプと腫瘍の位置からすると、ほぼ確実に手術で除去できます。生存率は七五パーセント以上です。頭痛は残るかもしれませんが、特に心配するほどのものではありません。折り返し連絡いただければ、アシスタントが診察の予定を調整します。私のオフィスに来ていただければ、もっと詳しくお話しできます。繰り返しになりますが、このようなお話を留守番電話に残して申し訳ありません。ですが、不要なご心配はさせたくなかったのでこのようにしました。それでは、新たに授かった命をお楽しみください、少佐」

リースの体全体がぱっと赤くなった。ストレインが次にいったことは、まるで水中で聞いているかのように、まったくばかげた話に聞こえた。

「事実だ、リース。病気はよくなるんだ、兄弟(ブロウ)。生の世界へおかえり」

「いったい……どうやって……どこでそんなものを？」

「あんたの留守番電話に入っていたのさ。留守番電話にずっと残っていた」

リースは立ち上がり、テーブルから離れ、急激な息苦しさと戦った。いつの間にか石造りの炉のそばに来ていて、眼下の川を見ていた。あれだけのことをしておいて、また生き続けることなんてできるのだろうか？　家族は戻ってこない。家族が死んでしまったのは、一日たりとも戦闘に身を置いたこともない者たちが戦争で儲(もう)ける陰謀を企て、そんな卑しいことを考えた結果を引き受けようともせず、のうのうと生き長らえようとしたためだ。

〟連中はそうできると固く信じていたが〟。リースがそうやって数分のあいだ立ち尽くしていると、うしろからストレインの足音が聞こえてきた。

「おれは政府に使われる気はない、フレディー。そんな暮らしはもうたくさんだ」

「わかるさ、リース。それに、呑み込むのもたいへんなのもわかる。だが、あんただけの話ではないのだ。事実とはいえ、民間人保護につながるなどという話を持ち出すつもりはない。司法省がリズを起訴する準備を整えているといったことは覚えているか？」

「ああ」リースは怒りで歯を食いしばった。

「そこが厄介なところだ、リース。あんたがやるといわなければ、彼らはリズを狙いにいく。犯罪幇助、共謀で罪に問う。人生をめちゃくちゃにするつもりだ。レイフとレイフの姉も……探し出せれば、マルコも……クリント……あんたに手を貸したと彼らが突き止められた者みんな。政府があんたを破滅させようと狙いを定めたら、世界中の弁護士が束になっても止められない。多少の時間を稼ぐことならできるかもしれないが、できるのはせいぜいそこまでだ」

〟くそ〟。自分に手を差し伸べてくれた人々が悪意ある政府に破滅させられようとしているのに、指をくわえて見ているなど、リースの性分ではとてもできない。〟ＣＩＡはどこを突けばいいのか、確かによくわかっている〟

「で、どんな〝ニンジン〟がもらえるんだ？」

「あんたは人生を取り戻す。あんたも共謀者も大統領恩赦を受ける。ほとんど知られていない事実をいえば、あんたに関しては、恩赦を受けるからといって、その前に有罪宣告を受ける必要はない。免責のような措置だが、前もって大統領によって定められる。すべて水に流される。モーを転向させ、モーのボスを消せば、好きな人生を歩めるというわけだ」

「どんな人生だ？　昔に戻って、妻と娘が自宅で殺されていなかったと自分をごまかして生きるということか？　大統領は家族も戻してくれるのか？」

「すまなかったよ。そんなつもりでいったんじゃない。あんたがお尋ね者でなくなるといいたかっただけだ」

「モーは？　モーはどうなる？」

「モーにも消えてもらう。ロンドンで大勢の子供たちにあれだけのことをしたのだぞ？　消えてもらう。究極的にな」

リースはかぶりを振った。「モーを転向させるなら、取り引き材料が必要だ。このままだと、モーはこっちに手を貸そうが貸すまいが、同じ仕打ちを受けることになる」

「何をいっているのだ、リース？」

「〝目玉〟が必要だといっている。モーの家族をグアンタナモ湾収容キャンプに確保しているならともかく、オプションを提示する必要がある。死刑にはならないことや、独房監禁でない生涯を提示するとか」

「上に訊いてみよう」

リースはまた口を閉じ、日暮れ前の美しいアフリカの大地を見渡しながら、自分の家族、そして、アフガニスタンの山中、自分の指揮下で殺された男たちの復讐を遂げる聖戦（クルセード）で、彼が葬り去ってきた者たちのことを考えていた。

「あれだけのことをしたおれを、なぜ自由の身にする？」

「おそらく、理由はふたつある。まずひとつ、あんたを英雄だと思っている一般国民が相当数いる。この話をこれ以上引きずりたい者はいない。選挙が迫っているからなおさらだ。ふたつ、こっちの方が大きな理由だが、新たなテロの脅威が見えはじめ、欧米の経済がぼろぼろになっている。小売業者が軒並みつぶれている。不景気からやっと脱しかけていたのに、一般大衆と市場が縮こまっている。EUは分裂しかけている。大量に押し寄せている難民の中に、一定割合のテロリストとその予備軍が隠れているという事実も、不安定要因のひとつだ。EUというシステム全体が、一般大衆の信頼に乗っかっている〝トランプの家〟だというのに、現状、おれたちはその信頼を失おうとしている。死んだテロリストを世界に示す必要がある。今すぐにな」

リースはため息を漏らした。「それで、おれの調教師(ハンドラー)はだれだ?」

「目の前にいるやつだ」

「それなら、まだましか」リースはそういって微笑んだ。「兵站(へいたん)面では、どう進める?」

「簡単だ、実のところ。海軍からの早期除隊がただちに承認される。起訴も逮捕もされていないから、罪に問われる心配はない。司法省は各州と各地方当局に対して、これは連邦政府の問題であると断言しているから、地方の検察官が目立とうとして妙なまねをする心配もない。あんたには、契約者としてCIAで働いてもらう。そうすれば、あんたもCIAもいちばん自由に動くことができる」

「最高だぜ」リースは皮肉を込めていった。

「契約者という立場だ。たいていの場合、海外で働いているかぎり、税金はかからない。退職金と諸手当てももらえる。刑務所でナンバープレートをつくって日給一ドルもらうよりましだ」

「そう聞くと、確かにちょっとましに感じる。脳外科手術はいつやってくれる?」

「それがちょっと厄介なところだ。できるだけ早く脳のCTスキャンを撮り、ラ・ホーヤの病院で撮ったものと比較して、どういうことになっているか、詳しく調べることになる。最近、ヨーロッパで三度のテロ攻撃があったばかりだから、こっちも時間との戦いだ。モーとの接触を試みる前に、急いで精密検査をする。急激に悪化していなければ、手術はモーを転向させ、ナワズを葬り去ってからになる」

「それでこそ、おれが知っている政府だ。モーとナワズは、今どこにいる？」

「わからない。分析官が調べているところだ。わかるまで、あんたの準備を整えないといけない。モロッコのある区域に、訓練したり、計画を練ったりできるところがある。あんたの顔はまだ人の記憶に残っているから、この作戦がはじまるまでは、人があまりいないところに置いておく必要がある。モーの居所がわかったら、おれとふたりでそっちに行き、仕事にとりかかる」

「政府は断り切れない条件を出してくる方法を、確かに心得ているらしいな」

「交渉術というやつだ」ストレインがいい、笑みを浮かべた。

「いつ出発する？」

「連絡がつきしだいだ」

「朝まで出発を待ってもらえないか？　ここの人たちと話をつけておきたい」

「ああ、それくらいならかまわない」

「助かるよ、フレディー」

フレディーは席を立ち、〈イリジウム〉の衛星電話を取り出してラングレーにかけると、アメリカでいちばんのお尋ね者となっている国内テロリストの勧誘に成功した旨を伝えた。

32

アフリカ、モザンビーク
ニアサ国立保護区
七月

リッチはそうなるとわかっていたかのように、その知らせを受け止めた。見たところ、驚いてはいなかったが、見るからに悲しげだった。リッチはリースを甥っ子の友だちではなく、自分の血族に向けるようなまなざしで見るようになっていた。アフリカに親族がほとんど残っていないから、リースを見送るのはつらかった。リースがモザンビークで心の平穏と生きがいを見つけたと彼は思ったが、見知らぬアメリカ人がキャンプに現われたことで、そのどちらも得られない定めなのではないかと思った。

リッチはリースがアフリカを離れる理由はわかるものの、ひとつだけ譲れないことがあった。どこまでも面倒見のいいホストである彼は、リースとフレディーには最後の別れの晩餐に加わってもらうといって譲らなかった。リースはフレディーを連れてキャンプを案内したあと、夕暮れ時の川の息を呑む光景を見た。リッチ・ヘイスティングスがロッジに姿を見せ、重厚なダブル・ライフル（銃身が二本あるライフル）を椅子に立て掛け、使い込まれた革の弾薬ベルトを横に引っかけたころには、ビールがだいぶまわされていた。

「リッチ、こちらは友だちのフレディー・ストレインです。昔からの付き合いです」

「調子はどうだ、フレディー？」リースはリッチの声に遠慮を感じた。

「会えてうれしいです、ミスター・ヘイスティングス。あなたの甥を知っています。いい男です」

「リッチ、おれが出ていくからといって、フレディーを悪く思わないでください。フレディーは伝言を伝えに来ただけです」

「ミスター・ヘイスティングス、あれは〈ウエストリー・リチャーズ〉ですか？」フレディーは、近くに立て掛けてあるリッチのライフルを身振りで示した。

リースはにんまりした。

「銃に詳しいようだな、フレディー。私のことはリッチと呼んでくれ」

リッチはライフルの方へ歩いていき、アクション・レバーをあけ細巻き葉巻（パナテラ）サイズのカートリッジを抜いて尻ポケットに入れると、ライフルをフレディーに差し出した。フレディーは飲み物を置き、手をズボンで拭いて、水気をぬぐった。そして、女王の笏（しゃく）を受け取るかのように、ライフルを受け取り、目を見ひらいた。

あまり関心のない者の目には、二連銃のショットガンのように映る。だが、実際には、半インチ超の口径を持つ銃身がふたつ並んだ超大型ライフルだ。〝象撃ち銃〟といわれることも多く、これから放たれる七五〇グレインの弾は、突進してくるティラノサウルスさえ止められる。このモデルは、イングランドのバーミンガムにある銃業界でもっとも名の通ったメーカーが、銃製造の黄金期として広く知られている時期につくり込んだものだ。新品なら、買い手はレンジローバーが買えるくらいの額は払うだろうし、これだけ使い込まれたものでも、オークションに出せば、労働者の年収ぐらいにはなる。

「五七七ですか、すごい。ウエストリーはこのモデルを百挺もつくっていないはずだ」フレディーは周りのだれかにいうというより、ひとりごとのようにいった。

「そいつは製造ナンバー二十五だ」リッチが誇りに満ちた声でいった。

「そうすると、両大戦間の製造ではないですか？」

「そのとおりだ。このライフルはおれの父のもので、その前は父の父のものだった」

リッチでさえ、このときはにやつきを隠せなかった。彼は新しい客人の様子を眺めた。

ライフルの向きをゆっくり変えながら、薔薇と渦巻き模様の精巧な彫り物、グレー、青、紫が入り乱れる薄れたケースカラー仕上げフレーム、赤みがかったクルミ材の銃床に浮かぶ豊かな木目をめでている。百年近く前につくられ、ブッシュを延々と持ち運ばれてきただろうに、驚くほど状態はいい。銃床のくぼみ、金属部の小さなかき傷のひとつひとつにエピソードが込められている。使い込まれていることがいちばん色濃く現われているのは、太い銃身にふたつ並ぶ銃口だった。手首の腕時計を巻いていたところだけに青白いあとが残るように、深い青に仕上げられていたブルーイングがそこだけ褪せて銀色になっている。リッチは〝アフリカ式〟に、ライフルの銃身を右手でつかんで肩に担いだ。何十年にもわたって、ヘイスティングス家の者たちがつかんできたために、汗と摩擦で完全に仕上げが禿げている。

「どうして〝ドロップブロック〟と呼ばれるのですか？」リースは訊き、フレディーが火器に関する百科事典並みの知識を披露するよう誘った。

「おれが答えてもかまいませんか？」フレディーがためらいがちにリッチに目を向けた。

「やってくれ」

フレディーは銃身を閉じ、裏返しにし、格子模様がついたクルミ材の先台をはずした。ライフルのアクション部底面のヒンジがついた板を持ち上げ、宝石をちりばめた金属パーッを取り出した。

「これがロックのひとつ」フレディーはビクトリア朝時代を思わせる鋼鉄の部品を手のひらに載せた。「このライフルはここのようなところでの使用に耐えられるようにつくられた。何百マイル行っても銃工がいないし、ライフルをイングランドに送ろうにも、海上輸送に何週間もかかる。最高級の銃には、ハンターが銃器と一緒に持ち運べて、故障しても原野で交換できる予備のロック一式が付属していた。ご覧のとおり、このロックはアクション下部から落ちてくるようになっている。それで、〝ドロップロック〟と呼ばれる」フレディーはいい、クラシック・ライフルに関する知識と熱意を披露し、リッチの称賛を勝ち取った。

晩餐のあいだ、リッチはローデシア時代からの戦争譚でフレディーを魅了し続けた。フレディーがこれほど長いあいだ黙っていたことなど、リースには思い出せなかった。アフリカスイギュウのフィレ肉と採れたての野菜のご馳走を平らげると、リッチがまじめな口調で語り出した。

「おまえらふたりがどういう機関で働くのか、知らないふりをするつもりもないが、おれの懸念を伝えさせてくれ。わが母国の首相がローデシア紛争の終結と国の民主制移行に合意したとき、アベル・ムゾレワが首相に選出され、暫定政府を率いることになった。彼は善人だった。なにせ司教だったしな。だが、くそったれの共産主義者どもが議会を抑えられなかったために、戦争は終結しなかった。ワシントンやロンドンで糸を引いていた連中は、新政府はヨーロッパ系植民者（セトラー）と仲よくしすぎだと思い、CIAを送り込んで引っかきまわした。おれたちはそいつらが建国過程に干渉していた現場を押さえ、連中を一網打尽にした。アメリカ政府は、エージェントの解放と引き換えに制裁解除と、暫定政府の承認に合意した。おれたちは愚かにも取り引きに応じ、カーターとその取り巻きに背中を刺された。連中は取り引きなどなかったかのように振る舞った。まあ、CIAの連中を非難するつもりはない。彼らは命令に従っていただけだ。だが、道具だ。ほしいものを手に入れるためなら、どんな合意でも破る政府の手先だ。図々しいにもほどがあるが、実のところCIAはおれを勧誘して、武器を地中に埋めて隠し、自分たちの逃走時に備えて座標を記録させようとまでした。降下地帯（DZ）やら着陸地帯（LZ）やらもな。だが、その話はまたあとでしょう。おれがいったことを忘れるな。おまえたちはいいやつらだ。他国の情勢にちょっかいを出したがる政治家には気をつけろ。おまえたちのような若者の命と引き換えに、再選を狙うようなやからだ」

　気まずい沈黙のあと、ルイがリースのために乾杯をした。それで張りつめた空気がほぐれ、実質的に晩餐がおひらきとなった。キャンプのスタッフ——狩猟者（トラッカー）、コック、皮剝（は）ぎ担当、女中――に別れを告げるときが来た。この四カ月で家族のように気心が通じ合うようになっていた人たち。スタッフはメイン・ロッジで一列に並び、帽子を手に持って敬意を示した。ひとりずつリースに歩み寄り、ハグしたり、握手したりした。リースはそれぞれに贈り物を渡した。ヘッドランプ、ナイフ、サイズが合いそうなブーツ。持っていたものをほぼすべて配った。どこにでもありそうなものでも、ここのスタッフは宝物のように受け取った。列が短くなり、ついにゴーナとソロモンのふたりだけになった。口数の少ないゴーナは何もいわず、ただ目にたたえていた涙が頬に伝っていた。

「〝じゃあな（サラ・マシェ）〟、ゴーナ」リースはいった。

ゴーナはただうなずき、リースと堅い握手を交わしたあと、おずおずとハグして、くるりと背を向けて歩き去った。

ソロモンがオリーブ色のカバーオール姿でひとり立っていた。つい最近、死の瀬戸際にいたというのに、ぴんぴんしている。

「あんたは命の恩人だ、ミスター・ジェイムズ。お礼のしようが……」

「おまえはとびきりの友だちだよ、ソロモン。それだけで充分だ。元気でな、それから、ゴーナを頼む。おれはいつか戻る」

そう聞いて、ソロモンの顔に笑みが広がった。彼はポケットから何かを取り出した。小さな円形に巻かれた黒い針金のようなもので、彼はそれをリースに手渡した。昔から伝わる象毛のブレスレットだった。太いしっぽの毛で円形に編んであり、等間隔で四ヵ所に結び目ができている。

「おれが撃たれたところにいた雌象の毛でつくったんだ、ミスター・ジェイムズ。あの象があんたに幸運をもたらしますように」

今度はリースの胸がいっぱいになった。ソロモンは自分が撃たれて死にかけた場所まで何マイルも歩いて行き、殺された象のしっぽを取ってきて、自分の命を救った男のためにブレスレットを編んでくれたのだ。

開放的なコテージで過ごす最後の夜、リースは崖下の川にいるサイや象が立てる音や、どこか西の方にいるライオンの咆哮に耳を澄ました。この期に及んで、自分が死なないという知らせを嚙み砕こうと思考が止まらず、ほとんど眠れなかった。〝おれは本当に恩赦を受けられるのか？　手を貸してくれた友人たちも恩赦を受けられるのか？　罠ではないのか？　モーがISIS側についたりするだろうか？〟

ようやくうとうとと眠りに入るとき、最後に頭に浮かんできたのは、バグダッドで爆薬を搭載したドローンがSUVのルーフに降り立つ場面だった。

夜明け前、何週間も前にリースがはじめて降り立った滑走路に、ピラタスが着陸した。リースは友だちのリズ・ライリーの顔が見えるのではないかとひそかに期待しつつ、フロントガラス越しにパイロットを確認した。彼女が顎(あご)ひげを生やしているわけはないから、期待はすぐにしぼんだ。ふたりの乗客が下りてきた。タンザニア大使館の若い工作担当官とフレディーのランドローバー・ディフェンダー110をダルエスサラームまで運転していく通訳だった。フレディーがリッチ・ヘイスティングスと握手し、アイドリングしているピラタスに乗り、リースにリッチとの別れの言葉を交わす時間をつくった。

「おれのためにいろいろとしてくれて、何とお礼をいったらいいのか、わかりません、リッチ」

「おまえだって、おれに同じことをしてくれたはずだ、ジェイムズ。家族はかばい合うものだ」

「ほれ、こいつを持っていけ。いつ必要になるかわからんからな」リッチはリースに小さな鞘入りナイフを手渡した。持ち手はなめらかな黒檀材でできていた。

リースが革の鞘からナイフを抜くと、刃の側面に彫ってあるミサゴのデザインが見えた。弧を描く、高名なセルース・スカウツのモットー〝みんな一緒に〟を意味する〝パムウェ・チェテ〟の文字の上に、ミサゴが止まっている。

「これは受け取れません、リッチ」

「おれの戦いは終わったんだ、ジェイムズ。おまえの戦いははじまったばかりだ。持っていって、達者で暮らせ」

リースはバックパックに手を伸ばし、〈ウィンクラー／サヨック〉のトマホークを取り出し、今では家族だと思っている男に差し出した。

「ありがとうございます。新しい生き方を教わりました」

リースはリッチが受け取れないといい出す前に、きびすを返して飛行機に乗った。

離陸するとき、リッチは白のランドクルーザーの横に立ち、またひとり、息子がアフリカ大陸を離れるさまを見送った。

第二部　変　身

33

モロッコ、フェズの南
七月

モロッコまでのフライトは何事もなかった。CIAが進める秘密航空プログラムの航空機が、ふたりをフェズ空軍基地に運んだ。リースは機内ではほとんど黙っていて、ブッシュでの数カ月の出来事を思い返したり、フレディーが世界の反対側から持ってきた情報を噛(か)み砕いたりしていた。〝おれは生きる〟。苦しみを抱えて、妻と娘、そして生まれるはずだった息子を失うという苦しみを抱えて、生きなければならないのだ。自分を殺そうとした政府のために働くことになるという事実とも、折り合いをつけなければならない。二度目のチャンスを与えられる——この任務を遂行すれば、自由の身だ。〝自由になって何をする?〟。それは時間をかけて答えを見つけなければならない問いだ。リースはとても長いあいだ死ぬ覚悟を固めてきた。妻と娘と一緒になるつもりだったから、生き方を忘れてしまったのか?

「いいトラックだな」リースは感想をいい、空港のエプロンに駐めていたベージュのトヨタ・ハイラックスを身振りで示した。

「だろ。いいトラックだよな。アメリカで買えないのは残念すぎる。あの古いランドクルーザーはもう乗っていないだろうな?」

「あはは! まあ、数カ月前まで乗っていた。死なないとわかっていたら、いざというときに備えてどこかに隠しておいたかもしれない」リースは笑みを浮かべ、助手席に座った。

同時に、フレディーがギアを入れ、出口に向かってうねうねと走りはじめた。

リースがフレディーにはじめて出会ったのは、九・一一の少し前、ふたりともSEALに入隊したときだった。フレディーはリースの一年後に入隊した。頭の切れる男で、有能な隊員だと評判だった。同じスナイパー・コースに入り、射撃のパートナーに任ぜられた。つまり、コースが終わるまで結婚するようなものだ。

「これはだれの曲だ? ウェイロン・ジェニングスか?」と、リース。スードサイケデリック・カントリーロックのメロディーが車内に漂っていた。

「これはスタージル・シンプソンだ。いい音だ。父が七〇年代にプレイしていたようなカントリーを思わせる」

フレディーはフロリダ州スチュアートで育った。第二次世界大戦中に、最初の海軍潜水工作兵（フロッグマン）が訓練を受けたフォートピアスのすぐ南に位置する街だ。フレディーは勉強していなければいけないときでも、近くの大西洋岸で釣りやダイビングをしたり、蚊（か）と格闘しながら、家のガレージで古い車を修理したりしていた。ホワイトカラーだらけの街のブルーカラー家族に生まれたこともあり、他人から向けられる期待という点では、多少の引け目を感じていた。大の本好きで、適性検査では軒並み高得点を取ったが、ハイスクールはどうしても好きになれなかった。興味をかき立てられたいくつかの歴史のコースをのぞけば、成績表に〝Ａ〟がついていたのは、毎学期、取っていた複数の工作のクラスだけだった。

三年生時の復員軍人の日、父に連れられて、フォートピアスの水中破壊工作部隊（ＵＤＴ）／ＳＥＡＬ博物館で毎年開催される集会に行った。かつての訓練場にも行った。現役のＳＥＡＬ隊員がマシンガンで空砲を撃ち、破壊工作を伴う襲撃や奇襲のデモンストレーションを生で行なったり、博物館のビルをロープなしでよじ登ったり、上空を旋回する航空機から博物館の敷地にパラシュート降下したりする場面を見て、フレディーは目を丸くした。次の月曜日、彼は募集事務所に行き、遅延入隊の書類に署名した。

フレディーは、世の中、ステレオタイプのとおりとはかぎらないことを示すよい見本だ。通常、ハリウッドで描かれるスナイパーは、孤独な追跡を極める口数の少ない一匹狼だ。フレディー・ストレインはその対極だ。基本的に、沈黙がどうしても必要でもなければ、しゃべり続ける男だ。それでも、常に次にいうことを考えているのだろう、とリースは思っていた。フレディーはハイスクールで勉強しなかった代わりに、興味を持ったテーマの本をいろいろと読んだ。おかげで、どんなテーマでも話せる。神秘史の情報、ケインズ経済学、ニーチェ哲学、自分の家族、一九五六年式フォードのプラグに点火するタイミング。だが、とりわけ銃器に関する話をこよなく愛している。リースにとって銃は商売道具でしかないし、武器製造業者や銃工がいるのもそのためだと信じていたが、フレディーはあらゆる可動部品にまでこだわっていた。最高の兵器、最高の光学サイト、最高の銃弾は何かという話をしょっちゅうするし、自分が携帯する装備にはほぼすべて手を加える。チームメイトはよくそのことでジョークを飛ばしていた。フレディーの家に押し入るようなやつがいたら、フレディーがどの銃を使うか考えているあいだに逃げられる、と。あらゆる不測の事態に備えて、常に完璧な装備を用意することをいちばん気にしていた。この前まで指揮していた部隊の隊員たちが仕事を終えてビールを飲みに行くときも、フレディーはよく兵器庫で自分の武器を調整していたものだ。

「リース、国を離れていたときに、あんたは最新のSEALドラマを、いくつか見逃したぞ」

「どういうことだ？」

「くそったれのマーテルは覚えてるか？」

「ああ、覚えてるとも。最低のやつだった！　おれの記憶が合っていれば、エリートぶったいけ好かない野郎だった」

「そいつだ。とんでもない偽善者。訓練センターの指揮官として、はじめて女性のいるBUD／Sクラスを受け入れることになったと思ったら、あいつは自分のナニの写真を指揮下にある部下の女性軍人に送り付けてつかまった。指揮官として〝聖人ぶった〟役割を演じていたが、実はとんでもないヘンタイだとわかった。信じられない。どこかのリポーターがそれを嗅ぎつけ、あれこれ訊いてきたが、海軍が〝調査中〟とかいう隠蔽のための腐ったいいわけをしているあいだに、マーテルはこそこそと除隊した」

「またチンポコ写真か。女性陣にはいつもウケがいい。持って来いのやつがつかまったな」

「まったくだ。女を訓練プログラムに参加させることになって、この先どうなるんだろうな？　自分の娘にも男とまったく同じ機会をぜんぶ与えて、何でもできると思わせたいと……」フレディーの声がすぼんでいった。「すまない、リース。〝あんたの娘〟のつもりでいったわけではないんだ。一般論のつもりだった。すまなかった」

「いいさ」リースは答え、傷ついたまなざしを隠そうとした。「ふたりを亡くした痛手からは、死ぬまで立ち直れない。しばらく死なないわけだし、たぶん前に進むしかないのだろう。おれはもう終わりだと思っていた。おれの墓はもう掘ってあるのだと。あれだけのことをしたわけだから、生きやすくなったのか、生きにくくなったのか、おれにもよくわからない」

「あんたが〝復讐の旅に出る前に、墓をふたつ掘れ。ひとつは自分の墓だ〟という諺のだいぶ上を行っていたのは確かだ」雰囲気を明るくしようと、フレディーはにやつきながらいった。「もともとそれをいっていた人が想定していた墓穴の数より、ちょっとばかり多かったようだが」

「当然の報いだ」

「おれたち、みんなそうじゃないか？」フレディーはまた急に真顔になり、そう訊いた。

この話をきっかけにリースの心の状態を探れるかもしれないと思い、フレディーは訊いてみた。「ローレンがいなくても前に進めると思うか?」

リースは考えた。かつてのスナイパー・コースのパートナーにどう答えていいのかも、実際にどう感じているのかもわからなかった。

「わからないよ、ブラザー。その話をするだけでも、何かを穢(けが)すような気がする。ローレンとルーシーはおれの命だった。この国に身を捧げようと思ったから、おれはチームにとどまっていた。おかしな話だ。戦争が起きていなかったなら、おそらくずっと前に軍隊から抜けていて、ローレンとルーシーは今でも生きていただろう」

「今は抜けている」

「ああ、忘れっぽくてな。またUSG(ユナイテッド・ステイツ・ガバメント)の綱につながれているような気分だ」リースはいった。わざとアメリカ合衆国政府の省略形を使った。

「確かにな。昔に戻ったみたいだ」フレディーはにやりとした。

「どこへ行くか、教えてくれないか?」

「もうじき着く。ここには、これまで一度しか来たことがない。テロリストと疑われる連中を連れてきて、おれたちの代わりに他国に汚いことを頼みたいときに使うかつてのブラックサイトだ。四人特例引き渡しプログラムの一部は九・一一後にはじまった」

「覚えている」リースははっきりいった。「おれの記憶では、かなり効果的だった。メディアと敵に存在を感づかれるまでは」

「まさに。連中にとっては、ブラックサイトがあったという情報を掘り当てただけでもPR面での大勝利といえる。グアンタナモの存在を突き止めたときと同じような感じだ。投資利益率をどうやって計算するのかは知らないが、利益を縮小する法律ができたのだから、ある時点で、おれたちがそういった施設を使って得る実際の情報の価値より、勧誘や各国の国民感情という形で敵が得るものの方が大きくなったのだろう」

「とても難しい判断だ。そういうこともあって、軍隊を文民統制しているのだろうな」リースはいった。

「ああ、あるレベルでは、ある種の行為を大目に見ていたせいで、かつてのおれの指揮下でも、軍全般においても、やたら面倒なことになってしまった。身体を穢すこと、行きすぎた誘導尋問といった行為をな」フレディーは少し考えてから続けた。「ただ、おもしろいものだな、リース。あんたと任務に当たっていたやつは、みんなそういうことに少し慎重だった。おれたちは敵とちがうってことを示すために、道徳的優位性を維持することが大切だ。彼らはあんたがそう力説していたといっていた。そんなことを力説してくれる人は、たぶんそう多くない」

リースは首を横に振った。「家族を殺されたとき、そんなものは窓から投げ捨てた」

「いや、それはちがう、リース。そんなことは考えるな。あんたは戦いに行っただけだ。ただそれだけのこと。ローレンとルーシーを殺されたんだ。あんたの部隊も全滅させられた。あんたも殺されかけた。あんたはその責めを負わせた。法をいくつか破ったからといって、道徳まで失ったわけではない。その〝領地〟はずっと堅持しているよ」

「ありがとう、フレディー」リースはいい、わびしくも美しい外の砂漠の景色を見た。

「さっきいっていた〝おむつ任務〟はやるのか？」リースは友人に訊いた。〝おむつ任務〟というのは、辱めを与えることができて、実用上も便利だからという理由で、X国の街中で拉致してY国へ移送中のテロリストにおむつをはかせるという、囚人特例引き渡しの問題を表わすCIAの俗語だ。

「いや。おれがCIAに入ったころには、そのプログラムはほとんど終わっていた。反響が大きすぎた。もっとも、おれたちがこれからやろうとしていることは、それにかなり近いわけだが。それに、その役にぴったりな人を見つけてしまった」フレディーがまたにやりと笑った。

「マジかよ、ありがたいことだぜ」リースは皮肉を隠そうともせず、そう答えた。

「どうってことないさ。それから、おれをさっきいった復讐の墓穴に入れないでくれて、あらためて礼をいうよ」フレディーはいい、リースが家族とSEAL部隊の復讐として葬り去った者たちをすべて思い浮かべた。

「どういたしまして」リースはほんのかすかに笑みを漏らして応じ、やれやれとかぶりを振り、友人にというよりは自分自身に向かって続けた。「おれにはどうしてもできなかった。おまえが下のキルゾーンに入るのを見て、不意に、そこにいる連中のひとりひとりが、おまえの分身になったような気がした。家族、子供、犬、意欲、夢を持つ男たちだ。あの日、おまえは全員の命を救っただけでなく、たぶんおれの命も救った。あのまま最後までやってしまっていたら、自分自身に耐えられるかどうか自信がない。衝動に突き動かされて周りが見えなくなっていて、部隊を罠にはめるところだった。国防長官(SECDEF)とピルスナー提督がおれの部隊を罠にはめたように。命を救ってくれたことに対して礼をいうのは、おれの方だ」

「そういうことにしておくよ、ブラザー。これであいこだな」

「フレディー、おまえはおれを探し出すだけのために除隊したわけではないよな?」

フレディーはリースをちらりと見て、また目を路上に戻した。「まあ、探し出すだけのためではないが、ＣＩＡに移る決め手ではあったし、正直にいって、とても大きな理由だった。あの日、教科書どおりの罠に誘い込んだのに、あんたがおれたちを殺さなかった理由をどうしても聞きたくなった。おれたちがベンの山小屋を襲撃し、空振り(からぶり)に終わり、登山口に戻ったあと、仕掛けてあったクレイモア地雷を見た。あんたが隠れていたと思われるいくつかの地点に何人か偵察隊を送ってみると、やはり、あんたが罠を仕掛けていた地点がわかった。チーム7の武器庫にあったものが、ほとんどそこに持ち込まれていた。LAW携帯式対戦車兵器、AT-4対戦車無反動砲、Mk48七・六二ミリ・マシンガン」

「絶好の位置だった」

「ああ、まあ、心から礼をいうよ」フレディーはいいよどんだ。「だが、さっきもいったが、おれが除隊したのは、それだけが理由ではなかった」

「そうなのか？　チームを愛しているのかと思っていたが」

「愛していたさ。例のでかい任務に関する〝暴露〟本が出たあと、だれが書いたのかと魔女狩りがはじまったときのことは覚えているか？」フレディーが訊いた。〝暴露本〟とは、ウサーマ・ビン・ラーディン暗殺任務に関して数多く出版された本の一冊のことだった。

「覚えているさ。とんでもないごたごただった。現役のSEAL隊員が出演するハリウッド映画にOKを出し、さまざまなSEAL財団に寄付している金持ち向けのBUD／Sツアーでちょっとばかり儲けていた連中が、都合がいいことに、急に〝記憶喪失〟になっていた。おれの記憶にあるかぎりでは、副業をしたといわれて、何人も叱責を受けていたがな」

「ああ、だいたいそんなような話だった。ブレイドランズ・ランチというテキサスのハンター向け射撃訓練プログラムで教えるようになる何年も前のことだ」

「あそこはすばらしいところだ」リースは認めていった。「イラクへの最後の派遣の前に、自分の部隊の狙撃兵をそこに連れていった。ヒル・カントリー（テキサス州中央部に広がる丘陵地帯）の美しい施設だ。創業者は小さな地ビール醸造所をクアーズとか、バドワイザーとか、そんなところに売って、ひと財産を築いたんじゃなかったか？」

「そうだ、ブラックバック・ブルワリーだ。とてもうまかった！　とにかく、おれたちの中にもオフのときにそこに行って、アフリカやアラスカにハンティングをしに行く人の手伝いをして小遣い稼ぎをする者がいた。照準の高低を調整してやったり、照準の調整と銃の固定の方法を教えたり、そういったことをする。まあ、あのUBL本で事態が大きく変わると、軍部はよそでバイトするやつを片っ端から追いかけた。〝スナイパー〟戦術を教えて、戦術・技術・手順を漏洩しているといわれた。当然、そんなことはまったくやっていなかった。そのとき、司法制度はいつも正義を求めるとはかぎらないと学んだ。正義ではなく勝利を求めることもある。目の覚める経験だった」

「例のリストに数人付け足しておけばよかったようだな」リースはいい、わずかに笑みを見せた。

「ハハハ！　次やるなら、何人かいるぜ」

「それで、何があった？」

「何人も懲戒裁判にかけられた。さすがのあんたも信じられないぜ、リース。指揮官の横に立っていたのは、何年も前から週末にノースカロライナのブラックウォーターで戦術と近接戦闘（CQC）を教えて、小遣いを稼いできた指揮最先任上等曹長（CMC）だ。物忘れが激しいんだろうぜ」

「その話はしなかったのか？」

「リース、いくらおれでも、そこまでばかじゃない。おれのやり方でもない。それに、あいつはその重荷を背負って生きていくしかない。おれの記憶が正しければ、かみさんの方が小隊の帽子をたくさん持っていたはずだ」

「きついカルマもあるものだな」

「実のところ、あんたはそういう連中をひとり始末した。ピルスナー提督だ。どうやら提督は、おれたちが思っていたよりはるかに汚い男だったらしい。奥さんはSEALのための財団のひとつからカネを吸い上げて、オフショア口座に移し、見学ツアーや施設利用などの口利きで利益を得ていた。電子メールを調べたところ、ピルスナーはすべて知っていたことがわかった。あんたに殺されてなかったら、長々と刑務所に入ることになっただろう。たしか、奥方は連邦刑務所で六年の刑を喰らったと思う。四年ぐらいで出てくるのだろうけど」

　窓の外に目を向けると、砂漠が岩がちになり、彼方にアトラス山脈が現われてきたとき、リースは生唾（なまつば）を呑み込み、訊いた。「息子はどうしてる？」

フレディーの息子のサムは珍しい遺伝性の障害を持って生まれ、生涯、常時介護が必要になる。リースはフレディーと妻のジョーニーが精いっぱい平静を装い、そんな状況に対処していたことを思い出した。想像もできないような苦難に立ち向かうさまを見て、いつも最大級の敬意を抱いてきた。

　ひとつ息をしたが、フレディーは路面から目を離さなかった。「何とかやってるよ、リース。気にしてくれてありがとう。死ぬまで続く長旅だ。おれたちの役目は、息子が持っている力を目いっぱい引き出してやることだ。どんな力にしろ」

「最終診断は出ているのか？」

「レイフから聞いてないのか？」

「どういうことだ？」リースはわけがわからず、訊いた。

「診断が出たのは、ひとえにレイフのおかげだ」

「あいつは何もいってなかった。もっとも、イラクのあと、あいつがチームを離れてから、おれたちの関係はちょっとぴりついていたからな。それに」リースは思い出して、続けた。

「この前、会ったときは、ちょっとばかり忙しくてな」

「ああ、なるほどな。おれたちは何年も海軍の医者にたらいまわしにされていた。個人経営の有名な病院のスペシャリストの見解(オピニオン)を聞こうと、危うく破産するところだった。休暇中にブレイドランズで小遣い稼ぎをしたのもそのためだ。だが、どの医者にもわからなかった。何度も診断を下そうとしたが、結局、症状と合わないラベルを貼るだけだった。ジョーニーも気づいていた。正しい見立てではないと」

「それで、どうなった？」リースはせっついた。

「だれかがレイフに話したらしい。ずっとあんただと思っていた」

「たしかに話はしたが、おまえがいろいろたいへんだという文脈で話しただけだ。何度も海外派遣や精密検査を受けないといけないのだからなおさらだ。知ってのとおり、特別な配慮が必要な子供がいなくてもこたえるからな。おまえとジョーニーはみんなに勇気を与えていた」

「ありがとう。ところで、あんたとレイフのあいだで何があった？　兄弟みたいだったのに」

「イラクでちょっとしたことがあってな。おれやおまえならやらないようなことを、あいつはしたわけだ。それで、レイフはサムのためにどんなことをしたんだ？」リースは訊いた。旧友の話を避けて、話をもとに戻そうとした。

「義理の父親に話をしたらしい。ちょうど除隊したころだったはずだ。すると、あれよあれよというちに、ジョーニーがサウスウエスタン・メディカル・センターの主任医師から電話をもらった。ダラスのちょっとはずれにある病院だ。レイフの義理の父親はそこの病院を建てる資金の大半を寄付していたらしい。とにかく、一カ月ほどあと、看護師つきのG550プライベート・ジェットに乗せられて、バージニア・ビーチからダラスへ飛んだ。遺伝性疾患のスペシャリスト・チームを編成して、おれたちの血液を、似たような研究をしている世界中の施設に送り付けた」

「すごいな！」

「ああ、海軍病院だけではしっかりした診断は下りなかっただろうな」

「それで、どんなことがわかった？」

「オランダの研究者が、NR2F1遺伝子に珍しい遺伝子突然変異を見つけた。脳の形成にかかわる遺伝子だ。当時はまだ病名さえついていなかったが、今では発見したチームにちなんで、ボッシュ・ブーンストラ・シャーフという名前がついている。サムはその診断を受けた十三番目の人間だ。同じ症状の人はもっといて、正しく診断できる医者を知らないだけなのだろう」

「ジョーニーはどうしてる?」リースは訊いた。

「あれは強い人だよ、リース。おれたちが外で仕事をして、任務やチームに集中しているあいだ、妻はぜんぶこなしていた。ひとりでぜんぶな。おれにはそんなことをやれる自信はない。サムはとてもいい子だ。もう九歳だが、知的にはとても幼い。たしかに、あの子がいるからずっと気を張っていられる」

「ほかの子たちとはうまくいっているのか?」

「ハハハ! 姉と弟に挟まれて、完全にロックスターだ。おれたち夫婦は、サムがうちに生まれた理由があるはずだと思うしかない。ほかのふたりの子供たちを育て、相応の愛情と支援を与えながら、サムにも愛情を注げるだけの強さがおれたちにあると神がお考えになったのだ、と」

「おたくはすごい家族だな、フレディー。おまえたちという両親がいて、サムは本当によかった」

「ありがとうよ」

フレディーは目の前に延びる道路に向かってうなずき、話題を変えた。「この主要道路からはずれてあの山々へ数マイル走ったところだ。数カ月いる分にはそんなに悪いところでもない」

34

■ブラックサイト
モロッコ、ミデルの近く
七月

北にアトラス山脈が見え、道路の両側に岩だらけの土地が広がっている。サハラ砂漠は、リースが近接航空支援として知られる爆撃のために航空機を要請するやり方を学んだネバダ州の訓練場にも似ていた。

ひらけた平地と石壁に囲まれた敷地に近づくと、フレディーがハイラックスの速度を緩(ゆる)めた。軽くクラクションを鳴らすと、数秒後、トタン板のゲートが、筋骨たくましい西洋人によって押しあけられた。ハイキング・ブーツ、デザート・タイガーストライプ迷彩のパンツ、茶色のTシャツにボディアーマーといういでたち。おまけに、濃い赤毛の顎(あご)ひげ、

〈オークリー〉のサングラス、くたびれた野球帽もあって、〝民間軍事会社〟の契約社員だと触れまわっているかのような風采だ。グロックの携帯武器が腰のホルスターに差してあり、リースは、ライフルもきっとすぐ手の届くところにあるのだろうと思った。リースたちがあいたゲートから中に入るとき、契約社員もフレディーと同様に手を振った。

「ファルコン基地へようこそ、リース」

物珍しそうに基地構内を見まわしていると、中央で大小のコンクリート造りの平屋に囲まれた漆喰塗りの二階建てビルが見えた。

フレディーがハイラックスを停め、いった。「あの母屋が本部だ。そこで寝る。作戦計画のスペースも、レッスンを受ける教室もある」

「レッスンを受けるのか？」

「ああ、文化、言語などの情報を伝えるイスラム研究の講師が招かれている。仕事にとりかかるときに、あんたがあまり〝不信者〟として目立たないようにするわけだ」

「おもしろい。ここにはどのくらいいる予定だ？」

「はっきりしないな。情報部の連中がモーの確たる居場所を突き止めるまでだ。二週間から一カ月といったところだと思うが、この手のことがどう進むか、あんたもわかるだろう。明日行けという指令が入るかもしれないし、数カ月後になるかもしれない」

「最高だな」

「あっちに兵器庫がある」

「おまえはそこでおもちゃを抱いて寝るのか？」リースは訊いた。

「いや、だが、それも悪くないな。納屋のようなでかい建物は、トレーニングをしたり、装備を調えたり、もろもろの準備をするところだ」

「ジムはどんな感じだ？」

「ジムも悪くない。でかいパワーラックがあり、縄跳び、バーベル、ケトルベル、ローイングマシン、バーサクライマー（ロッククライミングの動きを模したトレーニングができる機器）、アサルトバイクなんかもある。自分に合ったクロスフィット・ボックス（日常動作を高強度で行なうトレーニング・スペース）もはじめられる。〈ウッドウェイ〉のトレッドミルが二台。マットも何枚かあるから、寝技の練習もできる。あんたは今でも柔術でおれのケツを蹴っ飛ばせるだろうが、おれもトレーニングしてきたから、あとでお手合わせ願おう」

「おれはなまり切ってるよ、ブラザー。おまえの方が強いかもな」

「その手には乗らないぜ、リース。絶対にな」

「ハハハ！　勝負してみようじゃないか」

「ここの二キロばかり南に射撃場があるが、裏手に鉄板を立てておいたから、ここから出なくても拳銃ぐらいなら撃てる」

「それは助かる。射撃はあまりしていないから、調整が必要だ」

「ばっちり調整してやるさ」

フレディーが母屋の正面にピックアップを駐(と)めると、ふたりの男は降りた。リースはトヨタの荷台からダッフルバッグを取り、CIAの調教師(ハンドラー)のあとについて、入り口へ歩いていった。

フレディーがドアの前で急に立ち止まった。「忘れるところだった。ここにいるあいだ、あんたの名前は〝ジェイムズ・ドノヴァン〟だ。完全な身元をこしらえているところだが、当面はそれで間に合うだろう」

「ドノヴァンだって？ ワイルド・ビル（〝情報機関の父〟と称されるウィリアム・ジョセフ・ドノヴァンのニックネーム）から取ったのか？」

「さあな。コンピュータがアルゴリズムにしたがって選ぶんだが、ファーストネームはそのままで、ラストネームはファーストネームとかぶらないようになるらしい。いっておくが、もっとひどいのもある。最近だと、〝ジョン・ホームズ〟（超巨根で有名なポルノ男優）なんて名前をつけられた哀れなやつもいた」

リースはただ首をゆっくり横に振るばかりだった。

中に入ると、清潔そうな白いジュラバ（北アフリカなどで男性が着るフード付きの上着）とトルコ帽、きれいに整えた顎ひげといったいでたちの黒っぽい肌のきゃしゃな男が、イギリス訛りの英語で丁重に挨拶した。

「ようこそ、おふたかた。あなたがミスター・ドノヴァンですね。マージド・キファヤットと申します」

「〝アッサラーム・アライクム〟（〝あなたがたに平安がありますように〟を意味する伝統的なアラビア語で、〝こんにちは〟として使われる）、マージド」リースは手を差し出した。

「〝ワ・アライクム・サラーム〟（返答としての〝こんにちは〟）、ミスター・ドノヴァン。どうぞお入りください」

リースはかがんでブーツの靴ひもをほどき、イスラムの伝統にしたがってブーツをドアの外に置いた。マージドはまるでその場の壮麗さに敬意を払うかのように、気品を漂わせて歩き、大きな母屋の玄関の広間を歩いていった。鮮やかな青と黄色の〝ゼリージュ〟（イスラム諸国でよく見られる幾何学模様の化粧煉瓦）タイル、凝ったデザインの家具、アーチ型の戸口など、典型的なムーア建築だ。この〝家〟は何百年も前に建てられたのだろう、とリースは思った。そう見えるような造りなのは確かだ。ムーア人がイベリア半島の大半を支配していたころに建てられた、スペインのセビリヤにあるアルカサール宮殿の縮小版のようでもある。「アフガニスタンで寝泊まりしていた合板の便所みたいなところとはちがうだろ?」フレディーが皮肉を込めていった。

「もっとひどいところもあったさ」

「手早く施設を見てまわってから、寝床を整えよう」

マージドの姿が見えなくなると、フレディーは玄関の広間を抜けて、石と芝の中庭を囲む大きな居住棟に出た。二階のバルコニーからは、ぐるりと囲まれた中庭を見下ろせる。フレディーは居住棟の共用エリア――キッチン、バスルーム、教室としても使われる研究室――を案内したあと、大理石の階段を上っていった。

「マージドには最高機密/機密情報隔離区画（TS/SCI）の秘密区分の閲覧権限があるが、それでも、今回の件は知る必要がある情報を知るベース（ニード・トゥ・ノウ）で、彼は知るべき人のリストに載っていない。二階はほかのスタッフの立ち入りが禁じられているから、計画はすべて二階で行なわれる」

フレディーは暗号ロックの数字キーで一連の数列を押し、部屋が連なるバルコニーの通路に出た。壁掛けの大型液晶ディスプレイを備えた小さなブリーフィング・ルームに改装された部屋がひとつ。その隣のふた部屋が彼らの寝室だった。小さいがきれいな部屋で、〈LG〉のセパレート型エアコンが取り付けられている。いちばん奥の部屋は、鋼鉄のドアが中からボルトがかけられて閉まっているうえに、重厚な錬鉄のゲートまでついている。

「ここはアラモ砦だ。ベンガジ式のくそが起きたら、ここが退却位置になる」

「脅威の程度はどのくらいだ？」

「モロッコは安定した国だ。世界でもこの地域では特に安定しているし、おれたちはDSTと良好な関係にある。この国の秘密警察のことだが。ここでは極力目立たないようにしている。それに、街からだいぶ離れているし、この施設は、モロッコ政府が公賓保護のために使用するという建前になっている。おれたちはホスト国の対テロリスト部隊の訓練という名目でこの施設を建設し、結局、名目のとおりのことをしている」

「なるほど。警備体制はどうなっている？」

「GRSから四人が配置されている。四人ともできる。三人はレンジャー隊員でひとりが海兵隊員だ。全員が複数回の海外派遣を経験している。ピンチのときには、おれたちも手を貸すことになる。事態がまずい方向に転がった場合、援軍が来るまでだいぶかかる」

「ありがとう、フレディー。おれにはぴったりの場所だ」

「荷物を持って、部屋の居心地をよくしたらいい。そのあとで、おれのおもちゃを見せてやるよ」

フレディーは南京錠がかけてある小さな兵器庫兼倉庫に、リースを連れていった。長くて狭い部屋の天井では蛍光灯が羽音のような音を立て、頑丈そうな木のテーブルにさまざまな武器が並べてある。そのほとんどはリースにも見覚えがあったが、チームにいたときに支給されたものとはちがう、見慣れないものもいくつかあった。拳銃からベルト給弾式マシンガンまで、武器は小さいものから大きいものへ順に並べられている。ほとんどはスプレーでまだらの迷彩模様に塗られている。

「さて、これがあんたの拳銃だ。グロックが好みだろうが、新しいＳＩＧＰ３６５を試してくれ。見通しの悪い環境でぜひ試してほしい。装弾数もグロック43より多い」

「その銃のことは海軍特殊戦開発グループ（DEVGRU）時代によく耳にした。試してみるよ」リースはいい、そのサブコンパクト拳銃の手触りに、すぐさま感銘を受けた。

それまでサブコンパクト拳銃として使ってきたグロック43も、大いに気に入っていた。だが、前例のない12＋1発九ミリ弾という装弾数に加えて、驚くほどなめらかなストライカーファイヤー方式トリガーと夜間照準器を考えれば、ＳＩＧＰ３６５の勝ちなのは火を見るより明らかだ。

「それから、これがブルース・グレイ（天才的な銃工）のカスタム・トリガーをつけたＳＩＧＰ３２０だ」フレディーがいい、ＳＩＧの新しい九ミリ口径銃を手に取った。「あんたなら、

〃彼女〃を気に入ると思うのだが」

「もう気に入っている」リースはいい、笑みを漏らした。

最近、SIGは十年近くもかかる高競争率プロセスを勝ち抜き、ベレッタ92Fに代わる新型の高性能拳銃、SIG320の派生形をアメリカ軍に供給することになり、M17／M18として採用されている。

「メイトーはまだSIGで訓練を受け持っているのか?」リースは訊いた。メイトーはかつてのSEAL最先任上等兵曹で、おそらく今でも、BUD／Sを修了したばかりの新兵に身体訓練（PT）で勝てるような男だ。

「もちろんだ。あそこには最高の施設があるからな。あの人のことだから、施設を使い倒しているだろう」

「それなら、これから数カ月を乗り切って、おれが腫瘍に殺されていなければ、顔を見に行こう」

「ああ、行こうぜ、ブラザー」

フレディーは、SF映画に出てくるような小ぶりでずんぐりした奇抜な形のサブマシンガンを示した。曲線的な弾倉が、その兵器のピストル・グリップから突き出ていて、銃口近くにも、それより小さな折り畳み式のフォアグリップがついている。筒状のサプレッサーが銃身の先に伸びていて、兵器全体が茶色と黄褐色のまだら模様になり、手製の迷彩柄が施されている。

「次、ダムネック（バージニア州にあるオセアナ・ダムネック・アネックス海軍航空基地の略称）で使われるが、ここにもMP7が何挺かある。撃ったことはあるか？」

「数年前、おたくらの助っ人として行ったときに、いじる機会があったが、熟達するほどの時間はなかった。西海岸では、そこまでの高速弾を撃てるやつはない」

「そうか、とても扱いやすい銃だ。コンパクトで、発射レートがとても高い。静かにやらないといけない近接戦闘にはぴったりだ。亜音速弾を使えば、ほとんど銃声もしない。この〈エイムポイント〉のマイクロ・レッド・ドット・サイトをつけると、撃ちやすい。四・六ミリという小さな弾だから、ターミナル・パフォーマンスは落ちる」

「英語で頼む、フレディー、英語で」

フレディーが大きく息を吐き、わざとらしく天を仰いだ。「とっても小さな弾を使うから、だれかを撃つときには、弾倉の半分ぐらいの弾を撃ち込まないといけないということだ」

「やっとわかったぞ」

「次、ライフルは、M4の代わりにHK416を使っている。一〇インチ（二五・四センチメートル）

と一四インチ（三五・五六センチメートル）の両モデルともそろっている。用途はM４とよく似ているが、弾薬の縛りが緩いし、ピストン・システムのおかげで信頼性が高い。特に汚れがつくような環境では。光学サイトは好きなものをマウントできる」

フレディーがさまざまな兵器の使い方や特徴を説明しているさまを見て、リースはフレディーの興奮ぶりを感じた。「おまえが暗黒面（ダークサイド）に移った理由が、やっとわかったよ」

フレディーが笑みを見せた。「そうさ、こういうのがこの仕事で最高なところだ。好きな銃を選べるし、心ゆくまで飾り付けもできる。キャンディー・ストアに入った子供のようなものさ、兄弟（ブロウ）」

「ジェイムズ・ボンドの〝Q〟をはしたなくしたようなやつだな、おまえは」リースは冗談を飛ばした。

フレディーは精いっぱいのイギリス訛りでいった。「００７、きみのスナイパー・ライフル候補はこれだ。五・五六ミリのラルー０ＢＲと私がつくった・二六〇インチ（約六・六ミリ）の銃だ」そして、訛りを消し、息子を自慢する父親のような口ぶりで説明を続けた。「熱が籠もらないし、軽くもなるから、銃身は〈プルーフ〉のカーボンファイバーにした。お気づきだろうが、どの銃にも同じ消炎器を取り付けてある。つまり、サプレッサーも同じものを付けられる。五・五六ミリでも・二六〇インチでも、三〇口径のサプレッサーを付けられる」

「・二六〇インチは・三〇八インチ（約七・八ミリ）と似た感じか？」

「用途は同じだが、ほぼあらゆる点で優れている。速く撃てるし、静かだし、反動も少ない。七・六二ミリと同じ弾倉だが、・三〇〇マグナム弾並みの威力がある。何年もこの弾をあちこちで売り込んできたが、軍隊は何をするにも遅い」

「おまえのいうことを信じよう」

「よくスナイパー・コースを修了できたものだな？」フレディーがわざとらしくあきれた口調で訊いた。

「いい観測手（スポッター）がいたんだろ」リースは笑みを返した。

「だろうな」フレディーも同意した。「とにかく、超長距離はやらないとは思うが、・三〇〇ノルマ・マグナム弾に対応した〈アキュラシー・インターナショナル〉に加えて、必要なら五〇口径のバレットM107もある。ベルト給弾式の銃もあるし、アンチアーマー弾に対応するものもたくさんある。それから、〝デモ〟用のものもある」彼はそういうと、部屋奥の壁にずらりと立て掛けてある筒状の兵器を指さした。「LAW携帯式対戦車兵器、AT－4対戦車無反動砲、それに、向こうのケースに入った対戦車ミサイル・ジャベリンもある。一発二十五万ドルだが、それだけの威力はある」

「まあ、控えめに使うようにしよう」

〈L3テクノロジーズ〉のGPNVG‐18暗視装置を装着したOPS‐COREバリスティック・ヘルメットが、壁にずらりとかけられているのに、リースは気づいた。カネに糸目をつけないなら最高の暗視ゴーグルだ。他モデルより周辺視野が広がる四本のパノラマ式レンズがついているから、すぐにわかる。

「四眼(フォー・バンガーズ)か？　金持ちのガキのおもちゃだな」

「納税者のカネは使いやすいのさ。おれたちが使っていたものより、はるかに優れている」

「装備(ギア)の自慢屋だな、フレディー」

「いいものはいいさ、しかたないだろ？」

35

射撃場まで、ハイラックスで二十分ほどかかった。広々とした平地を見ると、リースは海上での日々を思い出した。多少のうねりがあるだけで、ほとんど平らだが、草木の生えていないこの土地は、訓練場にするには持ってこいだ。現地の建設会社がブルドーザーを使い、さまざまな距離を置いたところに弾を受け止める盛土をつくっていた。一〇〇メートル離れたところに、短距離の射撃訓練用のU字形の盛土、その奥には最長一八〇〇メートルのライフル銃射撃用の盛土がある。赤の塗装が禿げかけた輸送コンテナが物資倉庫になっていて、そのルーフ部がスナイパー・ターゲットの照準線の役割も果たしている。さまざまな大きさと形の鉄板のターゲットがあちこちに立っていて、どんな距離でも射撃練習ができるようになっている。動くとはとても思えない一九七〇年代のメルセデスのセダンが、端の方に置いてある。

「当ててみようか、あれがおれの車なんだろ？」リースはふざけていった。

「ああ、当たりだ。フロントガラスは申し訳ない。ゴーグルでも調達してこないとな」

車を駐(と)めると、いつもは打ち解けたフレディーの声色とボディーランゲージが張りつめた。

「よし、拳銃からはじめよう。そのあと、MP7を試して、416へ移る。長距離は後日にまわす」

「それでいいよ」

フレディーは輸送コンテナの南京錠をはずし、重そうな鉄扉をあけた。中には、スプレー・ペイントの缶、段ボールでつくられたさまざまなターゲット、予備の鉄板、弾薬数ケース、さまざまな形の合板が入っていた。

「このバリケードを運ぶのを手伝ってくれ」フレディーは建物の絵が描かれた合板を指し示した。合板の片側に階段がついていて、大小も形もさまざまな穴が空いている。ふたりはバリケードを模した合板を射撃場の中央まで運び、メルセデスの横に立てた。

「さあ、九ミリで腕の錆を落とせ。おれは別のセットを用意する。弾はトラックの荷台にある」

リースはうなずき、三つの鉄の人形(ひとがた)のターゲットが並ぶ方へ歩いていった。この前拳銃を撃ったのは、彼の家族を殺した連邦エージェントの口に弾を撃ち込んだときだった、とふと思った。あんなことをしでかしたのに、またアメリカ合衆国に雇われているという事実と、なかなか折り合いをつけられなかった。〝いかれた世の中だ〟

リースはいつもとちがい、〈ブラックポイント・タクティカル〉のミニ・ウィング・コンシールメント・ホルスターではなく、ベルトにつけたホルスターにSIGP320を入れていた。全身戦闘服なのに、拳銃を隠そう(コンシール)としても意味がない。

射撃のような技術はすぐに錆びつく。しかもリースは、一年近くまともな射撃訓練をしていない。何事であれ〝エキスパート〟になるには、基本を極めなければならないから、リースは基本の基本からはじめた。イヤー・プロテクターを着け、一度深呼吸をして集中した。そして、鉄板の一〇ヤード手前に立つと、ホルスターから拳銃を抜き、胸筋を意識して左手を銃に添え、弧を描くように銃口をターゲットに向けた。両手でしっかりSIGを握り、肘(ひじ)がほぼ伸び切るまで前に素早く突き出し、引き金にかけた指に力を入れる。視線が照星と重なると同時に、引き金を引くと、すぐさま彼の脳が鉄板ターゲットの中心に命中した満足を感じ、同時に銃が少し上に跳ねた。引き金に指をかけたまま、ターゲットの左右を素早く確認してから、指をフレームにはずし、背後に脅威はないかと確認し、銃をホルスターに戻した。〝状況認識(シチュエーショナル・アウェアネス)〟

リースはまた銃を抜いた。今度はさっきより素早い動作で、二発次々とターゲットに撃ち込んだ。弾倉が空になるまでこの一連の動作を繰り返し、スライド・ロック・リロード（全弾を撃ち切った弾倉を素早く抜き、別の弾倉をセットすること）して一歩左に移動し、さらに二発撃った。ターゲットからさらに遠ざかり、素早く連続して複数のターゲットに挑み、ひとつのターゲットから次のターゲットへと次々と撃ち込んだ。これまで十八年も似たような訓練で何十万発もの銃弾を撃ってきたおかげで、動作スピードはすぐに上がった。弾倉十個分を撃ち切り、射撃精度の確認をしていたとき、左肩越しに、フレディーがこちらを見ているのに気づいた。

「自転車に乗るようなものだな。見事なものだ、リース」

「ありがとう。感覚が戻ってきてよかった」

「だろうな。おれがターゲットに色を塗る。その後、お楽しみの銃の調整に移ろう」

フレディーはスプレー・ペイントの缶を振ってカタカタと鳴らしながら、ターゲットに近づいた。ターゲットは、リースの拳銃から放たれた銃弾によって飛び散った灰色の物質で覆われていた。フレディーは光沢のある白い塗料で上塗りすると、ついてこいとリースに手を振り、サプレッサー付きのＭＰ７とずらりと並んだ装弾済みの弾倉が置いてある、折り畳みテーブルへ行った。彼はその黄褐色と茶色の迷彩柄のサブマシンガンを手に取り、銃口を空に向けた。

「よし、リース、あんたには、こいつははじめてのおもちゃだ。こいつはものすごく速く撃てて、反動はほとんどない。それに、かなりの貫通力だというのに、とにかく静かだから、敵がボディアーマーを着けている場合には、拳銃よりこっちを使う方がいい。ダムネックで使いはじめたら、ひと目惚れしたやつがたくさんいた」

フレディーは小ぶりな銃床をうしろまで引き、折り畳み式のずんぐりしたグリップを銃身の下に出した。「せっぱ詰まったら、拳銃のように撃つこともできるが、精度はほとんどなくなる。弾倉はUZIと同じようにグリップの中に収まり、四十発装弾できる。ここをコックする。セレクタはここだ」彼は手本を見せたあと、銃をリースに手渡した。「MP5と同じように使えそうだと思うかもしれないが、それはHKの銃だからだ。あんたが使ってきた中では、M4の使い方に近い。撃ってみな。ゆっくりはなめらか、なめらかは速い」

「どこかで聞いたいいまわしだな」リースはいい、昔からSEALでいわれている金言を思い出した。

リースは弾倉を空洞になっているグリップにセットし、安全装置のセレクタをセミオートに合わせた。すぐさま〈エイムポイント〉のマイクロ・サイトのくっきりしたレッド・ドットをとらえ、トリガーを引いた。射撃の手応えはまるで感じられず、反動といえる反動もなく、銃声はかろうじて聞こえる程度で、子供のころに祖父からもらったエアライフルのようだった。灰色の小さな点がひとつ、三〇メートル先のターゲットの中心に見える。

リースはセレクタをフルオートに合わせ、反動に備えて少し前のめりになった。短いバーストを撃ってみた。銃声が抑えられた五、六発の弾が銃口から吐き出され、前方の鉄のターゲットに当たって甲高い音が響いた。銃はほとんど動かなかった。もっと長く、十発程度のバーストを撃ったが、この小型銃の操作性のよさには驚くばかりだった。長く連射して弾倉に残っていた弾を撃つと、二十四発がターゲットの的の八インチ（約二〇センチメートル）・サークルに収まっていた。

リースは満面に笑みを浮かべて、友に顔を向けた。「気に入ったよ」

「気に入ると思ってたよ。それにもできないことはあるが、使えるのはまちがいない」

リースに数分のあいだこの新しいおもちゃに触れさせたあと、フレディーはそれを使った基本的な動きを説明した。そして、ブザー音が鳴ってから一発目の弾がターゲットをとらえるまでの反応時間を計測する、デジタル・ショットタイマーを持った。道路工事用のオレンジ色のコーンをいくつか射撃場に置き、それに沿ってさまざまなルートをリースに指示しながら、ターゲットを狙わせた。リースは前、うしろ、横に動きながら撃ち、最後には、スラロームコースを走るスポーツカーのように、コーンを縫って移動しながら撃った。銃撃戦は静止した状態で進行するものではない。動きながら撃つ技術を極められるかどうかが、生死を分かつこともある。合板のバリケードの上、下、隙間など、さまざまな位置から撃ち、鉄くずと化したメルセデスを遮蔽物として使う練習をした。

拳銃、MP7、HK416カービンで数時間の訓練を終え、休憩の時間になった。昼食を取ることにし、ハイラックスのテールゲートで、ギロ(ギリシアのピタ)風のサンドイッチを食べた。リースはブービートラップでも仕掛けられているかのように、包み紙をあけ、中身をのぞいた。

「マヨネーズを塗ってるのか?」リースは嫌悪感もあらわに訊いた。

「そういえば、マヨネーズか。マヨ嫌いのことは忘れていたよ。正式な病名でもあるんだろうか」

「激まずいだろ」

「心配するな、リース。マヨは入っていない。ヨーグルト・ソースか何かだ」

見るからにほっとした様子で、リースはためらいがちにひとくち食べた。いわれたとおりだとわかり、表情がぱっと明るくなった。

「天性の腕だな、リース。おれは毎日こんなことをやっているが、あんたはふらりとやってきて、達人のように撃ちまくる。まいるよ」

リースはラムとピタにかぶり付きながら、肩をすくめた。「ちょっと的をはずせば、気が晴れるか？」

「バカいえ！　晴れるかよ。しっかりやれ。訓練が早く終われば、それだけ早く家族のもとに戻れる」フレディーははっと気づき、言葉を切った。「すまない、兄弟。そんなつもりじゃなかった。忘れていた……」

「いいよ。まじめな話、もう謝らないでくれ。おまえは大切な友だちだし、いい父親だ。謝る必要などどこにもない」

「それでも、すまない。サムのことでいろいろたいへんだが、家に帰れば、とにかく抱きしめてやれる」

「おまえとジョーニーを、おれは心から尊敬している。泣き言ひとつ、文句ひとついわない。すべきことをただ黙々とやっている」

「配られたカードでプレイするだけだ、リース。そうするしかないんだ。特別な支援が必要な子供を持つ家族に関する統計を見ると、余計なストレスがかかり、破局する割合が高い。だが、どういうわけか、うちは結束が固くなり、互いを思いやる家族になった。ひとつのチームになった」

「統計なんか気にするなよ。おまえたち家族には脱帽だ。さあ、早いとこ家に帰って家族に会えるように、訓練を再開しようぜ」

昼食後、ふたりとも物々しいチェストリグを着けた。ボディアーマー、装備、装弾済みの弾倉を装着したナイロン製のハーネスだ。午後はチームとして訓練し、射撃、移動、通信の〝振り付け〟を完璧に仕上げた。はじめは歩く程度のペースでやり、すぐさまフルスピードでの訓練に移った。ひとりが移動していたり、再装塡（そうてん）しているときには、他方がターゲットに弾を撃ち込んだ。日が暮れるころには、スムーズに、言葉を交わさなくてもできるようになっていた。

太陽が地平線に隠れると、ふたりはヘルメットに暗視ゴーグル（NOD）を着け、暗い中でも訓練を繰り返した。赤外線レーザーが、裸眼では見えないターゲットを浮き上がらせた。聞こえてくる音といえば、ブーツが固い地面を踏む音と、サプレッサーのついた銃口から漏れる銃声だけだった。訓練でも戦闘派遣でも、半生を夜間の行動に費やしてきたふたりのプロの特殊部隊員にとって、こうした動きは呼吸と同じくらい自然なことだった。

36

イラク＝シリア国境

八月

サイード中佐は、前夜、暗号化されたメッセージを電話で受け取り、この日はプランニングと調整をした。精鋭の部下を十五名選び、訓練任務の名目で招集した。イラク軍パイロットが操縦する航空団のMi－8一機が、暗闇に紛れて離陸し、この会合地点に十五名を運んだ。このパイロットは、ＣＩＡの手引きにより、夜間にフロリダ・パンハンドルのマツ林上空で暗視ゴーグルを着けて飛行する訓練を積んできた。暗闇で待っているとき、十五名は歴史上のあらゆる兵士集団と同じように、煙草（たばこ）を吸い、武器や装備をチェックし、冗談をいい合っていた。サイードは部下が大好きで、誇りと悲しみのまなざしで彼らを見つめた。

イラク人特殊作戦指揮官が自分の部隊をシリア陸軍の元将軍に引き渡して、その指揮下で働かせることに、違和感を抱く向きは多いだろうが、サイードは何に対しても違和感を抱くことはない。サダムの時代には、バース党への情け容赦ない忠誠心を示さないと生き残れなかったから、もっと単純だった。

二〇〇三年に有志連合が侵攻してきたあと、サイードはアメリカ軍のために働き、その後、アメリカ軍が慌てて立ち去ったあとに残った、無能で腐敗した政府のために働いた。唯一母国と呼べる国を席巻したISISと戦い、そのISISがイランの影響を受けたシーア派民兵とクルド人に撃退されるさまを、困惑しつつ目の当たりにした。クルド人はまだアメリカ軍と同盟関係にあった。次はトルコ軍のために働くのか？　イラン軍か？　まったくわからない。権力の座にあるなら、どんな主人にも仕える。それがイラクのようなところで生きる術だ。いつだって、自分と家族が生き延びることがすべてだ。砂漠の真ん中へ赴く今回のような副業をしていれば、いつか家族を安全なところへ移せるだけの資産が貯まるだろう。

部下のひとりがトラックを見つけた。漆黒の闇に包まれて、平坦な砂漠を走ってくる。それが、立ち去る合図だ。彼はまた会えることを願いつつ、ひとりひとりとハグし、別れを告げた。

「ダラージ大尉」サイードはいい、指揮官に向かって合図した。

「はい、中佐」

「着陸後、おまえはふたりの現地人資産(アセット)を拾うことになっている。調教師(ハンドラー)がふたりに要旨説明を行なう。そのふたりにとって、今回の任務は大義だ。われわれにとってはカネだ」

「了解しました、中佐」ダラージがいい、きびきびした敬礼をした。「〝マアッサラーマ〟」

「〝フィーアマーンアッラー〟」サイードはいい、部下の敬礼に応じた。

空(から)っぽになったヘリコプターの貨物室(カーゴベイ)に乗るとき、サイードは創造主に彼らを見守りくださいと願った。これからどうなるのかは、ここにとどまっていなくてもわかる。部下たちがトラックに乗り、陸路でシリアに入り、アサド支配下の軍用飛行場へ行く。そこから、装備とともにＡｎ‐26輸送機に移る。この頑丈な双発機は旧ソビエト連邦時代に製造され、空飛ぶ病院から爆撃機まで、あらゆる用途で使うことができる。一気に目的地まで到達できるほどの燃料タンクの容量はないから、地中海上空を飛び、破綻(はたん)国家リビアの辺鄙(へんぴ)な飛行場で給油する。そこから先は、神の思し召ししだいで、ターゲットへ向かう。

37

■■■■ブラックサイト
モロッコ、ミデルの近く
八月

リースは息が切れかかっていると思った。冷静でいようとしたが、心臓が早鐘を打ち、貴重な酸素を使い切ろうとしている。窒息しかけているせいで、視界の端々で世界が暗くなっている。まずい状況だ。それはわかる。

不意に、リースは父と一緒にいた。ノースカロライナのナンタハラ国有林の鬱蒼とした樹冠に覆（おお）われた、ぬかるんだ山道を歩いている。父の職業は大使館勤務だということになっていたが、会えない期間が長かったので、リースは父と一緒に過ごす時間をとても大切にしていた。いちばん近くのハイウェイから何マイルも離れ、人目につかないところにある、激しく流れ落ちる滝に向かって、ふたりは曲がりくねった狭い山道を下っていった。このあたりの山々に降りしきる雨が小川となって流れ、岩がちな山肌をとてもなめらかに磨き、滝の一部では座った姿勢のまま滑って、深い滝つぼに落ちることもできた。ヨーロッパ人が新世界に足を踏み入れるはるか昔から、人々が集まっていた場所であり、今でも特別な場所だった。

天空の堰が決壊し、土砂降りの雨となり、ふたりはあっという間にずぶ濡れになった。避暑に来たはずが、震えながら寒さに耐える戦いとなった。父は息子を見た。顔に苦しげな表情が浮かんでいたので、山道の入り口に駐めたジープ・グランドワゴニアに戻ることにした。土砂降りのなかで、急峻でぬかるんだ斜面を登ることになる。ジェイムズは幼い脚をできるかぎり繰り出し、父の長くて力強い歩みに必死でついていった。

「さあ、ジェイムジー、おまえならできるぞ。片足をもう一方の前に出すことだけを考えろ」

ジェイムズは父の期待も、自分自身の期待も裏切るつもりはなかった。滑りやすい茶色い泥道と化した山道を三歩登っては二歩下がる、という進み具合だったが、力が入らない脚で前に進み続けた。

トーマス・リースはくすんだステンレスのダイバーズ・ウォッチのクリスタルガラスを

拭いた。「あと二十分で車に着くぞ、ジェイムズ。あきらめるなよ。人生にはきついこともあるが、やり続けるかぎり、前に進み続けるかぎり、やり遂げられる……おれを信じろ」

リースは歩き続け、気持ちを折らず、父の足取りをまねて食らいついた。山道に突き出た曲がりくねった木の根につまずき、足を踏み出すたびにスニーカーに入った茶色い泥水がぐちゃりと音を立てたが、それでも進み続けた。

「よくやった、息子よ……おまえはあきらめなかった！」

これからも絶対にあきらめない。

汗が目にしみ、リースは急に現在に戻った。懸命に振りほどこうとしているが、押さえ込みは強すぎた。相手の脚の肉と骨で形成された三角形で首を極められ、血と酸素の脳への流れが制限されている。相手はリースのうしろに張り付き、片手をリースの胴体にまわして右腕をつかみ、もう一方でリースの頭を下に引いている。右脚の太ももでリースの首を横から押さえつけ、膝を曲げてふくらはぎをリースの後頭部にまわし、リースの喉は自分の肩で締めつけられるような格好だ。柔術用語を使えば、相手はリースに三角絞めをかけている。完璧な罠が仕掛けられ、リースはその餌に食いついた。〝くそ、こいつは強い〟。リースはあえぐように空気を吸えたとき、一瞬だけ、自分の体勢をはっきり認識できた。三角絞めから逃げるテクニックは、何年も前になるが、ブラジリアン柔術六段の黒帯師範のヘンゾ・グレイシーに、ニューヨークの彼のアカデミーでたたき込まれた。いつもはバージニア・ビーチで訓練していたが、リースと彼の小隊はできるだけ頻繁に六時間かけてマンハッタンまで巡礼し、伝説のグレイシー柔術の創始者カルロス・グレイシーの孫と稽古をした。

どっとエネルギーが湧き、リースは上体を起こし、その勢いを借りて首をまっすぐ伸ばした。相手はリースが逃げようとしているのを察し、リースの首にかけていた力を強めた。力のかぎり、腰をできるかぎり高く上げてから、左右に動かしはじめ、相手の正面に対して九十度に自分の体をゆっくり回転させた。そして、バネのような動きで、腰で相手の脚を勢いよく押し、絞め技を解いた。肺に空気が満ち、暑さと汗のにおいはあっても、天国のような味を感じた。勢いもそのままにリースは素早く相手の脇にまわり、片腕をするりと相手の喉元に伸ばし、もう一方を胴体にまわすと、左右の手のひらを合わせて両手を組み、相手の体を引き付けた。ほんの数秒前に気を失いかけたあと、決定的に重要な酸素を取り込み、思考をはっきりさせ、平静を取り戻すチャンスだった。

相手との位置関係によって主導権を握ったリースは、相手の体に脚を投げ出し、馬乗りになり、マウント・ポジション——寝技(グラウンド・ファイティング)でもっとも優勢な体勢——を取った。

そして、相手の片腕をつかんでマットに押し付けた。肩固め（ショルダー・ロック）を防ごうと、相手が体を横向きにするように誘った。そうしながら、リースはまたがった相手の胴体を上に滑るようにして、無防備な背中を取った。相手はリースが何をするつもりなのかに気づき、無防備な喉元に腕を通されないように〝組み手争い〟をした。リースは両足を鉤のような形にして、獲物に巻き付く蛇のように相手の胴体をうしろから挟んだ。腕が相手の汗まみれの手を滑り抜け、首に巻き付いた。曲げた肘（ひじ）を反対の手でしっかり押さえつけ、てこの原理で喉と頸動脈を絞めた。技術的にほぼ完璧な裸絞めが極まれば、逃げる術（すべ）はないといっていい。相手が落ちるまで三から五秒だ。リースの前腕がタップされ、リースは絞め技を解いた。

「くそ、三角絞めで終わったと思ったのにな」フレディー・ストレインがあえいだ。

「危うく終わっていた」リースは認め、貴重な空気を吸い込んだ。

「目を合わせないでくれて、ありがとうよ」

そのいい古された柔術の冗談（「目を合わせるのはゲイだけだ」）に、ふたりとも声を出して笑った。

リースはマットに仰向（あおむ）けになり、何度か胸を上下させて息をした。

〝よくやった、ジェイムズ――おまえはあきらめなかった〟山道の入り口に駐めた木目調パネルのジープの中で、父は息子の濡れた髪をくしゃくしゃにした。〝いいか、戦いで大切なのは、生き残ることではない。やり遂げることだ。そのふたつは別物だ〟

この数週間、モロッコで訓練してきたおかげで、意思が強くなり、頭も冴えてきた。リースはまた戦士になった。

〝寝転がる〟試合のあと、リースとフレディーは敷地を取り囲む壁の内側を何周か走ってから、朝のトレーニングに入った。大半の特殊部隊と同じように、役に立つ力、心肺機能、持久力の強化に特化したトレーニングだった。ふたりとも四十の大台に近づいているから、ますますそういったトレーニングが重要だった。ステロイドで膨(ふく)らませたボディービルダーのような体をつくることは、そのかぎりではない。体力の面でも、民間人に紛れ込むという面でも不利になる。

彼らのトレーニングは、クロスフィット、ジム・ジョーンズ、ストロングファースト（いずれもアメリカのフィットネス・クラブ）など、多種多様な指導者や訓練プログラムの要素を取り入れている。持久力系のアスリート、パワーリフター、アルピニストなどと競えるようになるのではなく、各分野でそこそこ動けるような幅広い運動能力を獲得することが目的だ。たいていの人が本格的なトレーニングだと思うほどの一連のウォーミングアップを終えて、ふたりは筋力と持久力を高めるヒーローWOD(ワークアウト・オブ・ザ・デイ)（殉職した警察官や消防士、軍人の名前が冠されたクロスフィット式ワークアウトのセットメニュー）、〝マーフ〟を通しでやった。〝マーフ〟というのは、海軍特殊部隊SEAL大尉マイク・

マーフィー（二〇〇五年アフガニスタン紛争で戦死し、最高位の名誉勲章を受けたSEAL隊員）のことだ。ボディアーマーを着け、手はじめにバーピー（立っている状態から素早く腕立て伏せの姿勢になり、再び立ち上がる運動）を百回やり、次にパートナーを肩車しての一〇〇ヤード走を四回やった。その後、二マイル（約三・二キロメートル）走、懸垂百回、腕立て伏せ二百回、スクワット三百回を経て、さらに二マイル走をやった。生還できなかった何人もの陸海空軍の軍人や海兵隊員を思いながら、ふたりともすべてやり抜いた。

シャワーと昼食を済ませたあと、リースは講義の時間となり、その間フレディーはラングレーからまわってきていた管理業務をこなした。ふたりは日が暮れるころには射撃場に戻った。今夜は薄明かりでの長距離精密射撃の訓練だった。訓練のリズムはリースにとっても都合がよく、九・一一以前の若いSEAL下士官だったころを思い出した。こういう日々が続いていたせいで、SEALは〝寝て、食って、鍛える〟の略だと、多くの人がジョークを飛ばすようになった。陸軍の兄弟たちは、〝寝て、食って、寝転がる〟などといっていたものだ。

古い付き合いのスナイパー・バディーと一緒に訓練し、来たるべき任務に備えて腕を磨くのは、気持ちがよかった。

「ラングレーからモーに関するファイルが届いた」フレディーはそういうと、美しい星空の下でライフルをしまった。「興味深い内容だ。プリントアウトを、ブリーフィング・ルームに置いておいた。今夜、目を通しておいてくれ。モーがどこにいるのか、なぜ転向したのか、ヒントが得られるかもしれない」

リースはうなずいた。イラクで一緒に戦ったあと、旧友が本当に裏切り、ヨーロッパでテロリスト分子を動かしているのだとしたら、リースは万全の態勢で臨む必要がある。

その夜、リースは机の小さなライトをつけ、モハメッド・ファルークに関するＣＩＡのファイルをあけ、読みはじめた。

モーの父は学者で、はじめバグダッド大学で学び、生物学を専攻したのち、海外で研究を続けることにし、イングランドのノリッジにあるイースト・アングリア大学の生物学部で、植物性毒素研究で博士課程を修了した。イラクに戻り、家庭教師と母校での研究の職を見つけ、やがて、生物学部の部長に登り詰めた。モーの姉ふたりも父が教鞭をとる同大学で学び、講義の合間に父の研究室に立ち寄ることもよくあった。モーは父の知性と母の美貌に恵まれ、学校でもサッカーのピッチでもいい成績を収めた。友だちと女子を追いかけ、アメリカやヨーロッパのポップ・ミュージックの海賊版ＣＤを売る小さな闇市を仕切り、いくらか小遣（イラク・ディナール）いを稼（かせ）いだ。〝生物学〟も〝植物性毒素〟も、モハメッドにとってはどうでもよかった。彼にいわせれば、かなり退屈だと思われる職業として、父が講義しているテーマでしかなかった。人気者の若いイラク人であるモハメッドの人生は楽しかったが、ある日、姉たちが大学から家に帰らなかった。

その夜、物心ついたころからずっと家族全員で食事をとっている小さな丸いダイニングテーブル越しに両親が顔を寄せ合い、小声で話をしていた。モハメッドは寝たふりをして耳を澄ましていた。隣の部屋の床に敷いたマットに包まり、思い切ってキッチンをのぞいた。母と父の顔に刻まれた不安の表情は、彼の記憶に永遠にすり込まれた。モーにははっきりと聞こえた。母が張りつめた声で、〝ウダイ〟とささやいたのを。ふたりの姉と夕食をともにすることはもう二度とないかもしれない、と若いモーはそのとき思った。

父はやさしくて思慮深い男で、子供たちがより豊かで成功した人生を送れるように、家の中でも英語とドイツ語でしゃべったり読んだりさせていた。翌朝、ひとり息子に別れを告げたときには、父はアラビア語を使った。その夜、モハメッドと彼の母は、戻ることのない男を寝ないで待っていた。サダムの時代、人は訊きまわったりしなかった。大統領の息子がかかわっているとなれば、なおさらだった。

大学に問い合わせても、答えは帰ってこなかった。モーと母は大学の職員に会おうとしたが、受付エリアでいつまでも待たされただけだった。ファルーク教授の名前は研究室のドアからはずされ、研究室は机と椅子があるだけで、空っぽだった。はじめから存在していなかったかのようだった。母と息子は当局に駆け込むほど愚かではなかった。

六カ月後、母が就寝中に他界し、十六歳のモハメッドはひとりになった。

だが、モハメッドにはある計画があった。忍耐力は両親から学んでいた。さらに訓練、知性、接近方法(アクセス)が、家族の敵討ちに必要になることもわかっていた。

警察国家でも、人目を避ける方法はある。世界中の大半の国々がそうだが、人口八百万のイラクの首都にも、ほとんど無視される集団がいた。ホームレスならだれの目にも留まらないから、モハメッドもホームレスになり、望まれない者たちに仲間入りして街中(まちなか)で寝泊まりするようになった。そして、アル中、ヤク中、犯罪者、心を病んだ者たちの中で生き延びる術(すべ)を身につけた。必要に迫られて、しぶとく生き残るように、戦い方も、犯罪者の考え方も覚えた。モハメッドは父から学んだ論理的な思考を、古代都市の裏通り暮らしという現実にも当てはめた。政府に一掃されるかもしれないという不安にさらされ続けながらも、闇市でCDを売って儲(もう)けたカネで、かろうじて食事にはありつけ、知識を授けてくれる者たちにも分け与えた。

モーとだけ呼ばれていた少年の姿が消えても、埃(ほこり)の舞う街の律動は衰えることを知らなかった。モハメッドは秘密警察に収監(しゅうかん)されることも、死体となってチグリス川に浮かぶこともなかった。彼は北へ向かった。トルコ国境沿いの山岳地帯に暮らす者たちのもとへ。

北へ向かい、イラク最大の少数民族の軍事部門であるクルド族のペシュメルガに殺されるか、あるいは受け入れられるか。クルド族は何世紀ものあいだ、戦いしか経験してこなかった。反乱は彼らの血に流れている。ゲリラ勢力と常備軍との境界はぼやけている。ペシュメルガは〝死と対峙する者〟と訳され、モハメッドはまさにそういう者になるつもりだった。疲労困憊し、瀕死の状態でたどり着くと、はじめは好奇心の対象にすぎなかったが、やがて上位のペシュメルガ指導者に認められた。彼らはモハメッドが役に立つかもしれないと考えたのだ。本格的な訓練がはじまり、バグダッドからやってきた少年は、やがて非正規戦の正規教育を受けることになった。

二〇〇三年のイラク戦争前、ＣＩＡが北イラクのネットワークを再び活用することにしたとき、英語、ドイツ語、アラビア語、クルド語に堪能な若いイラク人を見つけて驚いた。まだ二十代半ばにもなっていないモハメッドは、家族となったクルドの兄弟や姉妹たちとともに訓練を受け、戦い、戦闘で目覚ましい活躍を見せ、イラク政府の残虐な戦いぶりを目の当たりにして、決意を固くしていった。同政府は蜂起を鎮圧するだけでなく、クルド民族に対する大がかりな虐殺作戦を展開していた。ＣＩＡの目から見れば、モハメッド・ファルークには、のちに新生イラク政府となる組織への長期潜行スパイとしての素質や特性がすべて備わっていた。当時のＣＩＡは知るはずもなかったが、モハメッドには、もうひとつの、もっと個人的な思惑があった。

ＣＩＡによるペシュメルガ勢力支援の一環として、モハメッドは新しい主人の監督下に移った。ヨルダンの基地で北イラクでの経験を積んでいたアメリカ陸軍特殊部隊とともに、彼は訓練を開始した。ＣＩＡはイラク亡命者と選抜されたクルド人からなるグループを編成し、陸軍の二個アルファ作戦分遣隊（ODA）による特殊作戦訓練に参加した。イラク戦争終結後のイラク軍におけるリーダー的地位を担（にな）えるようにする訓練であると、訓練生たちには伝えられていた。諜報界の企（くわだ）てのご多分に漏れず、その目的は建前だけだった。その中身は選抜過程だった。火器および爆発物取り扱いに加えて、近接戦闘と重圧のかかる市街戦状況下での意思決定能力も試された。ＣＩＡが有する最高の嘘発見器（ポリグラファー）操作員と精神分析医が北バージニアから派遣され、訓練生に試験を課した。忠誠心を評価すると同時に、今後、精査する際の基準を定めるためでもあった。優秀な結果を出した者たちは、やがてＣ17に乗せられ、十六時間後にはフロリダ州のハルバート・フィールド空軍基地に降り立った。そこからウインドウのないバンでＣＩＡの秘密施設へ行き、ＣＩＡの特殊活動部のエキスパートの指導により、よりダークなスパイ技術の教化、再評価、専門教育を受けた。その課程を修了した少数グループはスコーピオンズと名付けられた。彼らは二〇〇三年初頭にヨルダンに戻り、戦いの準備を進めた。そして、ＣＩＡの地上班に率いられ、精密空爆の調整、政権転覆に向けた反乱誘発、イラク政府高官の暗殺のため、正式な開戦前にイラクに潜入した。モハメッドに割り当てられた五十二の重要ターゲットの〝カード〟のうち、一枚だけはずっとポケットに隠し持っていた。ハートのエース、ウダイ・フセインのカードだ。

ドアをノックする音で、リースは過去から引き戻された。

「はい」リースはページをめくりながら声を上げた。

ドアがあき、フレディーが側柱に寄りかかっていた。ミネラルウォーターを持っていた。

「水は要るか？」

「ああ」リースは答え、椅子を回転させて、友人が投げたボトルを受け取った。

「興味深いといっただろ。ぜんぶ知っていたか？」

「モーから聞いていたこともあったが、これほど詳しい話は聞いていなかった。小説みたいな話だ」

「まあ、おわかりのとおり、ＣＩＡはあの男について資金はもとより、多くの時間、エネルギー、意欲を費やしてきた。心理学者や精神分析医も詳細な報告書を作成してくれた。おまえのファイルも見たいか？」フレディーは訊き、にやりと笑った。

「よせよ！　今夜はやめておく。精神分析はちょっときつい」

「賢明だな」

「よくわからないのは、モーが寝返る理由だ。非の打ちどころのないスパイだと思うが。生い立ちも、まっとうな動機もそろっている。〝ならず者〟側につく理由が、まるでわからない」

「見たところ、ラングレーのでかい頭脳も解明できていない。もう休め。そのファイルを読んでピンとくることがあったら、教えてくれ」

眠りはなかなか訪れなかった。リースの思いは若いみなしごへと戻り続けた。バグダッドの気の休まらない街中(まちなか)で寝泊まりし、復讐を夢見ている少年へと。

38

「ミスター・ドノヴァン、あなたの任務がどういったものかわからなければ、なかなかお力になれないかと思います」

「すまない、マージド。不満を抱いてイスラム教に改宗した退役軍人で通るようにおれを訓練してもらうのが、当初の予定だったようだが、フレディーがいうには、意欲あふれる小説家としてリサーチのために入国するかもしれないとのことだから、おれもよくわからないのだ。軍にいたころは精いっぱい敵の研究をしていたが、不徳のいたすところで、まあ……イスラム教徒がすべて敵だというつもりはないが……結果的にそういうことになってしまった」

マージドが微笑んだ。聡明な大学教授のまなざしから、新しい教え子を心から気に入っているとがわかる。

「ミスター・ドノヴァン、私は……」

「マージド、何度いったらわかってくれる？　ジェイムズと呼んでくれていいんだ」

「ああ、そうでしたね、ジェイムズ。ただ、あなたに新しいラストネームを覚えさせることも、この訓練の一環です。ミスター・ドノヴァンというラストネームをです」

リースは苦笑した。この話は前にもしていた。マージドとの時間はとことん楽しくなっていて、彼の話はいつまで聞いても飽きなかった。マージドは母国イギリスと外国であるエジプトに試練を与えられてきた。リースも自国政府の分子のせいで辛酸をなめさせられたから、マージドにはある種の親しみを抱いていた。マージドが許せるなら、リースも許せるかもしれない。

「何度かお伝えしているとおり、ミスター・ドノヴァン、今回の無謀な行為を試みようとしている国を教えてくれたら、もっとお役に立てるのですが」

「どこに行くのか、おれも本当に知らないのだ。たぶんヨーロッパのどこかだと思うが、イスラム・コミュニティを通して旧友と連絡を取らないといけないらしい」

今では友人だと見なしている男に向かって、リースは笑みを見せた。

「マージド、数年前にあなたの力を借りられたらよかった。そうなっていたら、こんな地球規模の反乱なんてごたごたに巻き込まれていないだろうに」

「ご存じでしょうが、ミスター・ドノヴァン、あいにく、当時、私はあなたと反対側の人間でしたから」

この話は何度もしていたが、それでもリースは何度も同じ話を持ち出した。マージドほどの苦しみを味わってきた者が、これほど前向きで活気に満ちている姿には、言葉にならないくらい勇気づけられる。

「みんなそれぞれの道があるということか？」

「そうなのでしょうね、ミスター・ドノヴァン。覚えていられないほどの年月がかかりましたが、私も自分の人生において、過去の行ないの責任をとる段階にたどり着きました。両人々が充分な情報にもとづいて決断できるよう、私の経験を伝え、その決断によって、両陣営の過激派の主張と反論を多少なりとも変えられたら本望です。そうした二極対立で物事をとらえるのは、あなたの好みでないことは承知しておりますが。〝文明の衝突〟といった単純なことではないのです。前にも触れたとおり、もっと微妙なちがいです。インフラストラクチャーを破壊したり、さまざまないわゆる〝指導者〟を暗殺したりといったことでは収まらない。イデオロギーの戦争であって、戦場で勝ち負けが決まるようなものではないのです」

「同感だ」リースはいい、かぶりを振った。「アフガニスタン、イラク、イエメン、シリアと、彼らが身を隠しているところを、毎晩、片っ端から襲撃することもできるが、武闘派イスラムという〝観念（アイデア）〟を消すことはできない」

「一緒にマズラ・トラ刑務所に収監（しゅうかん）されていたとき、ドクター・ムハンマド・バディーにいわれたことは、お伝えしましたっけ？」マージドは自分がかなりの時間を過ごしたカイロの悪名高き刑務所の名前を出し、教え子に訊いた。「〝観念（アイデア）は防弾だ〟といっておられた」

「ああ、似たようなことは聞いたことがある。たしか、〝イデオロギーは殺せない〟だったと思う。そのイデオロギーに、おれたちが〝テロとの戦い〟で応じたことを思い出してしまう。ひとつの戦術に対して宣戦布告したが、実際には観念（アイデア）に対抗している。政治家連中はおれたちが敵を殺せば、苦境を脱することができると思っていた。次の選挙での勝利も果たせるとまで思っていたのかもしれない」

「そうかもしれませんね、ミスター・ドノヴァン、そうかもしれません。しかし、彼らにあまりきつく当たらない方がよろしいかと。そちらの聖書の言葉を借りるなら、〝彼らは自分が何をするのか知らない〟のです」

「それはわかるが、おれたちは、選挙で選ばれたにせよ、軍服を着ているにせよ、指導者たる者は紛争を研究し、理解しているものだと信じていた。あまりに長いあいだ事態を腐らせておいたせいで、そうしない者がいるなどとは考えもしなかった。それが戦争というものだった」

「そのとおり。だからこそ私も、これだけの年月を経て、将来世代のためになることをしてくれる人たちに、自分のこれまでの旅路の話をする気になったのです。ロンドンにいる息子は、もうすぐ大学に上がります。私は彼の人生の大半を見逃し、彼は私を許してくれなかった。私は常に〝西洋〟への憎悪に突き動かされてきました。エセックスのスキンヘッドたちと戦い、ヒズブ・タフリールに入りました。〝彼我の対立〟という主張を信じ込んでいました。〝パキ〟の少数グループがいたら、からかい、いじめてやろうと思っていて、私も、エセックスをうろつく白人極右主義者（ファシスト）になじられたり、殴られたりしていました。世界カリフ制国家が実現すれば、そんな悪行が正されると信じて疑わなかった。今では、哀れな人たちだと思いますが、もっと大切なのは、私には彼らの気持ちがわかるということです。同じ主張にとらわれてしまっている、と。敵陣営の主張だけれども、主張しているのは同じこと」

「刑務所に収監されたのに、いつもニュースで耳に入ってくるような、さらに筋金入りの聖戦戦士（ジハーディ）にならなかったのはどうしてだ？」

「そうなる者はいないというつもりはありませんよ、ミスター・ドノヴァン。私の場合には、そうならなかったということです。それに、おかしな話ですが、エジプトの刑務所で、ドクター・バディーと同じ監房棟に入れられていなかったなら、今でもまだその刑務所にいるか、次の九・一一を計画しているかもしれません」

「まあ、おれは安心していいのかな？」リースは戸惑いの混じる表情を浮かべていった。

「ハハハ！　こういうと不思議かもしれませんが、私は何かを変えようなどとは思いませんでした。マズラ・トラ刑務所に収監されたのは単なる偶然でした。大学院レベルのイスラム研究プログラムをはじめるのはいいとして、エジプトに飛ぶ日をまちがえたのです。二〇〇五年の七月七日でした。もちろん、あの攻撃のことなど何ひとつ知りませんでした。ただし、当時の私は憎悪に取り憑かれていたので、喜んで支援していたでしょうが。運命とアッラーの思し召しで、私はイギリス政府のイスラム・コミュニティの扱いを公然と批判していたために、諜報界の用語を借りれば〝クリーン〟である、その日の自爆攻撃犯とはちがい、当局にもよく知られていました」

あの七月の日のことは、リースもよく覚えている。自爆ベストを着た四人のアルカイダ工作員がロンドンで同時多発自爆攻撃を実施し、五十二人の死者、七百人以上の負傷者を出した。これがイギリスをターゲットにしたはじめての自爆攻撃であり、一九八八年にスコットランドのロッカビー上空でパンアメリカン航空一〇三便が爆破されて以来、最悪のテロ攻撃となった。

「自爆テロ攻撃の数時間前にエジプト行きのフライトで飛び立ったばかりに、私はＭＩ５とＭＩ６に目をつけられました。カイロに着陸するとすぐさま秘密警察の国家保安情報局（アムン・アル＝ダウラ）に逮捕されました。手錠をはめられ、目隠しをされ、裸にされて、その日、エジプト行きの飛行機に乗ったという唯一の罪を犯したほかの数人の不運な人々とバンに押し込められました」

リースは引き込まれた。ＳＥＡＬチームにいたころ、イスラムに関する講義の締めくくりとして、よく引用される孫子の古い教え〝敵を知れ〟が紹介された。若くて血気盛んな潜水工作兵（フロッグマン）の小隊や部隊の前で、〝敵〟と〝イスラム〟が同列で語られるのだ。教室でじっとしているより、外で訓練している方がいいと思うような連中だが、ウィキペディアで調べて講義の骨子をつくってきたような情報部の者の話を聞かされる。何年もの海外派遣で大勢のイスラム教徒の友人がいたから、イスラムに関する情報部の要旨説明に耳を傾けるのは、いつもつらかった。

「イスラムとイスラミズムのちがいがわかりますか、ミスター・ドノヴァン？」

「イスラミズムはイスラム原理主義と同じだと思っていたが」

「必ずしも同じではありません。この数週間で基礎的な事柄は話してきました。スンニ派とシーア派のちがい、さまざまな礼拝の呼びかけ、イスラムの五柱など。今からお話しする点を理解することは大切です、ミスター・ドノヴァン。私もそれをしっかり呑み込むまで、エジプトの刑務所で七年かかりました。キリスト教が宗教であるように、イスラム教も宗教です。しかしイスラミズムは、イスラム教のある解釈が、どんな解釈であっても、社会全体に押し付けられなければならないという考え方です。イスラム教を利用し、最終的に〝カリフ制(ヒラーファ)〟をつくり上げることを目的とした政治運動であり全体主義運動なのです。イスラム教に帰依(きえ)して運動に加わらなければ、刃にかける。少数派が世論をハイジャックし、勢いと信奉者を増している。私もそうした信奉者だったのです、ミスター・ドノヴァン。私に似た多感な若者を運動に引き込んだのです。彼らの人生をハイジャックしたのです。だからこうして償(つぐな)っています。ＭＩ５やＭＩ６で出世していく若者たちに自分の経験を伝え、幸運にも、あなたの国のＣＩＡ、ＦＢＩ、ときには国務省でも同じことをしています」

「そして、あなたの宗教に対する向き合い方と理解を変えたのが、ドクター・バディーだった」

「宗教ではありません、ミスター・ドノヴァン。運動に対する向き合い方と理解です。今ではとても年老い、独房で死ぬことを受け入れていますが、ドクター・バディーは現在でもムスリム同胞団の指導者です。六〇年代初頭に、マズラ・トラからサイイド・クトゥブのイスラミスト宣言を持ち出したのは彼だ。その宣言が、すでに爆発寸前だったイスラミズム武闘派の運動に火をつけ、ウサーマ・ビン・ラーディンとアイマン・ザワヒリにアルカイダ創設をたき付けたのだから、皮肉なことです」

「それで、あなたはどうやってそこから抜け出た？　どうしてだれかが、あなたの居場所を探し当てた？」リースは訊いた。話に引き込まれていた。

マージドが時計を見た。「それは、ミスター・ドノヴァン、また後日」彼はいい、目配せした。「すでにだいぶ時間を超過していますし、もうすぐ夜の礼拝の時間です」

「ありがとう、マージド。いつか息子さんにも会いたいね」

マージドはいいよどんだ。「ええ、私も会いたいものです」その声は悲しみのようなものを漂わせていた。

「それから、ミスター・ドノヴァン、ここでご一緒できる時間が終わろうとしているような気がします。いいですか、アメリカは世界でもっとも力のある国です。ひと昔前には大英帝国がそうでした。ローマ帝国やモンゴル帝国もその称号を冠していましたが、そうした帝国支配より恐ろしいのは、いつの世も〝観念(アイデア)〟だったのです。そうした超大国は盛衰しても、〝観念(アイデア)〟は残りました。それを決して忘れないでください、ミスター・ドノヴァン。それでは、礼拝の時間となりましたので」

39

リースはまだ起きていて、闇を見つめていた。遠くで犬が吠えるのが聞こえた。最高の計画があり、最高のハイテク装備があり、最高の訓練を受けた隊員がいても、犬には必ず嗅（か）ぎつけられる。時計はしていなかったが、四時ごろだろうと思った。家族とＳＥＡＬの仲間たちが死んでから、すぐに寝つけなくなっていた。うねる海の音、アフリカのブッシュの音、そしてここモロッコでは部屋の空調装置の低い機械音を、何時間も聞きながら起きていた。

高回転の甲高い車両エンジン音と、五・五六ミリ弾が数発放たれる音で、リースはベッドから転がり、床へ素早く下りた。直後、大きな衝撃波がベッドルームの窓のガラスを吹き飛ばした。

それが何か、リースにはすぐにわかった。〝自動車爆弾（ＶＢＩＥＤ）——まるでイラクだ〟

〝おれたちがここにいることを、いったいだれが探り当てた？　今は考えるな、リース。

戦って勝て〟

心のスイッチが入った。ここはもはやモロッコのアジトではない。戦場だ。

ボクサーショーツとTシャツしか着ていないが、身支度を整える時間などないから、急いでランニングシューズをはきながら、状況把握に努めた。VBIEDが、敷地にめぐらされた壁を打ち破ったのはまちがいないだろう。これはおそらく調整された攻撃なのだろうが、そうであれば自分たちを狙う連中がいつなだれ込んできてもおかしくはない。この戦術は前にも見たことがある。

リースたち以外が寝泊まりしている建物の近くの敷地裏側で、二度目の爆発が起きた。腹ばいで素早く部屋を移動し、暗がりのなか手探りでプレート・キャリアをつかんだとき、まちがえようのないサプレッサー越しの銃弾が通路を隔てた反対側の部屋の方から聞こえた。フレディー・ストレインがすでにターゲットと交戦している。

リースは素早く味方の勢力を確認した。フレディー、GRSの契約社員四人、イスラム研究の講師マージド。リースは急いでボディアーマーとヘルメットを身に着けた。体を保護するというより、ヘルメットにマウントされている暗視ゴーグルの強みがあるからだった。壁に立て掛けておいたMP7を見つけ、ツーポイント・スリングを肩に斜め掛けし、赤外線エイミング・レーザーのスイッチを入れた。〈ペルター〉のタクティカル・イヤープロテクターを着け、ブームマイクをヘルメットとつなげているが、無線が入っていないから、ほかの味方と通信のしようがなかった。フレディーが窓際で敵を抑えていると思い、リースはドアをわずかにあけ、通路をのぞいた。

だれがこの攻撃を計画したのかは知らないが、今ではおなじみのイラクやアフガニスタンでよく見た筋書きのとおりに進められている。車両を使い防御線を突破し、小火器と自爆ベストで武装した狂信者を敷地になだれ込ませる。防御線からの銃声が聞こえないということは、車両爆弾が爆発する前、接近してくる車両に向かって発砲していたGRSの契約社員が、爆発で死んだか重傷を負ったのだろう。

NODの緑色の光に包まれた通路は暗くて静かで、フレディーが射撃するときの乾いた銃声だけがリースの耳に響いてくる。リースはバルコニーの手すり越しに下の様子を窺った。動きはないようだった。彼は音を立てないようにゆっくり這って階段を下りた。軽量のランニングシューズが移動の音を消してくれた。

近接戦闘は角度をめぐる難しいゲームだ。リースは何年もの訓練と経験を駆使して、建物の正面側に下りていった。〝パイをスライスする〟ように正面出入り口の視界を拡げていくと、フルオートマチック・ライフルの銃弾の雨が建物の外から飛んできて、窓を打ち砕いていた。サプレッサーのついたライフルの銃声だ。〝いったい何が起きている？〟。

アンティークの本棚のうしろで片膝を突いた。銃弾が建物の分厚い石壁に当たる音が聞こえる。さいわい、貫通してはいない。〝身を隠すには好都合だ〟

リースは立ち上がり、ガラスがなくなった窓から発砲炎の位置を確かめた。彼はサブマシンガンのバーストで十二発撃ち込み、発砲していた敵をあの世に送り出した。だれもうしろから来ないことを確認してから、窓に近づき、表がよく見える角度に移動した。四〇ヤード（約三七メートル）先の敷地周りの壁にぎざぎざの黒い穴が見え、燃えている車両から立ち上るまばゆい炎が、ゆがんだ金属塊のおかしな影を庭に落としている。M4を持ったふたりの男が壁の穴から突入し、建物正面側を見渡せるリースの前を走って横切りはじめた。リースは味方がよく使用する武器や装備を見て戸惑い、発砲を控えた。突入してきた敵ふたりが、フレディーのいる有利な二階に向かってフルオートマチックの銃撃を加えたとき、はっとわれに返った。最初に突入してきた男を狙ってバースト射撃した。男はつんのめって地面にくずおれた。ふたり目の男がひとり目に足を取られたせいで、リースの放った弾は男の上方にはずれた。狙いを調整し、立ち上がろうとした男に向かって、弾倉に残っていた弾を撃ち込み、点々と風穴を穿った。一発が顔にめり込むと、男はどさりと倒れたきり、動かなくなった。

〝M4か。なぜM4を持っている部隊に襲撃されている？　考えるのは後まわしだ。今やることはわかっているはずだ〟

父の言葉がリースの脳裏に下りてきた。〝どこかおかしいと感じるなら、きっとどこかおかしいのだ〟

リースは自分がしとめた男たちをしばらく見ていたが、ひとりが立ち上がろうとしていたので驚いた。数え切れないほどの仲間が、死んだと思った連中に殺されてきた。リースは慎重に狙いを定め、引き金を絞った。リースのものとよく似た、ヘルメットに装着されているPVS‐15暗視装置から、敵の左眼窩に一発撃ち込んだ。

〝暗視装置だと？　敵のひとりをもっと近くで確認する必要がある〟

リースはサブマシンガンから空の弾倉を抜き、ボディアーマーのパウチに入っていた別の弾倉をセットしてから、スライド・リリースを押し、ボルトを戻した。母屋の裏手で銃撃戦がはじまった。契約社員の居住棟の方から銃声が聞こえてくる。長い連射の音が聞こえ、それに応じるように、ベルと給弾式と思われる兵器の短いバーストが続いた。GRS契約社員の少なくともひとりがまだ生きていて戦っているのだろう。

ターゲットを探していると、背後の窓が割れ、サプレッサー越しの銃撃が部屋に飛び込んできた。襲撃者のひとりが居住棟の裏手にまわり、M4の銃口を窓から中に入れて撃っている。リースは大きなソファのうしろで床に伏せ、襲撃者にほぼ追いつめられてしまった。

〝体は隠れているだけで、守られていない。動け、リース！〟

銃弾が頭より上の壁にあばたをつくり、部屋に埃を充満させ、真っ赤に燃えた銃弾の細かい破片がリースのむき出しの脚に降り注いだ。部屋の外に出れば、襲撃者の背後にまわれるかもしれないと思い、リースは重厚な木のドアへと這った。ドアの前にたどり着いたとき、M4で武装したさらにふたりの襲撃者が、敷地の壁に空いた穴の方から母屋の正面に向かって発砲をはじめた。銃弾が建物の壁やドアにめり込み、リースは逃げ場を失った。

母屋裏手から聞こえるフルオートマチックの銃声も続き、部屋にあった美しい家具を粉々に破壊している。リースはボディアーマーのパウチに破片手榴弾を持っていたが、窓の小さな隙間からしか投げ込めない。壁に当たって自分の方に跳ね返ってくるリスクは冒せなかった。

「フレディー！　ここで身動きが取れない！」銃撃戦の音に負けずにこの声がパートナーまで届くように祈りながら、リースは叫んだ。

また銃撃がはじまったが、襲撃者たちはターゲットをまともに狙える位置にはいなかった。時が緩慢になった。発砲炎が煙を赤く染め、宙を舞う漆喰やコンクリート片が室内を満たし、NOD越しの緑色のディスプレイで見ると、部屋全体がストロボに照らされたナイトクラブのように光っている。現実離れした野卑な攻撃が五感に飛び込んでくる。フレディーからの返答はない。自分の戦闘で手いっぱいなのか、死んでいるかのいずれかだろう。

自分で動くしかない。銃撃者が弾倉を交換するときを待ってから、膝立ちになり、出入りロドアのかんぬきをはずした。そのとき、右側で何かがどんと落ちて、床のタイルを転がる音が聞こえた。手榴弾がころころと五ヤード（約四・六メートル）ほど手前まで転がってきた。弾体の中に隠れている爆薬とコイル状のワイヤーに向かって、火が急速に導爆線を伝っている。

リースは急いでドアをあけて飛び出すと、爆発を避けようとすぐ横の壁際に移動した。ドアから急に出てきたリースを見て、手榴弾を投げて、起爆したら突入しようと外で待ちかまえていた男が慌てた。リースは前へ進む勢いが止められず、数秒前まで優位を保っていた敵チームに激突していった。

〝スピード。奇襲。動きの激しさ〟

襲撃者のライフルの銃身を強引に上げて弾が当たらないようにしながら、重なっていた最初の男に突っ込んでいった。強烈な汗のにおいが鼻の穴に広がった。リースはサプレッサーのついたＭＰ７を敵の喉まで突っ込み、四・六ミリ弾のバーストで首を貫通させ、うしろにいた男の顔にもめり込ませた。

雷鳴のような音とともに手榴弾が起爆し、すでに砕けていた窓ガラスの破片がリースの頭や肩に降り注ぎ、リースは吹き飛ばされるように最後尾にいた男に突っ込んだ。前にいたふたりの男たちが急に床に倒れ、埃と破片があいたドアや窓から飛んできて、一瞬の混乱が生じたせいで、その男は死の化身のように混乱から急に現われた男の全体重と憤怒に備えられていなかった。

NODを曇らせていた爆発の埃が晴れるにつれて、完全武装の男の姿は見えなくても、存在を感じた。リースのMP7が男とぶつかり、装備に挟まれた。敵と顔を突き合わせていることがわかり、リースはMP7を脇に叩き落とし、すぐさまボディアーマーの前に差していたナイフを取り、男との距離を詰め、目の前の男のチェスト・プレートに肘を置いて支えに使い、喉に刃を突き刺した。そして素早く左へ移動し、男の脚を払い、呆気にとられている敵を床に倒した。

ナイフの戦いは、映画で描かれるものとはちがう。近い。個対個。本能的。ひとりの人間が別の人間に及ぼせるもっとも原始的で破壊的なことだ。相手が苦しんで死ぬこともある。だからといって、リースはその戦いから逃げたりはしない。支配的なマウント・ポジションを取り、敵の肩を押さえつけ、ナイフを振り下ろし、保護されていない敵の首に深く突き刺した。敵の体、心、精神が、死の瀬戸際にいる者にしか引き出せない力とエネルギーを探っている。

リースは敵のNODをつかみ、頭からもぎ取ると、ナイフの切っ先で頸動脈を探り、敵の片腕を極め、脇の下のすぐ下にナイフを持っていき、肺に突き刺した。リースは体を保護するボディアーマーには刃先を当てず、逆にガイドとして利用した。敵の体に対して縦に動き、脇から脚で抱え込むような格好になると、リースはナイフをボディアーマーのすぐ下、骨盤の上に持っていき、突き刺すと、刃を抜き差しして敵の腹にざっくりと傷口をあけた。

白兵戦という激しい戦闘では、数秒が数分に、数分が数時間に感じられる。実際には、命が消えかかっている男との交戦がはじまって、五秒しか過ぎていない。体から血がどくどくと流れ出ていても、敵は戦い続けた。何世紀にもわたり、無数の男たちがそうだったが、この男も自分が死んでいることをまだ知らないのだ。リースは敵の手が大きく動くのを感じた。アドレナリンに突き動かされ、リースがボディアーマーの左側に着けている手榴弾をつかもうと、必死に手を伸ばしている。リースはまたマウントのポジションを取り、死にゆく男の手から手榴弾をもぎ取り、ナイフを男の左目に突き刺し、切っ先を後頭部へ、そして下顎のあたりへとざっくり切っていった。自分の左腕を敵の後頭部にまわし、ナイフを持つ右手を左手でつかんだ。手足をばたつかせていた敵の体から力が抜けるまで、リースは顔を敵の側頭部にくっつけるようにして、ナイフをさらに深く沈め、脳幹を突いた。しばらく死の抱擁を続けたあと、ナイフを抜き、またがっていた死体からどいた。

〝状　況　認　識（シチュエーショナル・アウエアネス）だ、リース〟

息も荒いまま、リースはヘルメットの向きを直し、数分前まで彼の聖域だった建物に背を着け、前方に見える施設の状況を確認した。長年の訓練で培（つちか）った規律がよみがえった。たった今、自分の命を救ったナイフを鞘に戻すとき、刻まれているものが目に入った。血、体液、骨と脳のべとついた白い体組織で、〝パムウェ・チェテ〟の言葉が半ば隠れていた。リッチ・ヘイスティングスからの贈り物がまたひとつ、人の命を奪った。

MP7を操作できる位置になめらかに戻すと、リースはボディアーマーから弾倉を取り、タクティカル・リロードをした。まだ撃ち切っていない弾倉も、あとで使うかもしれないから取っておく。その弾倉をしまっておくポケットがなかったので、空になっていたボディアーマーの無線機用パウチに入れた。すぐ近くでは、何かが動くような気配はなかったので、殺したばかりの男のそばに膝を突き、ヘルメットをはずした。男の顔は血みどろだが、どこか見覚えがあるような気がした。〝おれはこいつを知っているのか？〟デザートブーツをはき、ボディアーマーの上にチェストリグを着け、古いタイプのケブラーのヘルメットをかぶっている。だが、本当にリースの興味を引いたのはNODと戦闘服だった。PVS‐15sを着けているとなると、意味するところはひとつ——アメリカの支援を受けている。デザート・タイガーストライプ迷彩の戦闘服を着ている意味は別にある——CIA。

〝あとにまわせ、リース。それはあとで考えろ。まず戦いに勝て。優先順位を決めて、それにしたがって動け。いちばん近い脅威はどこだ？〟

広い視野を見渡せるように、リースは母屋の脇に移動した。人間がしうるもっとも自然なことをするつもりだった。狩りだ。

手榴弾が爆発したあと、施設裏手の銃声がやんだ。銃撃者が移動しているかもしれない。母屋の脇と敷地を囲む壁とのあいだに延びている幅一〇フィート（約三メートル）の通路は遮蔽物がいっさいないので、リースはそこを静かに、素早く移動した。できるかぎり速く、その死の回廊を通過する必要がある。施設全体の裏手では、激しい戦闘の音がまだ聞こえている。銃声からすると、膠着状態にあるらしい。

母屋の裏に近づくにつれて、リースは角の向こうに手榴弾を投げ込みたい強烈な衝動に駆られたが、ほかの味方の位置がわからないので、思いとどまった。そろりそろりと、一歩ずつ角を曲がると、二階の窓からまばゆい光の帯となって延びているフレディーの赤外線レーザーが見えた。裏庭ならフレディーが援護してくれると考え、リースは建物の角を曲がり、母屋の近く、フレディーの照準線の真下を確保した。建物の裏手に敵がいるものと思っていたが、意外なことに、何かが動いている形跡はまったくなかった。母屋の反対側に移動したのだろうと想定し、リースはやってきた経路を振り返り、出し抜かれていないことを確認した。

〝動きはない。どこへ行った？〟

そのとき、それが聞こえた。頭上で何かをひっかくような音。顔を上げると、ほんの一〇フィートの距離を隔てて、ひとりの男が送水管をはしご代わりにし、首にかけた武器を脇にまわして建物の側面をよじ登っている。ふつうなら角を曲がったときに見えていたのだろうが、NODを通して上下が狭まった視界では見えなかった。その敵は二階の窓から撃って、数フィート先で発砲しているSEALスナイパーを片づけるつもりだったのだろう。フレディーにはその攻撃がまったく見えていない。リースは冷静に男の背中に赤外線レーザーを当て、長いバーストを喰らわせた。サプレッサー付きの銃から放たれた弾が肉に当たるときのくぐもった小さな音と、苦しげな悲鳴が聞こえた。肉体が硬い地面に落ちたときの音の方が、そのいずれよりも大きかった。リースは念のため、敵の頭に二発の弾を撃ち込んだ。敵もこちらと同じく、NODというテクノロジーの利器を持っていることはわかっているので、窓の前でレーザーを使って円を描き、フレディーにこちらの位置を知らせた。

「フレディー」リースは出せるかぎりの大きな声で呼びかけた。「フレディー!」

「リース、おまえなのか？」答えが返ってきた。

「ああ、下にいる」

「無事か？」

「無事だ。こいつら、NODを持っているぞ」

「わかってる。どういうことなんだ？」

「裏の連中に手を貸しに行く」

「了解、おれも下りていく」

一分後、奥のドアがあき、フレディーが現われた。リースとほぼ同じ格好だが、ズボンをはき、HK416を持っていた。

「その装備を抱いて寝てるのか？」リースは冗談半分で友人に訊いた。

「ズボンもはいてないやつがいえた口か。なあ、戦闘服には気づいたか？」フレディーが訊いた。

「決まってるだろ。早く片づけて探ろう。ひとりを生け捕りにして訊いてみよう」

「おい、撃たれたのか？」フレディーが訊き、友人に手を伸ばした。

「いや。大丈夫だ。おれの血ではない」

「了解」

「敷地の壁二カ所をＶＢＩＥＤで突破したようだな」リースはいった。

「ああ、おれはここで十人ちょっとを無力化した。そっちは？」

「正面側で四人、それから、おまえを殺(や)ろうとしていたスパイダーマンを始末した」

フレディーが死体を見下ろし、送水管を見上げ、そのふたつを考え合わせた。

「くそ、助かったよ、兄弟(ブロウ)」

「どういたしまして」

「ここの左側を移動し、納屋の裏手にまわって、敵の背後を取れるかどうかやってみよう。二階からは見えなかったが、音は聞こえた」

「やろう」

それ以上の話は必要なく、ふたりは銃撃戦へと向かった。施設のひらけた場所でより効果的な武器を持っているのはフレディーだったから、フレディーが先を進んだ。小型のＭＰ７は近接距離で威力を発揮するが、リースは建物間のひらけたところに出ると、急にやたら火力に劣るように感じた。敵のＮＯＤにもレーザーが見えるので、ふたりはレーザーの使用を抑制していた。幸運にも、敵はそれほど抑制的ではなかった。

倉庫として使っている大きな納屋に近づくと、裏庭のあちこちで赤外線ビームが飛び交っているのが見えた。フレディーが身振りで上を示し、高所を探すことを伝えてきた。リースは大きくうなずき、建物の裏側に沿って、敵の側面にまわった。サプレッサーはついていても、リースが建物の角に近づくにつれて、銃声が大きくなっていった。サプレッサーはまさに名前のとおりの装置だ。減音（サプレス）するだけで、消音するわけではない。

リースは建物の角を曲がり、二五ヤード（約二三メートル）先に六人の男を視界にとらえた。六人ともリースに背を向け、敷地に駐（と）めてある車両の一台を遮蔽物にして、ＧＲＳの契約社員が寝泊まりしている棟に向かって発砲している。リースは納屋の陰に戻り、パウチから破片手榴弾を取り、プルリングを固定していた絶縁テープをはがした。スプーン（セーフティ・レバーのこと）を親指の付け根と人さし指で押さえ、手榴弾のプルリングを勢いよく抜き、野球のボールほどの大きさの爆弾を角の先の戦闘員グループに向かって放り投げた。爆発のすぐあとに悲鳴が聞こえた。リースは片膝を突き、目の前の地面でもだえている敵の頭部に、次々と弾を撃ち込んでいった。

ＧＲＳの契約社員ひとりがゲートを守っていたが、味方がターゲットの中に入ってきたことに気づいて銃撃をやめた。それでも、リースは彼の射線と重ならないようにひらけたスペースを全力で走り、今も燃えているトラックのうしろから六人の死んだ男たちのそばを通った。敷地の壁沿いに裏の角までさっと見渡し、GRSの居住棟の裏口にまわり、うしろにだれもいないことを確認した。スタッフ用の小さな家二軒のうち一軒の前を移動しながら、動きはないかと目視した。背後から物音が聞こえ、素早く振り返ると、一五ヤード(約一四メートル)先で、揉み合っているふたつの人影が見えた。そっちに向かって一歩踏み出したとき、白熱の爆発が起こり、うしろに吹き飛ばされた。

40

リースは水中にいる。真っ暗だ。目の前に手をかざすが、何も見えない。息もできないのに、パニックはない。静寂だけがある。針の穴のように小さな光が、ずっと底の方に現われた。彼はそれに向かって潜った。水がゼリーのようにねっとりしている。冬服を着て潜っているかのようだ。ローレンかと思われるかすかな声が聞こえた。リースはさらに深く潜っていく。水中の声はひずんでいたが、しだいに大きく、はっきりしていった。

「ジェイムズ……ジェイムズ……」

リースは力のかぎり潜る。声が亡き妻のものから、かすかな東欧訛りのものに変わっていく。見えない力に光から遠ざけられるかのように、水面に向かって浮かんでいくように感じられる。突然、まばゆい光が当てられた。リースは目をつむり、それから顔を背けた。

「ジェイムズ、ジェイムズ、大丈夫か、おい？」赤いペンライトがリースの目から胸へと移り、だれかの手が、怪我はないかとリースの体をさすっているのを感じた。意識が戻ると、リースは自分が仰向けに寝ていて、契約社員のひとりが応急手当てをしてくれているのだとわかった。彼は契約社員の手をどけて、素早く体を起こし、手をあちこち動かして、肩にかけて脇にまわしていた武器を見つけた。

「大丈夫か？」

「たぶん」リースはかすれた声で答えた。

前でひざまずいていた男は、〝レンジャー・パンティー〟と呼ばれる黒いランニング・ショーツ、サンダル、プレート・キャリアという格好だった。暗視ゴーグルをヘルメットの上方に押し上げていて、二脚銃架に乗ったベルト給弾式MK46マシンガンが近くにあった。銃身が白く光っている。

「大丈夫だな。すてきな服装だな」男がいい、リースのボクサーショーツを指さした。

フレディーが駆け寄り、ふたりの横で膝を突いた。

「リース、生きてるか？　あの自爆ベストを着た男はどこからともなく現われやがった。おれは弾倉の交換中で、対処が間に合わなかった。すると、そいつが自爆する直前、だれかがつかみかかっていった」

「ああ、まあな、生きてるよ」リースはいい、かぶりを振って混乱を振り払おうとした。

「この壁の穴を見張りながら、おれたちのうしろを取ろうとするやつを始末できるようなら、ブレットとおれとで、施設の残りの確保をしてくるが」フレディーがいい、GRSの契約社員を顎（あご）で示した。

「了解、やれるよ」

一時間後に日が昇り、くすぶる施設にピンク色の朝日を浴びせかけた。あちこちでさまざまな爆発で起きた大小の火が燃えていて、いたるところに死体が散らばっていた。リースが死にかけた最後の爆発以来、すべてが静まり返っていた。とにかく今のところは。民間軍事会社の契約社員のひとりが、最初の自動車爆弾（VBIED）で死に、もうひとりが侵入後まもなく負傷していた。フレディーが数えたところでは、敵の死者は少なくとも二十三人だった。リースは体のあちこちに切り傷と打ち身をこしらえ、おそらく脳震盪にもなったが、それ以外は大丈夫だった。

リースはゆっくり立ち上がり、自爆攻撃を仕掛けてきた男が自爆ベストを起爆させたところへふらふらと歩いていき、恐ろしい現場を詳しく見た。

人間の肉片や骨が、黒くなった地面に散らばっている。それを見たとき、リースは凍りついた。足だった。ふくらはぎで分断されているが、血に染まってはおらず、まだ茶色い革のサンダルをはいている。すぐに気づいた。マージド、彼の講師の足だ。自慢の宗教に潜（ひそ）む闇を消そうと、イスラム教のことをあれほど詳しく教えてくれた男が、リースを守ろうとして命を落とした。リースはひざまずき、声に出さずに自分の神に祈った。マージドもきっと許してくれるだろう。

夜が明けるまで一時間を切ったころ、第十特殊部隊群の危機対応部隊(CRF)十二名が、ホバリングする二機のMH‐60ヘリコプターからファストロープ降下してきた。ローターによる力強いダウンウォッシュで、あたり一帯が砂埃(すなぼこり)まみれのボウルと化した。彼らは近くのマリでマリ政府軍に協力していた。そのとき、現場のGRSが緊急要請を発した。彼らはイタリアやジブチにいたほかの同様の機能を持つ部隊より数時間近かったので、要請に応えて直行するよう指示された。ベンガジでの大失態とはちがい、彼らはほとんど情報も持たされずに出発し、戦闘現場へ急行した。

マルチカム迷彩の戦闘服を着た特殊部隊員たちは、地上に降下するとすぐに扇状に広がって防御線を敷き、母屋の屋根にスナイパーと機関銃手を配置した。同チームの非常に有能な衛生兵が、負傷した元海兵隊のGRS契約社員の応急処置にとりかかると、部隊指揮官が、ピックアップ・トラックのテールゲートに腰かけていたふたりの元SEAL隊員に近づいてきた。身長五フィート六インチ(約一六七センチメートル)ほどのがっしり体形で、黒い無精ひげが生えており、手首までびっしり刺青(いれずみ)を彫った両腕が〈クライ〉の戦闘シャツから見えている。首に斜(なな)め掛けした一〇・五インチ(約二七センチメートル)銃身のM4が、ボディアーマーの前に垂れ下がっている。部隊指揮官にしては年を食いすぎているように見える。リースと同様に下士官から士官になったのだろうと思った。

「チーム・リーダーのマックだ。あんたら、大丈夫か？」

「ご足労に感謝するよ、マック。おれはフレディーだ」疲れ切った元SEAL隊員が陸軍大尉と握手を交わした。

マックがリースに目を向けると、その目が大きく見ひらかれた。「あんたは知ってるぞ！ジェイムズ・リースだろ！」

「いや、別人だ……いつもそういわれるんだが」

「ああ、だろうね……まあ、仮にあんたがジェイムズ・リースだったら、ぜひとも握手したいとだけいわせてくれ」

「まあ、そういうことなら、おれとの握手で手を打つしかないな」リースは大尉の手を取り、温かく握手した。

「衛生兵は必要か？」マックが訊き、血まみれに見えるリースに向かって顎をしゃくった。

「たぶん大丈夫だ。自爆ベストのせいでちょっと混乱しているだけだ」

「それで、ここで何があった？ここはどういうところなんだ？ＣＩＡの施設だといわれたが」

「訓練施設だ」フレディーが答えた。「連中は真夜中に襲撃してきた。VBIEDで壁の二カ所に穴を空けた。知ってのとおり、GRS契約社員のひとりが直後に殺られ、もうひとりが負傷した。彼と残りもうひとりの契約社員が、悪党どもをここの裏で食い止めていた隙に、おれたちが母屋から追い払った」

「悪党をちょっとは痛めつけたようだな。すぐに手を貸せなくてすまない」

「それには及ばない。そんなに長くは続かなかった。矢面に立っていたのはGRSの契約社員たちだった。おれたちを狙っていたのだとしたら、敵は施設の攻めどころをまちがえたということになる。それに、実のところ、あんたらは思っていたより早くここに来てくれた」

「礼なら一六〇にいってくれ」マックが答えた。一六〇というのは、世界一のヘリコプター・パイロットがいると広く思われている陸軍の第一六〇特殊作戦航空連隊のことだ。

「連中が何者なのか、見当は？　現地人にしては調整がよすぎるようだし、装備もおれたちのものよりよさそうだが」

「何となく」リースは答えた。

「そうか、おれのチームが生体認証をする。データベースに入っていたら、すぐに何者かわかる」

「了解。助かるよ、マック」

「チームの様子を見てこないと。何かあれば、声をかけてくれ。防御線を敷いているし、プレデターも飛ばしているから、安心してくれ」

リースはうなずいた。特殊部隊の大尉が母屋の方へ走っていった。

「襲撃してきたのが何者なのか、わかっているんじゃないのか、フレディー？」

「ああ。だが、自分でもちょっと信じられない。おれたちに死んでほしいやつが、ラングレーにいるらしいな」

「CIAの訓練を受けていた」

「世界のこのあたりでも、いくつか別々の部隊を訓練したり、装備を提供してきているんだ、リース。すでにCIAの管理下にないものもある。だが、彼らはこちらの兵器を持っているし、受けた訓練を忘れてもいない」

「おれたちにナワズを始末させたくない者が内部にいる可能性はないか？　もっと過激なことをいえば、CIA内にナワズの仲間がいたりしないか？」リースは訊いた。

「ありえそうもないが、もっとおかしなことがあったのも確かだ」

「モザンビークを発つ前夜、ヘイスティングスにいわれたことは覚えているか？」

「ああ、覚えてるとも」フレディーは認めた。「CIAを信用するなといわれた。もっといえば、ＣＩＡを操る政治家を信用するなと忠告された」

「そのとおりだったのかもしれない」

「おそらくＤＳＴがこっちに向かっている」フレディーがモロッコの秘密警察を持ち出し、話題を変えた。「あんたをここから連れ出す必要がある。ＣＲＦがとどまり、現場を確保しているあいだに、おれたちは車で大使館に向かう。おれたちの居場所が漏れたのはまちがいない」

「了解。荷物をまとめよう」

「タフガイぶるなよ。感染症にならないうちに、エイティーン・デルタに診（み）てもらえ」元ＳＥＡＬ先任上等兵曹（シニア・チーフ）がいった。〝エイティーン・デルタ〟というのは、特殊部隊衛生兵を意味する専門分野区分のことだ。

「そうするよ。フレディー、おれたちがここにいることを知っている者は？」

「短いリストになるだろうな。名前が載っているやつをみんなあぶり出すつもりだ」

ラバトに向かっている途中、衛星電話で指示が入った。その間（かん）、フレディーはたまにわかったと相づちを打つだけで、ほぼずっと相手の話を聞いていた。

「計画変更だ。イスタンブールに向かう」

「イスタンブールに何があるんだ?」

「〝何がある〟のではなく〝だれがいる〟が正解だ。モーがいる。とにかく分析官はそう考えている」

「イスタンブールか。身を隠すにはもってこいの場所だ」

「ラバトの大使館に寄って、あんたのパスポートをもらってから、飛行場へ直行する。まっさらな身分証が用意されている。顔認証データベースのあんたのデータはきれいに消されている。厳密にいえば、あんたはまだ指名手配犯だ。トルコの警官に追われたりしたらまずい」

「そんなに簡単にできるものなのか?」

「そんなに簡単なのさ、リース」

41

これまで読んだスパイ小説では、CIAはいつもプライベート・ジェットで飛びまわっていたから、自分たちが乗る飛行機が、キングエア350ERの軍用バージョンである双発ターボプロップ機のMC‐12Wだとわかり、リースは少しがっかりした。このモデルは電子情報収集任務用の装備を積んでいる。おそらく、いちばん近くにあった使える航空機だったのだろう。狭い機内は、複雑な電子戦装備と思われるものがところ狭しと並んでいて、少し窮屈だった。リースもフレディーもプロの軍人だから、眠れるときに眠らなければならないことは心得ていて、離陸後二十分も経たずに眠っていた。

ボスポラス海峡のヨーロッパ側にある小さい方の施設、イスタンブール・アタテュルク国際空港に着陸したのは、現地時間で午後十時だった。ふたりは黒い外交旅券を与えられ、装備かばんやケース入りの兵器は外交用郵袋に入れて封印されていたので、入国審査では税関職員の検査を受けることもなく、手を振って通された。二十代半ばに見える若々しい顔の青年が、保安検査場のすぐ外で彼らを出迎え、荷物の積み下ろしエリアに駐(と)めたよくある白いバンへと連れていった。この若者は現地CIA支局の下級職員なのだろう、とリースは思った。それでも、黙って運転席に座り、後部席に乗ったひどいなりの特殊部隊員ふたりに何も訊かないだけの分別はあった。遅い時間ということもあり、領事館まで三十分しかかからなかった。領事館近くの交差点の手前でバーガーキングの前を通ったとき、リースはやれやれと首を振った。

領事館内の小さくてもモダンな部屋でひと晩ぐっすり眠ったあと、リースとフレディーは、領事館ビルの最上階すべてを占めるCIA区画に案内された。案内者はふたりを盗聴の恐れのない会議室に残して、立ち去った。長方形の長テーブルにコーヒー・コーナーが用意してあった。はちみつとクリームの両方が置いてあったのは、リースにとってはうれしい驚きだった。

五分後、支局長が〈スターバックス〉のトールサイズ・カップを手に、颯爽(さっそう)と会議室に入ってきた。ケリー・ハムデンは四十五歳だが、十歳下の歳でもおそらく通る。仕事で彼女に会った者たちは、彼女がトルコにいるCIA高官だと知ってよく目を丸くする。身長は五フィート一一インチ（約一八〇センチメートル）ほどもあるのに、体形はプリンストン大学のスイミング・チームのメンバーだったころのままだ。白いシルク・ブラウスの上に、飾り気のないブルーのパンツスーツを着て、明るい茶色の髪はシャワー上がりでまだ少し湿っていた。二児の母で、国務省の政治・経済問題担当局副局長という〝表向きのポスト〟に就きながら、ＣＩＡのキャリアと家庭を慎重にやりくりしている。リースはひと目で彼女を気に入った。

「おはようございます、おふたかた、ケリーです。コーヒーは飲みました？」

「ええ、いただきました」ふたりとも同時に答えた。

「フレディー・ストレインです」ＣＩＡの同僚がいい、テーブル越しに差し出された彼女の手を取った。「こちらはジェイムズ・ドノヴァンです」

「おふたりとも、はじめまして」ケリーが温かい笑みを見せた。「ラングレーとのテレビ会議の準備ができています。つけてみましょう」

ケリーはリモコンを使い、会議室奥の壁に設置された大型液晶スクリーンを操作した。まもなく、大学の女子学生社交クラブにいるようなアジア系女性がスクリーンに映し出された。

「おはようございます、みなさん！　ニコル・ファンです。ＣＴＣの分析官をしています」彼女がいった。ＣＴＣというのは、ＣＩＡの対テロセンター（カウンターテロリズム・センター）のことだ。「刺激的な知らせがあります。モハメッド・ファルークがトルコにいる可能性が高い、とわたしたちは考えています」若い分析官は熱い口調で話した。彼女がこの仕事をおおいに気に入っていることが、リースにはわかった。「副官のひとり、アーダム・エル＝カデルが、カラキョイ地区のアラップ・モスク近くの銀行前の監視カメラにとらえられ、国家安全保障局(NSA)の顔認証データベースとの照合でピンとヒットしました。うちのデータ解析の人たちがモスクのコンピュータに侵入し、モハメッドの偽名だと思われるワシーフ・ハマーダという人物が数度にわたって寄付をしていることを突き止めました。最近では先週、寄付があったので、彼がまだその地域にいる可能性が高いと考えています」

「そのようだな」フレディーが応じた。「どこに住んでいるのか、どんな車に乗っているのか、どこによく行くのかといったことは？」

「そういったことについて、もっと情報があればいいのですが、今のところ、わかっているのはここまでです。引き続き情報収集に努めます。ここまでの情報もすべて過去四十八時間で出てきたものです」

「まあ、こんなに早く伝えてくれて礼をいうよ。ナワズに関する情報は？」

「残念ながら、ありません。彼は電子的な方法による通信については用心深いことで知られています。プランニングはじかに会うか、伝書使(クーリエ)経由で行なわれていると考えています。わたしたちが彼と同世代の人たちをターゲットにしたやり方を見て、彼は学んだのです」

「なるほど、何か情報が入ったら教えてくれ。おれたちがモハメッドと接触し、ナワズの情報を仕入れることに成功したら、ぜひとも科学技術によって裏を取りたい。裏取りができなければ、ひとりだけのHUMINT(ヒューミント)で実行することになる」

「ほかにも興味深い情報はいくつかあります」ニコルが続けた。「特殊部隊チームが、あなたがたがいたモロッコの施設を襲撃した連中から採取した指紋をアップロードしました。生体認証自動ツールセットシステム(BATS)とFBIの自動指紋識別システム(IAFIS)に照合したところ、ほぼ全員がイラクの特殊部隊のメンバーでした。モハメッド・ファルークのかつての特殊部隊です。おふたりともご存じでしょうが、同部隊はCIAが運営していたプログラムです。これからお伝えすることは、ご存じないかもしれません。二〇一一年にイラクから引き上げたとき、戦争中に引き入れたイラク軍将校を介して動かし続けようとしましたが、兵力規模の縮小と引き上げの混乱で管理できなくなったのです。噂では、彼らは暗殺団のようなものになり、上官の承認が得られ、もらえるお金も充分なら、傭兵として雇われているそうです」

「おれは彼らの訓練に手を貸していたのか?」リースは訊いた。

「彼らが訓練を受けていたのは、二〇〇七年から二〇一四年までで、全員がまだ現役です。ひとりの指紋は、サリフ・ダラージ大尉のものと判明しました。彼の訓練期間はあなたと重なっています、ミスター・ドノヴァン」

リースはうなずき、CIA施設の土にまみれてダラージ大尉の脳幹に突き刺したナイフを抜いたときに見た、血に覆われた顔を思い出した。

「すると、CIAの訓練を受けた現役のイラクの特殊部隊がモロッコまで移動して、アメリカの施設を襲撃したというのか？」フレディーが訊いた。

「そのとおりです。いかれていますよね？　あなたがたをあまり好きじゃない人がいるようですね」

「確かな見立てだな」フレディーは認めた。「〝ほぼ全員〟がCIAの特殊戦術部隊プログラムにかかわっていたと、さっきいっていたな。ほかの連中は何者だ？」

「自爆攻撃をしたふたりは身元不明です。見つかった体の一部を使ってこちらのデータベースと照合しましたが、ヒットしませんでした。しかし、リビアの情報提供者から、自爆攻撃要員として訓練されていたふたりの新兵の行方がわからなくなっているとの報告が入っています。しかも、ひとりはまだ十六歳でした」

「恐ろしい話だが、辻褄は合う」フレディーがいった。「STUは直接行動に特化した部隊で、狂信的な自爆攻撃部隊ではないが、目的を達成するためなら、自爆ベストを着る要員として引き入れられた者を使ったり、襲撃の責任をよそになすりつけるのもいとわないだろう。支援に感謝するよ、ラングレー」

「お礼には及びません。わたしたちの手が必要なら、いつでも！」ニコルがにっこり微笑み、会議を終えた。

「元気な子だな」リースはいい、コーヒーをひとくち飲んだ。

「うちの支局にできることがあれば、ぜひいってください」ケリーがいった。

「例のモスクとその界隈（かいわい）について、何か情報はありませんか？」リースは訊いた。「内部に資産（アセット）がいるとか？」

「つかんでいる情報をあとでお伝えします。今はこの国の事情を簡単にお教えします。おふたりはトルコの国内事情に詳しいですか？」

「ぜひ〝再教育講座〟をお願いします」フレディーが答えた。

「わかりました。まあ、ご存じかもしれないし、ご存じないかもしれませんが、トルコは世俗国家から不寛容なイスラム国家に急速に変わっています。国体を再発見し、国威発揚をあおっています。もとからそういう方向に進んでいましたが、二〇一六年のクーデター未遂事件が起きると、さらに拍車がかかりました。同国にはすでに八万五千ものモスクがあり、さらに日々つくられています。指導者（イマーム）は全員が政府職員ですから、モスクに足を踏み入れたら、すべての発言がＭＩＴといわれるトルコ国家情報機構に報告されると思ってください。西側、とりわけアメリカへの敵意は雪だるま式に増大しています。インジルリク空軍基地に一千を超えるアメリカ軍関係者がおり、■■■■■■■■■■■■■。クーデター未遂事件の際、トルコ政府は同基地への電力供給を断ち、基地は政府の指示を受けたイマームたちが扇動する暴徒に囲まれました。同盟国のすることとは思えません。通常なら、こうした環境にあるモスクにアメリカ人を送り込むのは躊躇(ちゅうちょ)するところですが、今回にかぎり、逃亡者というあなたの立場が有利に働くかもしれません」

「ジェイムズ・ドノヴァンは指名手配犯なのですか？　初耳ですね、ミズ・ハムデン」リースはいった。

「すみません、去年、一躍有名になったジェイムズ・リースという人物にそっくりなものですから」

「純然たる誤解ですね」

「今の話は他言無用でお願いします。まじめな話ですが、これは最優先任務ですから、わたしたちも全面支援します。お望みなら、この会議室をオフィスとして使っていただいてかまいません。わたしの内線番号は五一五〇です。ラングレーに連絡したいのであれば」

彼女はサイドテーブルの電話を指し示し、そういうと、席を立とうとした。「この回線は安全です。それから、おふたかた、幸運を祈ります」

「何を考えている、リース？」フレディーが真剣な口調でいった。

「ここでいったい何が起きようとしているのか、と」

「あんたは例のイラク部隊にかかわっていた。思うところはないか？」

「ランドリーではないかと思っている」

「どういうことだ？」

「考えてみろ。〇六年におれが去ったあとも、あいつはプログラムに携わり、モーとその仲間とも一緒に動き続けた。今では姿を消し、あいつが訓練した連中が、モロッコの砂漠の真ん中にいたおれたちを訪ねてきたんだぞ？　偶然の一致にしてはできすぎだと、おれは思うが」

「そいつはどんなやつだった？」フレディーが訊いた。「おれは一緒に仕事をしたことがない」

「ジュールズ・ランドリーはうさんくさいやつだ。ＣＩＡの評判を落とすような男といったらいいか。あいつは一方通行だった。こっちが持っている情報は何でもかんでも受け取るが、自分のカードは絶対に見せない。あいつはまったく信用できなかった。気色悪いところもあった」

「どういうことだ？」

「あいつはよくビールを何杯か飲んで、拘留者がいるイラク側の施設にふらりと歩いていった。ある晩、おれは眠れなくて、深夜のトレーニングでもして頭をすっきりさせようと思い、外に出た。すると、イラク側から悲鳴が聞こえて、何事かと行ってみた。あいつは独房で拘留者とふたりでいた。裸の拘留者を椅子に縛りつけていた。片手にナイフを持ち、もう一方にテーザー銃を持っていた。おれはやつをそこから引きずり出し、庭に押し倒した。あいつは酔っぱらっていたから、てこずりはしなかった。そして、別の独房に閉じこめて、大使館のＣＩＡ側の連絡担当に通報した。その後、ランドリーの顔は見ていない」

「そんなやつが心理評価をすり抜けたとは驚きだな。防諜の連中に連絡して、そいつに関する情報がないか訊いてみよう」

「取っかかりとしては手ごろなところだ。とりあえず、どうやってモーと接触するか考えないとな」

ラングレーに問い合わせて一時間と経たず、フレディーは、防諜部によるジュールズ・ランドリーに関する報告書をメールで受け取っていた。材料の大半は人事ファイルから引っ張ってきたものだった。フレディーは声に出して読んだ。「ルイジアナ州ラファイエット出身、アメリカ生まれのアメリカ人、海兵隊下士官として二度イラクへ派遣されたあと、二〇〇三年に契約者としてCIA入局。二〇〇五年にCIAのバグダッドSTUに配置され、二〇〇六年から同プログラムを進める。交替で何度かイラクへ配属され、引き続き同プログラムに携わっていたが、二〇一一年後半に正規軍が引き上げた。二〇一三年六月に緊急時の休暇を要請し、彼が乗った飛行機がフランクフルトに着陸したあと、姿を消す。身を隠し、以来、CIAは彼から連絡を受けていない。パスポートは使われていない。シリアで傭兵になっているという噂があったが、証拠はいっさい得られていない」

「彼が捕虜を拷問していたというおれの報告については、何も書かれていないのか?」

「見たところ、何も」

「信じられない! おれがいなくなったあと、何事もなかったかのようにSTUに戻されたようだな。いったいどうなってるんだ?」

「おれにはわからないよ、リース。守ってくれる人がいるのかもな?」

「かもな。だれなのか知りたい。そういえば、シリア内戦はいつからはじまった?」

「たしか、二〇一一年の中ごろだ」フレディーが答えた。

「その後、二〇一四年はじめにISISがイラクのアンバル州を席巻したのか?」

「ああ。モーは二〇一三年十二月に行方がわからなくなっている」

リースは小首をかしげて息を吐き、数秒のあいだ考えた。「ランドリーをCIAに引き入れたのはだれだ？」

「これには書かれていないが、おそらく調べられる」

ドアがノックされ、ほぼ同時にロックがカチリとあき、ケリー・ハムデンが首だけ会議室に突き出した。

「お邪魔しちゃったかしら？」

「いえ、まったく」フレディーが答えた。

彼女はドアを閉め、椅子に腰を下ろした。

「アラップ・モスクに関する手持ちの情報です。実はそこは、オスマン帝国に占領された古いカトリック教会です。〝アラップ・モスク〟と呼ばれているのは、一四九二年にスペインがアンダルシアのアラブ人を追放したあと、追放されたアラブ人たちがそこに住み着いたからです――〝アラップ〟は〝アラブ〟のことです。ベイオール地区で奉仕する比較的小さなモスクです。現地人の資産（アセット）がそこで礼拝をしています。モーに感づかれるリスクは冒したくなかったので、モーのことは訊かなかったけれど、彼がいうには、イマームはとても穏健だということでした。モスク関係者や信徒には、聖戦戦士（ジハーディ）とつながっている者はいないと思っているとのこと。都市の中でも西洋化した上流階級の地区ですから、そうだとしても珍しいことではありません」

「モーならどこにでも溶け込める」リースはいった。「あまり信心深い印象もないから、あいつにはちょうどいい土地なのだろう。見た目だけでも、進歩的な若いイスラム教徒を装うかもしれない。モスクの近くに住んでいる場合、そのコミュニティでどうやって気づいてもらうか、お勧めはありませんか？」

「ちゃんと気づいてもらえますよ。お勧めであれば、〈トムトム・スイーツ〉に泊まってもらうのがいいと思います。ばかな話だと思われるのはわかっていますが、あのあたりではいちばんいいところです。とてもモダンだし。モスクまで一マイルです。トルコにおけるイスラムの影響をリサーチしている野心あふれる小説家として泊まってもらいます。人に話を訊いたり、メモを取ったりする口実にもなります。ホテルのバーや現地のカフェで人目についてください。彼のような工作員なら現地のネットワークを持っているでしょうし、運がよければ、あなたがモスクに入り込むこともなく、向こうから接触してくると思います。あなたが訓練を受けてきたことはわかりますが、わたしにはリスクが大きすぎるように見えます。失敗の種はいくらでも転がっています。昨今の情勢ならなおさら」

フレディーがリースに顔を向けた。「新しい服を買ってやらないといけないようだな」

「散髪とひげのトリミングも提案させていただけるかしら？」ケリー・ハムデンがいかにもおもしろがっていった。「サイズを教えていただけたら、だれかを買いに行かせます」

〔下巻につづく〕